사회선생님이라면 어떻게 읽을까

사회선생님 이라면 어땧게 읽을까

나와 세상이 이어지는
즐거운 책 읽기

박현희 이은주 정엄례 주임미

티티

서문을 대신하여 나눈 이야기

이 책을 쓴 저자 박현희, 이은주, 정양례, 주영미 선생님은 '신나는 사회 교사 모임(이하 신사모)'을 꾸려 가고 있는 사회과 선생님들입니다. 유쾌하고 신기한 사회선생님들의 이야기를 서문을 대신하여 담습니다. — 편집자

어떤 책이 누구의 가슴에 닿을지 모르지만

주영미(이하 '주') 우리가 왜 책을 쓸까 생각해 보니… 같이 공부를 하면서 찾은 적절한 방법이 책을 소개하는 일 아니었나 싶어요. 아, 우리가 아이들에게 이런 얘기를 해주고 싶었구나, 싶은 책들요. 저는 전국사회교사모임에서 쓴 『더불어 사는 삶을 위한 사회 교육』(푸른나무, 1991)이라는 책을 학생 때 보고 '내가 이 모임에 들어가리라' 했어요. 책 한 권이 어떤 사람의 인생을 이렇게 바꾸기도 하는 거죠.

정양례(이하 '정') 저는 2004년에 교사가 돼서 신사모를 같이한 건 10년 정도 돼요. 그해 우리 반 애들이랑 얘기를 하는데 애들이 말하기를 "선생님 수업 정말 졸려요. 별명이 수면제인 거 아세요?" 이러는 거예요. 거기에 충격을 받았어요. 마침 어떤 선생님이 권해 줘서 이 모임에 따라왔어요. 사실 가정주부가 아이를 맡길 데도 없는데 2주에 한 번씩 나오는 건 쉽지 않아요. 내가 꼭 여기 나가야 되나

4

싶고. 그래도 모임에 한 번 다녀오면 애들에게 할 얘기가 있는 거야. 그게 중요해요. 할 얘기가 생기는 것.

책으로 인생이 바뀐다는 말은 얼마나 사실일까
책은 얼마나 힘이 셀까

박현희(이하 '박') 책 때문에 인생이 바뀌진 않지만 꽂히는 책은 있는 거 같아요. 우리가 수없이 던지는 어떤 것 중엔 누군가의 가슴에 꽂히는 뭔가가 있을 거예요. 한 방에는 안 되죠. 올해 300명쯤 되는 애들에게 책을 읽혔지만 몇 명에게나 생각할 기회가 되었을까요. 아마 몇 안 될 거예요. 하지만 나 아닌 또 다른 누군가가 던지는 게 어떤 아이에게는 가슴에 가 꽂힐지도 모르고요.

주 항상 함께 지내는 아이들에게 먼저 산 어른으로서 괜찮은 얘기를 해주고 싶어도 그런 얘기를 할 시간이 없어요. 아침에 들어가면 오늘 뭐 내라, 너 안 냈지, 너 남아, 오늘 주번 누구야, 이런 얘기하기에 바쁘죠. 그러다 보면 그 긴 시간 동안 괜찮은 말 한마디 못해 주고 1년 보낼 때가 많거든요. 그런데 내가 해주고 싶은 이야기를 책이 대신해 줘요. 내가 해주고 싶은 얘기를 잘 해주는 책, 그런 책을 권하고 싶어요.

정 작년에 수업 시간에 책을 읽는 교과 독서 시간이 도입돼서 저도 책을 몇 권 선정하고 그 안에서 아이들이 선택해서 읽게 했는데 애들이 그 시간을 엄청 좋아하는 거예요. 그런데 그 시간에 진도를 나가야 될 때가 있어요. 그러면 애들이 땅이 꺼지게 한숨을 쉬어요. 애들이 이렇게 책 읽기를 은근히 좋아하는데 문제는 책 선정을 허겁지겁하게 되니까 허수가 많다는 거예요. 그래서 이 책 안에 있는 책들의 목록을 손에 넣었다는 게 저에겐 올해의 큰 성과예요.

좋은 책을 만난 느낌이란
나라는 사람이 괜찮아지는 느낌

이은주(이하 '이') 저는 이 모임을 하고 안 하고가 학교에서의 제 생활에 굉장히 큰 차이를 만들어요. 좀 창피한 얘기일 수도 있는데 저는 애들에게 책 권하는 것도 사실 절 위해서 하는 거예요.

좋은 사람들 속에 있으면 나 자신이 좋은 사람이 되는 것 같은 느낌이 드는데, 살면서 그런 데 많이 의지했어요. 그래서 항상 좋은 사람 속에 있으려고 했고요. 책을 읽는 것도 비슷해요. 책을 읽으면 내가 굉장히 괜찮은 사람이라는 느낌이 들어요. 좋은 사람 곁에 있는 것과 비슷한 느낌요. 애들에게 책을 권할 때도 마찬가지예요. '너는 정말 괜찮은 애야'라고 얘기해 주는 게 책으로 가능해요. 아이가 스스로 자기가 좋은 사람이구나 하는 느낌을 갖게 해주고 싶어요.

박 사실 올해 교과 독서를 하고 이 일에 달라붙기 전까지는 아이들이 그렇게 책을 안 읽는 줄은 몰랐어요. 못 읽겠거니 했지만 그래도 이 정도일 줄이야. 20여 년 교사 생활을 하고서도 그걸 몰랐던 거예요. 그동안 실패했던 이유는 내 눈높이에 맞고 내 관심사에 있는 책을 자꾸 골라 줬기 때문이었어요. 나한테 이게 좋았으니 너에게도 좋을 거야 하면서요. 그런데 학교에서 책 읽는 아이를 하나하나 자세히 보니 그 아이들 인생에서 그 얇은 책이라도 한 권 골라서, 그중에 열 페이지나마 진득하니 읽은 게 사건인 거예요. 그렇다면 책을 많이 못 읽어 봤거나, 아니면 처음 읽어 보다시피 하는 애들을 기준으로 책도 선정되어야겠다, 이런 생각을 했죠. 『군주론』, 『유토피아』이런 걸 읽어 낼 수 있는 애들을 위한 목록은 어마어마하게 많아요. 우리는 생애 처음 책을 한 권 읽었는데 그 책이 너무 좋았던 아이, 그 책 한 권을 읽은 힘이 남은 인생에 엄청 큰 힘이 될 아이, 그런 아이들이 읽을 수 있는 쉬운 책을 찾아 줘야겠다고 생각했어요.

주 우리가 현장에 있다 보니 이 책의 목록은 다른 도서목록보다 훨씬 쉬울 거 같아요. 물론 전부 다 그렇지는 않겠지만요. 지금 나와 있는 목록은 최상위 아이들을 위한 도서목록인 경우가 너무 많아요.

훌륭한 도서목록이라는 은근한 폭력

박 나는 아들을 키우잖아요. 남자아이들은 여자아이들보다 발달단계가 더딘데 우리 애는 5, 6학년 때 1, 2학년 애들 대상 책을 좋아했고, 지금도 진지하게 읽어야 할 추천도서는 꿈도 못 꿔요. 꽤 책을 많이 읽는 아이인데도요. 그런데 최근에는 『자기 앞의 생』을 집어들더니 꽂힌 모양이에요. 너무 바빠서 몇 페이지씩밖에는 못 읽지만요. 제대로 된 소설을 읽는 데 그 애는 16년이 필요했던 거예요. 애한테도 그 압박이 있었을 거 같아요. '이렇게 훌륭한 도서목록이 있으

7

니까 이걸 읽어야 돼' 하는. 그것도 일종의 폭력이 아닐까 싶어요.

주 그렇죠. 그런 부담을 덜어 주고 싶어요. 사회선생님으로서 좀 좋은 얘길 해주는 책을 권하고 싶지만 어렵지 않은 책을 찾아서요.

박 맞아요, 쉽지만 가볍지 않은 책. 이 아이들이 고등학교를 졸업하고 끝이 아니라 남은 생이 있잖아요. 한 권의 책이라도 제대로 읽었던 경험, 작가의 강의를 경청했던 경험. 이게 나중에 40대가 되고 50대가 되고 인생에 새로운 기운이 필요할 때, 한 번도 그런 경험이 없는 애들보다는 그 문을 두드리기가 쉬울 거라는 거죠. 수업을 할 때도 그걸 항상 생각해요.

주 지금 학교에서 고등학생 독서는 성공의 경험이 아니잖아요. 어려운 책을 자기는 다 못 읽으니까 학원에서 요약해서 정리해 주고 그걸 외우다가 좌절하고 그걸로 되지도 않는 글을 쓰고. 그렇게 졸업하면 다신 책 안 읽을 거 같아요. 책이 꼴도 보기 싫겠죠. 그런 경험이 되지 않으면 좋겠어요.

세상을 바꾸는 교육, 더불어 사는 삶을 위한 교육
그 말이 갖는 힘을 믿는 선생님
쓸데없다고들 하는 일에 신나게 열중하는 교사가 되고 싶다

정 제가 근무한 학교는 비평준화 지역 학교였어요. 애들이 전 과목 학원을 다니니까 사회과만큼은 학원에 안 다녀도 되게 해주고

싫었어요. 그래서 그 지역 기출문제 분석을 10년치 했더니 예측도 되고 한동안 반응이 정말 좋았어요. 저는 그렇게 잘 가르치는 유능한 선생님이 되고 싶었어요. 그리고 아이들 인생에 꿈을 주는 선생님이 되고 싶었죠. 그런데 올해 연구년을 보내면서 돌아보니 부끄러운 순간이 너무 많아요. 아이들에게 언어폭력도 가했을 테고 무심하기도 했어요. 그리고 내가 누군가의 인생에 그렇게 깊이 관여하고 영향력을 주겠다고 생각한 게 얼마나 오만했던가, 그걸 깨달았어요. 복귀해서 교단에 돌아가면 아이들이 화를 낼 때 조금은 관조적인 입장에서 보게 될 것 같아요. 이제는 잘 가르치는 선생도 좋지만 들어 주는 선생이 되고 싶어요. 아이들에게 사회 시간이 편안하고 즐거운 시간이 되었으면 좋겠고요.

박 나는 아이들에게 인상 깊은 경험을 제공하는 선생님이 되고 싶어요. 나를 기억해 주길 바라는 건 아니에요. 그 시간이 아니면 맛보지 않을 어떤 경험, 그걸 주고 싶어요. 아까도 얘기했지만, 뭔가 해냈던 경험이 있다면 사회에 나가서 비슷한 상황에 닥쳤을 때 남들보다 쉽게 접근할 수 있을 것 같아요. 사회 과목에는 바르게 살아야 하고 더불어 살아야 하고 하는 중요한 메시지가 많지만 내가 전해 주는 데 한계가 있고, 얘기한다고 깊이 새겨들을 거 같진 않아요. 그보단 '그때 참 색다른 일을 했지' 하는 새로운 경험, 그걸 주는 게 수업 목표예요. 내가 수업 들어가면 애들이 꼭 물어봐요. "오늘은 뭐 해요?" 애들이 수업을 궁금해하고 기대한다는 게 그렇게 좋아요.

이 교사가 되고 나서 멋진 말을 참 많이 들었던 것 같아요. 세상을 바꾸는 교육이 어떻고, 더불어 사는 삶을 위한 교육이 어떻고…. 좋은 말들은 정말 그 자체로 힘이 될 때가 있어요. 저는 제게 들어온 멋진 말들을 수업에서 다양한 방식으로 전하고, 나중에 아이들이 '그게 정말이었구나' 하고 생각하게 해주는 선생님이 되고 싶어요. 아름다운 말들이 힘이 되거든요. 그냥 말일 뿐일 수도 있지만, 그것을 믿는 끈을 놓지 않는 게 중요하다고 생각해요.

주 전 예전에는 이런저런 활동을 애들과 많이 했었는데 요새는 거의 안 해요. 이 과목은 수업만 잘 들으면 충분하다 할 정도로 수업하고 시험도 쉽게 내고요. 수행평가에서도 발표만 하면 다 만점을 줬어요. 애들이 너무 지치고 바빠 보여서요. 교과서 내용을 충실하게 전달하고 내가 하고 싶은 얘길 잘 했지만, 너무 편하게만 간 게 아닌가 싶기는 해요. 그래도 나는 무엇에 주안점을 뒀나 생각해보면, 아이들 숨통 트이게 하는 데 애썼나 봐요. 엄마 역할, 담임 역할에 충실한 거죠. 애들이 학원에 빠질 수 있는 기회를 자꾸 제공한 거예요. 하지만 혹시 그러면서 사회교사로서 정체성을 약간 잃어버리지 않았나 지금 반성했어요.

박 나는 이번에 기말고사 끝나면 애들하고 이런 걸 해보려고 해요. 주제를 하나씩 주고 거기에 관련된 1분 스피치를 하라고 하는 거예요. 그걸 촬영했다가 그 자리에서 바로 재생해서 보고 옆 반 애들도 그렇게 보고. 이거 재밌을 거 같죠?

주 다시 재생해 보지 않더라도 1분 스피치를 해보는 것 자체가 좋을 것 같아요.

정 마이크도 있으면 좋겠다.

이 맞아요. 마이크가 있으면 긴장되고 다르더라고요.

박 난 이래서 우리 모임이 좋아. 무슨 말을 하건 왜 쓸데없는 짓을 하냐고 안 그러잖아요. (일동 웃음)

목차

더불어

스스로

지금 사회에서 나의 삶에 결정적인 영향을
미치는 엄청난 일들이 연일 벌어지고 있는데,
그것을 모른 척하라는 것은 자연스럽지
않습니다. 삶이란 19세 이후로 유보될 수 있는
것이 아니기 때문입니다. 지금 이 순간순간들이
모여서 나의 삶이 된다는 것은 명백한
진실입니다. 그러니 어른들이 쳐 놓은 결계 뒤에
숨지 말고, 당당하게 세상을 바라봅시다.

나 이제 국민 안 해!

『남쪽으로 튀어!』
오쿠다 히데오 지음, 양윤옥 옮김, 은행나무, 2006

"사람을 저희들 맘대로 국민으로 만들어놓고
이래저래 세금을 뜯어 간다니까. 그러면 인간은
태어나면서부터 피지배층이라는 얘기야?
정말 웃기고 있어."
아버지는 아직도 고함을 치고 있었다.

— 본문 중에서

우리는 왜 어딘가의 국민이어야 할까

때때로 다른 나라 국민이고 싶을 때가 있습니다. 공부를 잘한다는 것은 달리기를 잘하거나 그림을 잘 그리는 것처럼 한 사람의 개성을 의미하는 것이기 때문에 따로 성적 우수상을 주지 않는다는 덴마크 교육 이야기를 들을 때, 저는 덴마크 국민이 되고 싶습니다. 대학까지 학비가 몽땅 무료라는 독일 이야기를 들으면 독일 국민이 되고 싶기도 하고요. 우리나라 기업이 인도네시아에서 무지막지한 노동착취를 저질렀다는 신문기사를 읽을 때, 저는 대한민국 국민이기를 그만두고 싶어지기도 합니다.

대부분의 사람들은 국가를 선택하지 않습니다. 그냥 태어날 때 정해진 대로 어떤 나라의 국민으로 살아가지요. 그런데 한번쯤 의문을 가져 본 적은 없나요? '나는 왜 대한민국 국민이지? 다른 나라 국민일 수는 없는 걸까? 아니, 그냥 어느 나라의 국민도 아닌 채로 살아가면 안 되는 걸까?'

밀양에서는 송전탑 건설을 반대하는 할아버지 할머니들의 힘겨운 싸움이 계속되고 있습니다. 밀양 근처에 있는 신고리 원자력발전소에서 생산된 전기를 다른 지역으로 보내는 송전탑이 자신들이 사는 마을을 지나가게 된다는 것을 알게 되자 할아버지 할머니들이 들고 일어섰습니다. 그분들이 바라는 바는 아주 단순했습니다. 그냥 살던 곳에서 살게 해달라는 것. 노구를 이끌고 무려 4년을 싸웠습니다. 어떤 이는 스스로 목숨을 끊기도 했습니다.

문제의 송전탑이 완공을 앞두고 있다는 신문기사를 보고 있노라니 가슴 한 켠이 먹먹해집니다. 그분들에게 국가는 무엇일까요? 어린 시절에 국가는 식민지였고, 이유를 알 수 없는 전쟁의 수행자였습니다. 그리고 이제 힘겹게 뿌리내린 삶의 터전을 송두리째 뒤엎으려는 무서운 불도저로 다시 나타납니다. 할아버지 할머니들은 왜 그토록 힘든 싸움에 나선 것일까요?

나는 국민을 관두겠어

이런 의문이 고개를 들 때, 오쿠다 히데오의 『남쪽으로 튀어!』를 꺼내 듭니다. 『남쪽으로 튀어!』의 무대는 일본입니다. 소설 속 초등학생 지로는 이래저래 괴롭습니다. 말도 안 되는 이유로 자기를 괴롭히는 깡패 같은 중학생 가쓰와 가쓰의 충실한 심부름꾼 노릇을 하는 구로키는 지금 지로가 직면한 고통의 선봉에 있습니다. 지로의 친구 준은 괴로워하면서도 가쓰의 요구에 따르지만, 지로는 절대 그럴 수는 없다고 생각합니다. 용기를 내어 가쓰에게 덤비기도 하지만, 싸움으로 다져진 중학생과 어설픈 초등학생의 싸움은 시작도 해보기 전에 끝이 납니다. '그렇지만 이렇게 물러설 수는 없어.' 지로는 생각하지요. 어쩌다 보니 가쓰에게 다시 덤벼들고, 어쩌다 보니 가쓰에게 결정적인 한 방을 먹이면서 싸움에서 이깁니다. 하지만, 이겼어도 끝은 아닙니다. 가쓰가 죽었다고 생각한 지로 일당은 경찰의 추적을 피해 가출까지 하지요. 알고 보니 아무 일도 일어나지 않았지만, 지로는 두려운 시간들을 보낼 수밖에 없었습니다.

지로가 괴로운 또 다른 이유는 아버지 때문입니다. 지로의 아버지는 보통 상식으로는 이해하기 어려운 인물입니다. 국민연금 보험료를 내지 않고 버티는 지로의 아버지를 설득하기 위해 집까지 찾아온 공무원과의 대화를 보시죠.

18

"그럼 나는 국민을 관두겠어." 아버지가 가슴을 쭉 젖히며 말했다.

"예?" 아주머니의 목이 앞으로 쑥 내밀어졌다.

"일본 국민이기를 관두겠다고. 애초부터 원했던 일도 아니었으니까."

"……어디, 해외로 이주하시려고요?" 갑자기 목소리 톤이 낮아진다.

"내가 왜 해외에 나가? 여기 거주한 채로 국민이기를 관둘 거야."

(…)

"우헤하라 씨, 일본사람…… 맞으시죠?"

"그래. 하지만 일본사람이 반드시 일본 국민이어야 할 이유는 없어."

(…)

"사람을 저희들 맘대로 국민으로 만들어놓고 이래저래 세금을 뜯어 간다니까. 그러면 인간은 태어나면서부터 피지배층이라는 얘기야? 정말 웃기고 있어." - 1권 22-24쪽

지로의 아버지는 이런 사람입니다. 가정방문을 온 지로의 담임선생님한테 만약 지로가 학교 행사

때 기미가요(일본 국가) 제창을 거부하면 어떻게 할 거냐, 천황제에 대해서는 어떻게 생각하느냐, 하는 곤란한 질문들을 쏟아 놓습니다. 지로는 이런 아버지가 영 못마땅합니다. 급기야 아버지가 학교에서 징수하는 수학여행비가 너무 비싸다며 여행사로부터 모종의 대가를 받았을 것이라고 주장하고 나서자 절망에 빠집니다. 아들이 학교도 제대로 못 다니게 만드는 아버지. 지로가 생각하는 아버지의 모습입니다.

그런데 국민이 아닌 존재가 이상한가요? 『공산당 선언』, 『자본론』으로 유명한 마르크스Karl Marx는 조국인 독일의 박해를 피해 독일 국적을 버리고 이후 평생을 무국적자로 살았습니다. 일본에는 지금도 일본 국적도 대한민국 국적도 아닌 '조선적'이라는 것을 가지고 살아가는 사람들이 많이 있습니다. 여기서 말하는 조선은 '조선민주주의인민공화국'의 조선이 아니라 고종, 순종이 다스리던 바로 그 조선입니다. 조선은 역사 속에서 사라진 국가이니 사실상 무국적인 셈입니다. 인민 루니 정대세 선수의 어머니가 이런 사람이었습니다. 지금도 수많은 망명자들이 국적 없는 삶을 살고 있습니다. 누구나 어떤 나라의 국민으로 사는 것은 아니라는 거죠.

국가나 자본, 그리 오래된 게 아니야

이러저러한 이유로 지로의 가족은 도쿄를 떠나 남쪽 오키나와 근처의 아주 외딴섬, 이리오모테 섬으로 이사를 가게 됩니다. 전기도 들어오지 않는 집에서 살게 된 거지요. 지로와 지로의 여동생은 아주 절망스러워하지만, 아버지와 어머니는 물 만난 고기처럼 신이 났습니다. 시간이 흐르면서 지로 남매 역시 이런 생활도 별로 나쁘지 않다는 것을 깨닫습니다.

지로가 사는 동네는 사람이 아주 귀합니다. 이런 곳에 아이들까지 데리고 찾아온 젊은 사람들이 있으니 마을 사람들은 대환영입니다. 사람들은 앞다투어 지로네 가족을 도와주려고 안달이 났습니다. 농사를 짓고 물고기를 잡으며 생활하니 돈도 별로 필요 없습니다.

하지만 이 평화는 오래가지 않습니다. 지로가 살고 있는 섬을 대형 리조트로 개발하려는 개발업자들이 섬으로 들이닥친 겁니다. 그들은 회사가 정당한 법적 절차를 거쳐 권리를 취득한 땅을 지로네 가족이 무단으로 점거했다면서 정면 승부에 나섭니다. 지로의 아버지는 그들과 맞서 일생일대의 결전을 벌입니다. 불도저가 함정에 빠지고, 다이너마이트까지 폭발하는, 진짜 전쟁 같은 싸움을 끝내고 아버지와 어머니는 배를 타고 떠납니다.

지로네 가족이 이사한 곳이 오키나와 근처의 이리오모테 섬이라는 것은 아주 상징적입니다. 오키나와는 원래 일본 영토가 아니었습니다. 류큐 왕국이 있던 오키나와를 일본이 점령하면서 일본 땅이 된 것이지요. 이리오모테 섬도 류큐 왕국에 의해 점령당한 지역이지 류큐에 처음부터 속한 땅이 아니었습니다. 이리오모테 섬의 주민들은 류큐 왕국에 저항해서 자신의 공동체를 지키려 했던 기억을 아직도 간직하고 있습니다. 이리오모테가 일본도 아니고 류큐도 아닌, 그저 이리오모테이던 시절의 이야기를 담은 전설이 입에서 입으로 전해지며 섬사람들의 마음속에 새겨진 것입니다. 그러니 그 땅을 두고 당연히 일본 땅이라고, 그러니 일본 법률의 효력이 미친다고, 일본의 제도에 따르라고 하는 것은 굉장히 이상한 일일 수도 있는 것입니다. 우리나라가 일본의 지배를 받던 시절, 일본의 지배를 당연한 것으로 받아들일 수 없었던 것과 똑같죠.

오쿠다 히데오는 생각을 확장해 보라고 우리에게 권합니다. 이것은 도쿄에서 그토록 멀리 떨어진 섬, 이리오모테에서만 일어나는 일인가? 우리는 원래 국가나 자본과는 관계없이 살아오던 사람들이었잖아? 그런데 왜 자꾸 우리에게 그걸 당연한 것으로 받아들이라고 하지? 심지어 국가가 내 행복의 기반을 파괴하고 있을 때조차도?

『남쪽으로 튀어!』는 이런 어려운 물음을 인류 끄트머리의 기억을 진하게 간직한 사람, 지로의 아버지를 통해 우리에게 던집니다.

> 아버지는 다시 밭을 갈고 있을까. 바다에서 고기를 잡을까. 건장한 몸집을 가진 사람에게는 그런 생활이 더 어울린다. 인류는 돈을 지닌 시대보다 지니지 못했던 시대가 훨씬 더 길었다. 그러한 인류 끄트머리의 기억이 아버지에게만 진하게 남은 것이다.
>
> 아버지 좋을 대로 해도 괜찮아. 지로는 바다를 향해 중얼거렸다. 함께 사는 것만이 가족은 아니니까. - 2권 299쪽

의문을 외면하지 말자

『남쪽으로 튀어!』에서 지로가 중학생 가쓰와 싸움을 벌이는 것과 지로 가족이 리조트 개발업자와 결전을 벌이는 것은 동일한 구조로 되어 있습니다. 작가는 처음에 지로의 작은 싸움을 보여 주고

후반에는 지로 가족의 큰 싸움을 보여 줌으로써, 큰 싸움의 구조를 잘 이해할 수 있게 해줍니다. 즉, 크건 작건 힘으로 상대를 억압하고 제멋대로 하려는 세력이 존재한다는 것, 그리고 그 힘에 굴복하느냐 맞서느냐는 당사자가 선택할 문제라는 것이죠.

	억압의 원인	억압의 동조자
지로(개인)	깡패 중학생 가쓰	심부름꾼 구로키
지로네 가족	국가·자본	리조트 개발업자

그런데 우리는 이러한 선택을 자꾸 19세 이후로 미루도록 강요 당합니다. 지금은 어리니까, 학생이니까, 하는 이유로 말입니다. 『남쪽으로 튀어!』에는 인상 깊은 에피소드들이 많이 등장하지만, 그중에 가장 가슴에 남은 것은 이것입니다. 개발업자와 지로 가족의 싸움이 절정을 향해 치닫고 있을 때 전교생이 10명도 안 되는 지로네 학교 조회 시간에 교장 선생님이 그 일에 대해 이야기한 것입니다.

"우에하라네 가족은 이시가키 섬의 장로이신 상라 어르신의 소개로 이 섬에 이주하였습니다. 그런데 그 토지는 어느새 도쿄 리조트 개발회사의 소유지가 되어 있었습니다. 거기서 되거 문제가 발생했습니다……."

교장 선생님의 이야기를 들으며 지로는 조금도 부끄럽지 않았다. 이 자리에 있는 아이들이 모두 동지라는 것을 알고 있었기 때문이다. 그리고 이 문제를 은근히 감추거나 하지 않고 정면으로 다루는 이 학교 선생님들께 존경의 마음을 품었다. 도쿄 학고라면 이런 분쟁에 대해 되도록 언급하지 않고 학생들의 귀에도 들어가지 않게 하려고 애썼을 것이다.

"(…) 만일 의문을 품었거나 뭔가 이상하다고 생각되는 일이 있다면, 그것을 잊지 말고 가슴속에 간직해 주세요. 그리고 어른이 되었을 때, 자신의 머리로 판단하여 정의의 편에 서는 사람이 되어 주세요……." -2권 247~248쪽

도쿄 학교에서라면 이 일을 감추려고 애를 썼을 것이라고 지로는 생각합니다. 그건 우리가 살고 있는 대한민국의 학교에서도 마찬가지일 것입니다.

혹시 〈안녕들하십니까?〉 대자보를 기억하나요? 2013년 12월에 고려대학교 4학년 학생이 사회 문제에 무관심한 청년들에게 "하수상한 시절에 모두 안녕들하십니까?"라고 물으며 철도 민영화, 불법 대선 개입, 밀양 주민 자살 등 당시에 뜨거운 쟁점이 되고 있었던 사회 문제에 관심을 촉구하는 대자보를 학교에 붙였습니다. 이 일이 계기가 되어 대학교는 물론 중고등학교까지 "안녕들하십니까?"로 시작되는 대자보가 퍼져 나갔습니다. SNS까지 동원되어 온 나라가 술렁술렁했죠. 이때 중고등학교는 어떻게 대응했을까요? 누군가 밤새 써내렸을 대자보를 성급히 철거하고, 마치 아무 일도 없었던 것처럼 쉬쉬했습니다.

생각해 보면 항상 그랬습니다. 철도 파업으로 온 나라가 난리일 때도, 용산에서 강제 철거를 강행하다가 사람이 죽었어도, 학교는 모른 척합니다. 사회 문제에 관심을 가지고 정치에 참여하는 시민이 민주시민이라는 주장은 사회 교과서에만 나오는 얘기일 뿐, 현

실은 전혀 달랐던 것입니다. 그리고 우리는 그런 학교에 익숙해져 있습니다. 마치 마법사가 결계를 치듯, 학교를 세상으로부터 분리해 버리려고 합니다.

　그러나 지금 사회에서 나의 삶에 결정적인 영향을 미치는 엄청난 일들이 연일 벌어지고 있는데, 그것을 모른 척하라는 것은 자연스럽지 않습니다. 삶이란 19세 이후로 유보될 수 있는 것이 아니기 때문입니다. 지금 이 순간순간들이 모여서 나의 삶이 된다는 것은 명백한 진실입니다. 그러니 어른들이 쳐 놓은 결계 뒤에 숨지 말고, 당당하게 세상을 바라봅시다. '왜 그럴까?', '정말 그럴까?' 마음속에서 일어나는 의문들을 억지로 눌러 놓지 말고 그 의문을 따라 내 삶의 터전인 이 세상을 똑바로 바라봅시다. 『남쪽으로 튀어!』는 세상에 대한 의문에 답하는 자세를 우리에게 말해 줍니다.

살고 싶은 나라를 세워 보자

국제사회에는 관습국제법이라는 것이 있습니다. 사회의 일원이라면 자동적으로 그 법 아래에 놓이게 되지요. 관습국제법에 따르면 국제사회에서 국가로 인정받기 위해서는 다음의 네 가지 조건을 만족시켜야 한다고 합니다.

첫째, 영토

크기는 상관없습니다. 실은 어떤 형태이냐도 크게 상관은 없어요. 시랜드 공국**Principality of Sealand**이라는 나라는 바다 위에 세워진 구조물이 영토입니다. 1967년에 설립되어 아직 국제사회에서 독립국으로 인정하지는 않고 있지만, 그렇다고 나라의 꼴을 갖추지 못한 것도 아닙니다. 여권, 화폐, 심지어 축구 국가대표팀까지 있다고 합니다. 시랜드 공국은 백작 지위를 한화

바다에서 바라본
시랜드 공국

로 약 4만5천원에 살 수 있다고 하네요. 공식 웹사이트에서는 기념우표도 팔고 있습니다. www.sealandgov.org

둘째, 국민

앞서 예를 든 시랜드 공국의 인구는 5명입니다. 관습국제법에 의하면 국가로서 인정받느냐 받지 못하느냐에 인구 수는 상관없습니다.

셋째, 정부

아틀란티움 제국**Empire of Atlantium**은 호주에 위치한 나라입니다. 제국이니 황제가 있는데, 이 황제의 부모님은 어릴 때 정치에 관심을 보

이는 자식에게 "세상이 마음에 들지 않으면 직접 뭔가 해야 한다."라고 말씀하셨다고 합니다. 그래서 조카와 함께 집 뒤뜰에서 나라를 만들었다고 하네요. 이곳에서 황제는 다양한 문제들에 대한 정치적 실험을 하면서 국가를 꾸려 가고 있습니다. 역시 공식 웹사이트가 있습니다. www.atlantium.org

아틀란티움 공화국의 공식 문장

넷째, 외교 능력을 가지고 있을 것

인구가 열 명도 채 되지 않는 작은 나라 중에 몰로시아 공화국Republic of Molossia도 있습니다. 미국 영토 내에 있는 나라인데 1977년에 세워졌습니다. 몰로시아 공화국도 국제사회에서 국가로 인정받지는 못하는 형편이지만 나름대

몰로시아 대통령의 집무실

로 활발한 외교활동을 펼치고 있습니다. 작은 국가들의 연맹을 결성하기도 하고, 국제사회 이슈에 목소리를 내기도 하면서요. www.molossia.org

인구가 5명밖에 안 되는 나라라니, 너무 장난 같은가요? 자기가 꿈꾸던 세상을 스스로 만들어 본다는 게 멋지지 않나요?

연애라니, 우리도 고민이야

정양례

『아슬아슬한 연애 인문학 - 사랑은 19금이 아니다』
윤이희나 지음, 이진아 그림, 한겨레에듀, 2010

"상대에게 일방적으로 스킨십을 강요하지 않는 건 좋아 보여.
근데 지켜 준다는 말을 듣는 순간 갑자기 약한 인간으로
취급받는 것 같아."
"지켜 준다는 건 거꾸로 언제든 그 지위와 힘을 이용해
관리 · 지배할 수 있기도 한 거니까. 완전 음모론이군."
"평등한 관계라면 스킨십의 선들을 잘 합의해 가면 되지 않아?
그리고 그 약속을 잘 지키고. 지켜 주는 게 아니라!"
"응, 동감. 누가 누구를 지켜 줄 필요는 없는 거니까."
"지켜 주겠다는 말 함부로 하면 안 되겠다."
속사포처럼 쏟아지는 소녀들의 이야기를 듣고 있자니,
1979년에 발행한 미국의 1달러 동전에 들어가 있는
여성운동가 수전 앤서니의 말이 떠오른다. "여성은 남성의
보호가 필요해서는 안 된다. 그리고 반드시 자신을 보호하는
법을 배워야 한다."
— 본문 중에서

학교에서의 연애, 어디까지 허용해야 할까?

학교에서 교사라는 신분으로 학생들의 생활지도를 할 때면 '내가 이렇게 지도하는 게 맞나?' 하고 고개를 갸우뚱거리는 순간이 있습니다. 갑자기 날씨가 추워져서 교복 위에 외투를 입은 학생들에게 "아직 학교 방침이 내려지지 않았다."라며 외투를 압수할 때, 졸업 사진을 촬영하는 날조차 학생들의 화장을 단속할 때가 그렇습니다. 그렇다면 연애는 어떨까요?

담임교사는 학급 내에서 누가 누구와 사귀는지 굳이 말하지 않아도 눈치로 알 수 있습니다. 때문에 어떤 학부모는 내 아이가 '질 나쁜' 여자애랑 사귀는 걸 알면서도 왜 알려주지 않았느냐며 따져 묻는 경우도 있고, 이성교제하는 아이들의 스킨십을 통제해 달라고 요구할 때도 있습니다.

'설마 학교 안에서 대놓고 과감한 스킨십을 시도하겠어?'라고 생각하던 무렵, 종례 시간이 지나 복도를 지나가던 옆 반 담임교사가 우리 반의 한 커플을 끌고 왔습니다. 축제를 앞두고 여러 반으로 구성된 댄스팀원이었던 여자아이는 옆 반 교실에서 팀원들과 춤 연습을 하고 있었답니다. 이 모습을 사랑스럽게 지켜보던 남자아이가 충동적으로 여자친구에게 다가가 키스를 했고 주변의 아이들이 지르는 환호성 때문에 근처를 지나가던 옆 반 담임교사에게 들킨 것이지요. 단둘이 숨어서 한 것도 아니고 여러 아이들이 보는 앞에서 대놓고 영화 한 편 찍은 두 아이를 어떻게 처벌할 것인가를 두고 교사들 간에 설전이 오고 갔습니다. 학교 내에서 연애가 활발한 요즘 상황을 고려해 이 사건을 대충 넘기면 아이들이 풍기문란해질 수 있다며 3학년 부장교사는 곧바로 두 학부모를 소환했습니다. 학교로 불려 오신 학부모에게는 자녀의 이성교제에 더욱 관심을 가져 줄 것을 요청했고 공개 키스를 한 두 아이는 주의를 받고 2주 동안 교내 청소라는 봉사활동 명령이 떨어졌습니다.

아, 그런데 고백해야겠습니다. 저는 그날 두 아이에게 훈계한 내용이 달랐습니다. 남자아이에게는 좋아하는 여자일수록 소중하게 대하라고 훈계한 뒤 바로 귀가 시켰지만 여자아이는 따로 남겨 장시간 설교를 했습니다. 지금은 결혼까지 갈 수 있을 것 같지만 이성교제란 것이 생각대로 되지 않는다, 그런데 공개적으로 키스까지 해버리면 남자보다는 여자에게 치명적인 상처로 남을 수 있다, 우리 사회가 아무리 개방되었다고 해도 남녀교제는 보수적인 경향이 강하다, 네 몸은 네가 지켜라. 뭐 이런 내용이었던 것 같습니다. 이성교제의 횟수가 남자에게는 훈장일 수 있지만 여자에게는 약점이 될 수 있다는 고정관념이 학생들의 이성교제 지도에서도 나타났던 것이지요.

가끔 그날을 돌이켜보며 이성교제를 하는 학생들을 어떻게 지도하면 좋을까 생각할 때가 있습니다. 성인이 될 때까지 사귀지 마라는 것은 시대착오적인 발상이겠죠. 연애를 하되 손잡는 선까지만 가라? 아니면 뽀뽀까지만 해라? 키스를 하려거든 학교 아닌 곳에서 해라? 더 나아가 성관계가 아니라면 괜찮다? 아, 모르겠습니다. 이런 얘기는 교사끼리만 나눌 게 아니라 교사, 학부모, 학생들이 같이 이야기를 해보면 참 좋겠다는 생각이 들었습니다. 때마침 추천 받은 책이 바로『아슬아슬한 연애 인문학』입니다.

놀아 본 언니가 조언하는 연애지침서

고민을 상담할 때는 고민을 들어 주는 상대에게 어느 정도 해결책을 기대하기 때문에 그 분야의 전문가를 선호합니다. 연애도 마찬가지입니다. 공부만 잘하는 모범생이나 모태솔로에게 연애 상담을 하고 싶지는 않죠. 특히나 다른 건 몰라도 연애 상담만큼은 '좀 놀아 본 친구'에게 하고 싶어집니다. 다행히 이 책의 저자는 자칭 '먼저 놀아 본 언니'입니다. 세상이 궁금해 남들보다 먼저 학교 울타리를 뛰쳐나온 뒤 아르바이트로 모은 130만원을 들고 19살 때 자전거를 타고 유럽 여행을 하였고, 이후 춤추고 요가하고 여행 공동체를 만들었습니다. 그 과정에서 만난 십대들과 소통하며 살고 있던 저자는 연애를 전문 분야로 하여 연애 인문학을 창학하기에 이릅니다. 이 책은 십대 혹은 연애를 제대로 경험하지 못한 이십대를 위한 연애 안내서입니다. 학급문고 목록에 이 책이 들어가면 아이들의 손길이 떠나지 않을 만큼 인기를 누렸다기에 책을 펼쳐 보니·과연! 그럴 수밖에 없겠구나 싶게 소제목이 눈을 잡아끕니다.

1장 '나의 로맨스, 너의 판타지'에서는 남녀의 기질 차이로 인한 연애 접근 방식의 차이점을 그렸습니다. 2장 '아슬아슬한 연애 인문학'에서는 '진도를 나가, 말아?'처럼 흥미진진한 꼭지가 마음을 두근거리게 합니다. 3장 '스킨십의 이론과 실천' 이 소제목만 놓고 보면 권장도서랍시고 이 책을 권한 담임교사를 향해 학부모가 항의할 수도 있겠다 싶게 자극적입니다. 하지만 섣부른 판단은 금물. 4장에서는 '사랑과 이별에 대처하는 우리의 자세'를 이야기하고 있습니다.

책을 읽고 나면 교사 혹은 학부모가 학생들이나 자녀와 이야기할 거리가 아주 많아집니다. 서로가 상처 주지 않는 아름다운 연애를 하기 위한 조건이 무엇인지, 내가 바라는 이상형은 어떤 상대인지, 교제를 시작했을 때 밀당이 꼭 필요한지, 혹은 진도는 어디까지 나갈 것인지, 어쩌다 이별을 했을 때 어떤 자세를 취해야 할지…….

이 중 두 가지 정도 얘기를 나눠 봤으면 합니다.

나누고 싶은 이야기 하나 – 남자와 여자, 정말 다른 걸까?

초등학교 시절 막연하게 남자와 여자는 다르다고 생각할 즈음 확실하게 남녀 차이를 구분해 준 행사가 있었으니 다름 아닌 6학년 여학생들만의 성교육이었습니다. 담임선생님이 어느 날 여학생들만 강당으로 가라고 하셔서 6학년 여학생들은 어리둥절해하면서 강당에 모였습니다. 처음 보는 선생님이 슬라이드를 넘기며 여성의 신체에 대한 교육을 했습니다. 사춘기가 되면 생리를 하게 되고 이때부터는 몸가짐을 조심해야 하는데 남자들과 함부로 사귀었다가는 임신을 하기 십상이라는 내용의 강의는 무척이나 충격이었

습니다. '아, 생리를 안 하면 정말 좋겠다.' 이런 생각을 하며 집에 돌아왔던 기억이 지금도 생생합니다. 물론 지금은 대부분의 학생들이 부모에게서, 또는 학교에서 이런저런 통로로 초등학교 저학년때부터 성에 대한 지식을 쌓겠지만 당시는 저뿐만이 아니고 대부분의 초등학생들이 남녀 성에 대한 차이를 6학년 성교육 시간을 통해 배웠습니다. 덕분에 연애=임신이란 이상한 공식을 주입받아 중·고교 시절에 다가왔던 두어 차례의 연애 기회를 날려 버리기도 했습니다. 아~ 억울해!

그런데 부모 세대보다 개방된 성교육으로 남녀의 차이를 잘 파악했을 것 같은 요즘 학생들도 왜곡된 이성상을 갖고 있기는 마찬가지였습니다. 먼저 로맨스를 꿈꾸는 소녀들의 이상형을 보면

순수하고 나만 바라봐 주고 다른 여자에게는 무뚝뚝하고,
속이 깊고 지적이고 개념이 잘 박힌 남자. 키는 175센티미터

이상이어야 하고, 목소리가 좋고 눈웃음이 있고 배려심 깊고 눈
치 빠르고 부르면 바로 올 수 있는 남자…….

　외모랑 다르게 로맨티스트이며, 잔근육이 있는 남자, 키는
나보다 10센티미터 커야 하고, 유머러스하며 나의 고민을 상
담해 줄 수 있는 사람……. -15~16쪽

소녀들은 수려한 외모에, 여성의 심리를 잘 파악해 말하지 않아
도 먼저 배려해 주는 자상한 남자를 꿈꿉니다. 이에 반해 초등학교
시절부터 야동을 접한다는 소년들의 이상형은 이렇습니다.

　긴 머리에 착하고 귀엽고, 잘 웃는 성격의 사람. 대충 보면
예쁘고, 자세히 보면 귀여운 여자. 글래머러스한 몸매와 귀여
운 얼굴의 여자. 뚱뚱하지 않고 귀엽지만 S라인인 여자. 키는
160~170센티미터 정도고, 귀여운데 4차원인 예쁜 여자…….
　- 14쪽

한결같이 글래머러스한 몸매에 귀엽고 예쁜 여자를 꿈꾸니 소녀
들에 비해 조건이 단순해 보이지요? 둘 다 외모에 대한 기준이 높다
는 공통점이 있지만 차이점도 뚜렷합니다.

　즉 소녀들의 이상형에는 나와 어떤 관계를 맺을지에 대한
기대가 담겨 있다. 그것도 퍽 낭만적이라 할 만한 설정으로.
여기에서 소녀들이 소년들보다 관계 중심적으로 연애를 바라본
다는 것을 알 수 있다. (…)

이것은 소년들이 야동을 몰래 공유하는 것과 소녀들이 하이틴 로맨스와 팬픽에 열광하는 지점의 차이와도 흡사하다. 그게 뭐냐고? 전자는 관계가 생략된 미디어이고, 후자는 관계가 핵심인 미디어다. 바로 그만큼의 간극이 소녀, 소년들의 차이를 짐작하게 해주는 단서다. - 19쪽

이러한 차이를 알고 이성교제를 시작한다면 소년과 소녀는 조금은 더 현실적인 이상형을 만들어 갈 수 있겠지요?

나누고 싶은 이야기 둘 - 연애 진도 어디까지 생각해?

저에겐 이제 막 수능을 끝낸 고3 딸아이가 있습니다. 성인으로서 대학생활을 시작하게 될 딸아이는 종합편성채널의 〈마녀 사냥〉이란 프로그램을 흘낏흘낏 시청할 정도로 연애에 대한 기대와 관심이 지대합니다. 어느 날 독서실에서 자정 가까이 되어 돌아온 딸아이가 그 프로그램의 끝부분을 같이 시청하며 진지하게 물었습니다.

"엄마, 요즘 대학생들은 사귀면 저렇게 자고 그러나 봐? 정말 대부분이 그럴까?"

"설마~ 다 그렇진 않겠지. 설사 그렇다고 해도 방송에 나와 말하는 건 좀 아닌 것 같아."

아들이 아닌 딸을 둔 부모의 입장에서 이성교제=성관계로 이어지는 〈마녀 사냥〉의 에피소드는 조금 불편합니다. 성에 대해 개방적이고 솔직한 그들을 보면 그러는 게 맞다 싶다가도 '내 딸의 경우라면?' 하고 역지사지 해보면 고개를 젓게 됩니다.

하지만 알고 있습니다. 고등학교를 졸업하면 이제 성인이 된 딸아이에게 고리타분한 성교육은 씨알도 안 먹힐 거라는 것을요. 차라리 자신의 몸에 대해 잘 알고 건강한 연애를 할 수 있도록 마음을 열어 놓는 것이 보다 현실적이라고 생각합니다.

하지만 성인이 되지 않은 중·고등학생들의 경우는 어떨까요? 수능이 끝나고 한껏 풀어진 딸아이에게 청소년들의 이성교제에서 진도는 어디까지 허용해야 하는가에 대해 물었습니다.

딸아이는 재미난 일거리를 찾았다며 반 아이들에게 설문조사를 했죠.

중·고교생 이성교제시 진도는 어디까지 가능할까?
(교사는 어디까지 인정해야 할까?)

① 손잡고 어깨에 팔 두르기까지 가능하다.
② 키스까지 가능하다.
③ 성관계 이전까지 모두 가능하다.
④ 자신들의 의사에 맡긴다. (모두 가능)

20여 명의 아이들 중 대부분은 '③ 성관계 이전까지 모두 가능하다.'를 지목했습니다. 그 이유로는 임신의 공포와 막연한 두려움을 꼽았습니다.

이 책은 세계의 첫 성경험 평균연령대도 소개하고 있습니다. 세계 평균은 17.3세이고 아이슬란드는 15.6세로 가장 어렸습니다. 미국은 16.9세, 우리나라와 비슷할 것으로 여겨지는 일본은 17.2세입니다. 그러나 질병관리본부가 발표한 '2013년 청소년 건강행태조사'에 따르면 10대 청소년들 중 성경험이 있는 학생들의 평균 연령은 12.8세인 것으로 나타났습니다. 성에 개방적인 네덜란드는 1970년대 중반 청소년의 첫 성관계 연령이 12.4세였는데, 청소년들의 무분별한 성관계와 임신이 사회적 문제로 떠오르자 국가 차원에서 초등학교 4학년부터 중학생까지 대대적인 성교육을 실시했습니다. 우리처럼 주입식이 아닌 토론식으로 진행되고, 남녀 신체 차이부터 임신과 출산 등 생물학적인 내용뿐만 아니라 피임, 성행위, 이성을 만났을 때 대화 기술, 성에 대한 사회적 가치 등을 교육합니다. 그 결과 2006년 네덜란드의 첫 성관계 연령이 17.7세로 바뀌었습니다.

이성교제에 있어 진도를 어디까지 나갈 것인가를 얘기할 땐 육체적 성숙뿐만 아니라 정신적 성숙이 전제되어야 합니다.

내 마음의 주인이 나인 것처럼 내 몸의 주인 역시 나다. "내 몸은 내 거"라는 소유격이 아니라, "내 몸은 그냥 나"라는 정의! 몸을 절대 무시하면 안 된다. 신체의 경계는 관계의 경계이니까. 왜 콩나물 시루 같은 지하철에서 모르는 사람이 내 몸 가까이 붙어 서면 불편해지지 않던가? 신체 주변의 경계가 흐려지면 스트레스가 온다.

섹스라는 건 그 신체 경계의 마지노선이다. 서로가 '나'라는 몸을 몽땅 공유하는 문제다. 이러한 몸과 마음의 경계가 삼엄히 존재한다면 상대와 아직 섹스를 할 사이가 안 된 거다. 반대로 이런 경계가 사라졌다면 섹스를 할 수 있는 지점에 가까이 다가섰다는 뜻이고. 소중한 자신의 몸을 언제 상대방에

게 내밀한 영역까지 내보여 줄 수 있는 건지 곰곰이 생각해 볼 일이다. -99쪽

또한 섹스는 단순히 섹스에서 끝나는 문제가 아니기 때문에 고려해야 할 사항이 더 있습니다. 상대방에 대한 믿음이 확고한가가 그것입니다. 찌질한 남자들은 섹스 경험이 훈장이나 된 것처럼 떠벌리고 다니는 경우도 있고 SNS에 올리는 경우도 있으므로 상대방을 잘 파악하는 것이 중요합니다. 더불어 원치 않는 임신을 하지 않도록 피임에 대한 정확한 지식을 갖는 것도 필요합니다.

조금 아쉬운 것, 유독 유익한 것들

책의 1장에는 연애를 했다 하면 한 달 이상을 이어 가지 못하는 좀 쉬운 여자, '이지걸easy girl' 보람이에 대한 에피소드가 있습니다. 학교에서 생활하다 보면 보람이처럼 쉽게 사귀고 쉽게 헤어지는 이지걸들을 종종 볼 때가 있습니다. 비슷한 고민을 하고 있을 보람이들에게 더 이상 쉬운 여자, 쉬운 남자가 되고 싶지 않다면 '나'에 대한 통찰을 먼저 하라고 저자는 충고합니다. 하지만 제가 보람이라면 이러한 충고는 그닥 와 닿지 않을 것 같습니다. 원론적으로는 맞는 말이지만 실제적인 도움은 안 되었을 것 같아서죠. 아마 '먼저 놀아 본 언니'는 실질적인 도움을 책 너머에서 주었겠지만, 실전 전술을 알려 주었다면 좋았을 텐데 하는 아쉬움이 남습니다.

그에 반해 작업남이 작업을 걸어 올 때 받아치는 연습문제는 꽤 유용할 듯합니다.

소녀든 소년이든 부담스런 성적 요구에 직면했을 때는 "잠 깐, 나 화장실 좀 다녀올게."(미루기), "정말 보고 싶은 영화가 개봉한 거 있지. 영화관 가자."(대안제시) 같은 대응을 구사해도 좋겠다. 일명 대안 제시와 미루기 전략. 그 상황을 지연시키는 것만으로도 긴장 상태가 누그러지는 경우가 많다. 참, 대안으로 제시하는 공간이 비디오방이면 곤란하다는 것도 기억하자.

평소에 받아치기를 연습해 두면 그날이 닥쳤을 때 당황하지 않고 침착하게 대처할 수 있다. 나라면 뭐라고 대꾸할지 생각해서 연습해보자.

작업남 : 저번에 키스하기로 약속했잖아.

받아치기녀 :

-76쪽

받아치기가 좀 어렵나요? 이럴 땐 '좀 놀아 본 친구'의 답이 궁금하네요. 책을 읽고 나면 가정에서 나눌 수 있는 이야기와 학교에서 토론 주제로 삼을 만한 이야기들이 다양하게 나올 것 같습니다. 기말고사도 끝나고 교실이 어수선할 즈음, 한두 가지 연애에 관한 주제를 골라 모서리 토론을 해보는 것도 재미있을 것 같죠?

인간이라면 누구나 사랑하고 사랑받고 싶어 합니다. 요즘 제가 생각하는 연애를 잘하는 비결 첫 번째는요, 혼자서도 잘 놀 수 있어야 한다는 것이랍니다. 어느 시에서 말한 것처럼 사랑은 둘이 만나 하나가 된 것이 아니라 홀로 선 둘이 만나야 좋은 관계가 오래오래 지속될 수 있답니다.

우리가 사는 세상은
너무 괴상해

『빠빠라기』
투이아비 지음, 에리히 쇼이어만 엮음, 김범경 옮김, 하서, 2006

너는 태어날 때에도 돈을 치러야 했으며,
네가 죽을 때에도 단지 죽었다는 사실
하나만으로 너의 아이가(가족) 돈을 치르지
않으면 안 된다. 몸뚱이를 대지에 묻는 데에도,
추억을 위해서 네 무덤 위에 큰 돌을 굴려다
놓는 데에도 돈이 든다.
— 본문 중에서

왜 굳이 시간을 아껴야 하지?

이 책은 남태평양 사모아 제도에 있는 우폴루 섬의 지혜로운 추장 투이아비가 유럽을 방문하여 빠빠라기들의 삶을 관찰한 기록입니다. 빠빠라기는 우폴루의 언어로 우리와 같은 문명인을 일컫는 말입니다. 이 기록을 우리가 읽을 수 있게 된 것은, 1914년부터 4년 동안 사모아 섬에서 선교사 생활을 했던 에리히 쇼이어만이 사모아 섬 추장 투이아비의 연설을 독일어로 기록하였기 때문입니다. 『빠빠라기』에는 가볍게, 흥미롭게, 웃음 지으며 읽기 시작하다가 갈수록 깊은 질문에 빠지게 만드는 힘이 있습니다. 『빠빠라기』의 투이아비 추장 이야기는 독자로 하여금 익숙하고 당연한 세계에 대해서 질문을 던지게 만듭니다.

예를 들어, 우리는 시간이 소중한 것이며 내게 주어진 시간을 최대한 아껴 써야 한다고 생각하지요. 하지만 투이아비 추장의 생각은 다릅니다.

"아, 어떻게 된 거야. 벌써 한 시간이 지나 버렸으니."

빠빠라기는 큰 괴로움이라도 겪은 듯이 슬픈 얼굴을 한다. 마침 그때 또 새로운 한 시간이 시작되고 있는데도 말이다. 생각해 보면 여간 심각한 병이 아닐 수 없다. (…) 그는 시간을 빼앗아 가는 무수한 일들을 들먹이며 아무런 즐거움도 기쁨도 가질 수 없는 노동 앞에서 투덜대며 웅크리고 만다. 하지만 그 일을 강요한 것은 다른 누구도 아니고 그 자신이다. (…) 우리 가운데 시간이 없다고 생각하는 자가 있는가. 우리는 누구나 시간이 많다. 이 이상 필요하지도 않고, 아무도 시간에 대해 불만이 없다. 우리에게는 지금 시간이 있다. 또한 시간이 충분히 남아 있다는 것을 알고 있다. 우리 일상의 종말이 올 때까지는 아직도 많은 시간이 있으며, 그때 비록 얼마나 많은 달을 보냈는지 알지 못했다 하더라도 위대한 영혼은 그 의지에 따라 우리를 불러들인다는 것을 알고 있다. - 89~98쪽

시간을 두고 안달하는 모습을 비판하는 투이아비 추장의 이야기를 읽자니 생각나는 일이 있습니다. 20년 전쯤 네팔을 여행할 때의 일입니다. 포카라의 현지 여행사에 트래킹 프로그램을 예약했는데, 약속한 시간에서 두 시간이 지나서야 우리 일행을 태울 차가 도착했습니다. 나는 막 화를 냈어요. "You are a liar!" "You stole my time!" 나의 분노에도 불구하고 그 네팔인은 미소 지으며 말했습니다. "Don't worry. No problem. Be Happy." 나는 그의 미소에 더욱 화가 났죠. 내가 가장 이해할 수 없는 것은 그가 왜 내게 사과하지 않는가 하는 것이었습니다.

그런데 그의 차를 타고 마을로 돌아오는 길, 나는 그가 왜 늦었는지를 알게 되었습니다. 그는 온 마을에 소식을 전하고 물건을 전달하는 심부름을 하며, 시속 10킬로미터도 안 되는 속도로 이동하고 있었습니다! 그에게는 나와 약속 시간을 지키는 일보다 아는 사람, 혹은 아는 사람의 아는 사람의 편의를 봐주는 것이 훨씬 중요한 일이었던 것입니다. 그의 기준에서 보면 그는 잘못한 것이 없습니다. 결국 우리를 데리러 왔으니까요. 그사이에 히말라야가 어디로 가 버리는 것도 아닐 테니까요. 예정된 시각에 출발하지는 못했지만, 그렇다고 우리의 트래킹이 훌륭하지 않았던 것도 아닙니다. 내

가 화를 내지만 않았다면, 낭비해 버린 시간에 대해 불평하느라 히말라야가 선사하는 감동을 놓치지 않았다면, 트래킹은 더 훌륭했을 겁니다.

두 달 가까이 되는 여행을 마치면서야 알게 되었습니다. 내가 체감하는 근대의 시간과 그가 체감하는 전통의 시간은 완전히 달랐던 것입니다. 화 난 나를 달래며 그가 했던 말은 모두 진심이었습니다. 그는 진정으로 내 행복을 염려했던 것입니다. 아무 문제도 없으니 걱정하지 마라. 웃어라, 행복해져라. 투이아비 추장도 같은 말을 합니다.

투이아비 추장의 말에 따르면 빠빠라기들은 무언가 하고 싶은 욕망이 있어도 시간이 없다는 생각에 사로잡혀서 아무것도 하지 못하는 존재들입니다. 햇볕을 쬐러 나가든가, 사랑을 한다든가 하는 많은 일을 하고 싶다고 생각하다가도 '아니, 이렇게 한가하게 즐길 시간이 없어. 그럴 틈이 없어.' 하는 생각만 하면서 시간을 죽인다는 것입니다. 시간이 있는데도 없다고 생각한다는 거죠.

시간과 관련된 투이아비 추장의 말에서 가장 인상 깊었던 것은 "빠빠라기는 언제나 오늘 시간이 충분한데도 내일 하려고 생각한다."라는 대목이었습니다. 어른들 치고 '지금은 하고 싶은 일을 꾹 참고 열심히 일해서 돈을 많이 모은 다음에 해야지.' 하는 생각을 안 해 본 사람이 어디 있겠습니까. 그리고 아이들에게도 그렇게 하라고 가르치지요.

우리는 하고 싶은 일을 내일로 미룹니다. 그게 바람직하고 건전한 태도라고 배워 왔습니다. 하지만 정말 그럴까요? 그 사람 생각 때문에 잠도 이루지 못할 지경인데, 사랑하는 일을 어느 정도 자리

가 잡힌 다음으로 미룰까요? 온 세상이 가을 햇살로 빛나고 있는데, 아름다운 거리를 산책하는 일을 어느 정도 돈을 모은 다음으로 미룰까요? 그림을 그리고 싶어 죽을 지경인데, 집을 마련한 다음으로 미룰까요? 자리 잡는 일을, 돈을 모으는 일을, 집을 마련하는 일을 잠시 늦추더라도 지금 간절히 원하는 것을 해야 할 때도 있습니다. 간절히 원하는 일, 진짜 중요한 일을 위해 시간을 낼 수 있는 사람, 그게 진짜 부자 아니겠는지요. 생각해 보면 자리 잡고 돈을 모으고 집을 마련하는 것도 다 행복을 위한 것인데, 지금 행복할 수 있는 기회를 자꾸 뒤로 미룰 이유가 어디 있을까요?

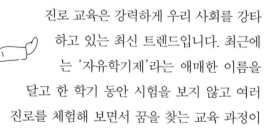

한 가지 일에 전문적인 직업인이 되는 것은 좋은 일일까?

직업은 어떻습니까.

진로 교육은 강력하게 우리 사회를 강타하고 있는 최신 트렌드입니다. 최근에는 '자유학기제'라는 애매한 이름을 달고 한 학기 동안 시험을 보지 않고 여러 진로를 체험해 보면서 꿈을 찾는 교육 과정이

44

시행되고 있습니다. 그런데 이 진로나 꿈이라는 것이 사실은 직업입니다. 이상하죠? 진로=직업이라는 생각은 누구의 머리에서 나온 걸까요? 직업 말고도 우리의 삶을 구성하는 것이 얼마나 많은데, 그걸 다 빼놓고 직업만 생각하라네요. 하여튼 누구보다 빨리 내게 맞는 직업을 찾아서 준비하는 것이 좋다는 믿음이 진로 교육의 밑바닥에 깔려 있습니다.

하지만 14살에 자신이 평생 하고 싶은 일을 발견하고 그에 대해 확신을 갖는 것 자체가 이상한 일 아닐까요? 그 나이 때 나는 매일매일 하고 싶은 일이 달라졌고, 그것도 만화가게 주인부터 물리학자까지 계열도 없이 오락가락했었습니다. 하고 싶은 것이 아무것도 없다고 생각하는 날도 아주 많았죠. 심지어 어렵게 시험을 통과해서 교사가 된 다음에도 이 직업이 과연 내 적성에 맞는 일인지 매일매일 고민했습니다. 그런데 요즘 14살에게는 미래의 직업에 대해 확신을 갖는 것이 정말 가능하단 말입니까? 하고 싶은 일이 없거나, 하고 싶은 일이 너무 많거나, 그러면 안 되는 것인가요? 세상에 존재하는 수많은 직업 가운데 알고 있는 직업도 몇 가지 안 되는데, 그나마 알고 있는 직업들은 죄다 공부를 잘하거나 재능이 뛰어나야만 가질 수 있는 것들뿐인데, 이런저런 생각을 하다 보면 하고 싶은 일이 없다는 결론에 도달하는 것은 지극히 정상적인 일 아닐까요?

가장 결정적인 문제는, 미래를 계획할 때 직업을 중심에 두고 생각하는 것입니다. 우리는 직업을 통해 생계를 해결하고, 자아를 실현하고, 세상과 관계를 맺을 수 있습니다. 하지만 그것이 유일한 방법은 아닙니다. 봉사를 통해서도, 취미 활동을 통해서도, 우리는 세상과 관계를 맺으며 한몫을 할 수 있습니다. 꼭 하나의 직업을 갖고 평생 그 일을 하면서 먹고살아야만 할까요? 일을 하고 관계를 맺다 보면 전혀 예상치도 않은 새로운 문이 열리고, 그곳에서 또 새로운 일과 관계를 찾아 나갈 수도 있는 법입니다.

투이아비 추장은 이 직업에 대해 어떤 생각을 갖고 있을까요? 투이아비 추장은 할 수 있는 일이 오직 한 가지뿐이라는 것은 너무도 큰 결함이며 위험이 따른다고 경고합니다. 투이아비 추장에 따르면 사람은 두루두루 이것저것 할 줄 알아야 한다는 것입니다. 언제 어떤 일이 생길지 모르니까요.

그러고 보니 생각나는 영화가 있습니다. 〈어디선가 누군가에 무슨 일이 생기면 틀림없이 나타난다 홍반장〉이라는 길고 괴상한 제목의 영화였는데요, 이 영화의 주인공 홍반장은 정말 뭐든지 할 줄 아는 인물입니다. 동네 허드렛일들은 모두 홍반장 몫입니다. 사람들은 무슨 일만 생기면 홍반장을 찾습니다. 동네에 꼭 필요한 사람인 거죠. 홀연히 동네에 나타난 홍반장의 과거를 수상쩍게 생각하는 마을 사람들도 많지만, 모두 쉬쉬할 뿐입니다. 왜냐고요? 홍반장이 없으면 당장 동네 사람들이 너무 아쉽거든요. 수상한 과거마저도 덮어 줄 수 있는 매력, 그 매력이 바로 '뭐든지 할 수 있다'에서 나온다는 점, 재미있지 않나요? '나에게도 홍반장이 있으면 좋겠다'는 생각도 했다가, '나도 홍반장 같은 사람이 되면 좋겠다' 하는 생각도 했다가 하면서 영화를 보았던 기억이 납니다. 10여 년 전 영화지만 지금 보아도 재미있습니다.

투이아비 추장은 한 가지 일만 계속해야 하는 '직업'의 또 다른 문제점을 제시합니다. 평생 한 가지 일만 하고 살아야 한다면 얼마나 괴롭냐는 것이죠.

> 하루에 한 번, 아니 몇 번이라도 시냇가에 물을 길러 가는 것은 즐거운 일이다. 그러나 아침 일찍부터 밤늦게까지 날마다 매시간 계속해서 물을 길러 가야 한다면, 나중에는 손발이 부르트고 분통이 터져서 미쳐 버리게 될지도 모른다. 똑같은 일을 되풀이하는 것처럼 인간에게 괴로운 것은 없으니까. - 141쪽

인간은 원래 한 가지 일만 하도록 설계된 존재가 아닙니다. 우리는 손으로 필요한 것을 만들어 낼 수 있고, 우리의 발로 산과 들을 달릴 수 있는 존재입니다. 노래하는 입이 있고, 이야기를 창조하는 머리가 있으며 아름다움에 감탄할 수 있는 눈을 가지고 있습니다. 그런데도 한 가지 일에만 전문가가 된다는 것은 그만큼 다른 분야에서 무능해진다는 의미일 수도 있습니다.

그런데도 세상은 공부만 하느라 스무 살이 되도록 자기 입에 들어가는 음식 한 가지도 할 줄 모르는 젊은이들로 가득합니다. 회사에 다니며 돈만 버느라 빨래도 할 줄 모르는 어른들로 가득합니다. 인생을 즐길 줄 모르는 사람들은 더 많습니다. 야구를 좋아하지만 직접 야구를 하는 것은 프로야구 선수에게 맡기고, 음악을 좋아하지만 직접 노래하고 연주하는 일은 음악가에게 맡기고, 그저 앉아서 구경하고 돈을 쓰는 사람들로 가득해졌습니다.

직업을 갖는 것보다 더 중요한 것은 인간으로서 살아가는 것이라는 것을, 그리고 인간으로서 살아가는 것은 자기 자신과 이웃을 위해 필요한 일들을 두루두루 할 줄 알고, 그 속에서 기쁨을 느끼는 일이라는 것을 우리는 자꾸 잊고 삽니다. 세상이 우리로 하여금 자꾸 잊어버리게 만들기 때문이죠. 기업의 입장에서는 우리가 자기 자신과 이웃을 위해 필요한 일들을 두루두루 할 줄 알게 되면 돈 벌이가 줄어드니까요.

위대한 영혼은 우리가 직업 때문에 잔뜩 움츠러든 채 두꺼비나 강기슭을 기어 다니는 벌레처럼 어기적거리는 것을 결코 기뻐하지 않는다. 그는 우리가 어떤 행동을 하든 자랑스럽고 당당하기를 원하며, 눈동자는 기쁨에 빛나고 손발은 날렵하고 탄력 있게 움직이기를 바란다. - 145쪽

배울수록 모르게 되는 것은 아닐까?

2003년 미국이 이라크를 침공했을 때 나는 전쟁에 반대하는 메

시지를 담은 수업을 했습니다. 그런데 여차여차한 경로로 여러 신문에 그 내용이 실리게 되었습니다. 신문들은 내 수업을 매우 부정적인 관점으로 대했습니다. 당시 대통령은 교육 현장에서 일부 불순한 교사들이 행하는 반전反戰 수업이 사실은 반미反美 수업이며, 이것은 국가 정책에 기본적으로 반한다는 점에서 잘못되었으므로 관련 교사를 끝까지 찾아내서 책임을 물으라고 지시했고, 교육청은 그에 따라 '조사'를 시작했습니다.

나는 두려워졌습니다. 나를 가장 두렵게 한 것은 내가 평화주의에 대해 별로 아는 것이 없다는 점이었습니다. 아는 것도 없으면서 성급하게 나섰다는 평가를 받는 것이 나를 가장 겁나게 만들었습니다. 나는 평화주의에 대해 공부를 시작했습니다. 두껍고 어려운 책을 펴들면서 반전 수업은 그만두었습니다. 잘 알고 나서 실천하자, 이렇게 생각한 것이죠.

그러던 중 교실에서 생긴 일입니다. 한 학생이 손을 들고 물었습니다.

"선생님, 우리 반에서는 반전 수업 안 하나요?"

"그게 말이다, 내가 아는 게 별로 없어서 공부 중이거든."

내 대답을 들은 그가 한심하다는 표정으로 되물었습니다.

"선생님, 전쟁 나쁜 거 아직도 몰라요?"

그때 그 질문을 한 학생이 내 스승입니다. 그가 학교에서 배운 시간은 나에 비해 훨씬 짧은지 모르겠지만, 그가 내게 중요한 가르침을 준 스승이라는 사실은 분명합니다. 그는 정말 중요한 것을 이미 알고 있었습니다. 그날 이후 나는 그 가르침을 잊지 않고 살려고 애쓰고 있습니다.

그의 가르침의 핵심은 무엇이었을까요? 무엇이 중요하고 무엇이 옳은지 판단할 정도는 이미 내가 알고 있다는 것, 그것은 어린아이들도 알 만큼 간단한 문제라는 것입니다. 내가 알고 있는 것을 모른다고 믿고 싶었던 것은, 혹은 모르는 척하고 싶었던 것은 두려움 때문이었습니다. 모르는 척함으로써, 내가 잘못되어 가는 것을 뻔히 알면서도, 나는 아무것도 하지 않는 비겁한 사람이 아니라 모르기 때문에 행동하지 않는 사람이라고 나를 속이고 싶었던 것입니다. 이럴 때 '난 아직 잘 모르겠다'라며 책 뒤로 숨어 버리는 것은 얼마나 편리한 방법인가요. 그것은 근사한 핑계거리가 됩니다. 무언가 잔뜩 알아야만 제대로 판단할 수 있고 행동할 수 있다고, 학교와 세상이 사람들을 그렇게 가르치고 있기 때문에 이 핑계는 엄청나게 설득력이 있습니다. 하지만 투이아비 추장은 이렇게 말합니다.

> 빠빠라기는 같은 방법으로 아이들에게도 그들의 생각을 잔뜩 주입시켜 놓았다. 그들은 날마다 강제적으로 일정한 양의 생각 뭉치를 씹어야 한다. (…) 그렇지만 대부분의 아이들은 너무 많은 생각들을 쑤셔 넣어 머릿속이 가득 차 있기 때문에 빛도 스며들 수 없게 되어 있다. 빠빠라기는 이것을 가리켜 '교육한다'라고 한다. 이처럼 머리가 혼란스러운 상태가 '교육'이라는 이름으로 전국에 널리 퍼져 있다. - 177~178쪽

배울수록, 문명에 길들여질수록, 우리는 당연한 것들을 모르게 됩니다. 우리는 행복해지기 위해 산다는 것을, 마음만 먹으면 당장이라도 행복해질 시간을 낼 수 있다는 것을, 그리고 그것을 가로막

는 것은 다름 아닌 우리 스스로인 것을, 전쟁은 나쁘고 평화는 좋은 것이라는 것을. 배울수록, 길들여질수록.

내가 물건을 많이 원하는 이유는

계절이 바뀌어 옷장을 정리할 때마다 깜짝 놀랍니다. 옷이 너무 많네요. 진한 색깔 청바지, 흐린 색깔 청바지, 통이 넓은 청바지, 통이 좁은 청바지, 길이가 긴 청바지, 짧은 청바지, 여름에 입는 청바지, 겨울에 입는 청바지, 심지어 일부러 찢어서 멋을 낸 청바지까지……. 청바지만 해도 족히 열 벌은 되는 것 같으니 다른 옷들은 더 말해 무엇하겠습니까. 옷이 너무 많아서 옷장에 다 들어가지 않기 때문에 옷장이나 서랍장을 더 구입해서 차곡차곡 쌓아 놓습니다. 늘어난 가구 때문에 집이 좁아지니 이번에는 더 넓은 집으로 이사를 가고 싶어집니다. 집을 넓혀 이사를 가도 사정은 나아지지 않습니다. 공간이 넓어졌으니 더 많은 것들을 사고, 그러다 보면 집이 좁아지고……. 그런데 더 충격적인 것은 그 많은 옷 중에서 마땅히 입을 옷이 없다는 것! 유행에 맞고, 나의 매력을 조금이라도 더 돋보이게 해줄 옷을 새로 구입하자고 마음먹게 됩니다. 아마도 이런 일들이 대부분의 집에서 반복되고 있을 것입니다.

투이아비 추장은 빠빠라기들의 이러한 생활 패턴에 놀라움을 금치 못하면서 물건이 많지 않으면 살아갈 수 없다는 것은 가난하기 때문이라고 이야기합니다. 이게 무슨 말인지 함께 생각해 보죠.

비싸고 멋진 옷으로 자신을 치장하고 싶은 이유는 무엇일까요? 그 욕망을 파헤쳐 보면 그것이 두려움 때문이라는 것을 알게 됩니다. 비싸고 멋진 옷이 없으면 상대방이 나를 사랑하고 존중해 주지 않을 것이라는 두려움. 만약 내가 충분히 사랑받을 만하고 존중받을 만한 존재라는 믿음이 있다면 내 몸에 걸치는 것에 그토록 크게 신경 쓰지 않아도 될 것입니다. 또 나를 충분히 사랑해 주고 존중해 주는 사람들에 둘러싸여 있다면 내가 어떤 옷을 입었는가는 별로 중요하지 않은 문제가 될 것입니다. 집이 좁아질 만큼, 서랍이 부족해질 만큼 무언가를 사들일 이유가 없는 것입니다. 결국 내가 물건을 원하는 것은 믿음, 사랑, 관계가 부족하기 때문입니다.

투이아비 추장이 우리 삶의 다른 부분에 대해서는 또 어떤 말을 하고 있는지 궁금하다면 『빠빠라기』를 펼쳐 보세요. 옷, 집, 돈, 이런 것들을 둘러싼 빠빠라기들의 기이한 생활 모습을 발견하고 깜짝 놀라게 될 것입니다. 아주 얇고 작은 책이라서 한 시간만 시간을 낸다면 그 뒤에는 완전히 새로운 눈으로 세상을 바라보게 될 것입니다. 20년이 넘는 세월 동안 아끼고 아끼면서 수없이 되풀이해서 읽은 책이니, 믿을 만할 거예요.

맺으면서 재미있는 문제를 하나 내 보려고 합니다. 투이아비 추장이 우리 빠빠라기의 생활에 대해 이야기한 다음 글에서 ◆표시한 말들은 무엇을 의미하는지 맞혀 보세요.

빠빠라기가 기름을 바른 머리를 빗기 위해 거북이 등으로 그 도구◆를 만든다고 하면, 그다음에는 그 도구를 넣기 위한 가죽 자루를 만들어야 한다. 자루를 위해서는 조그만 상자를 만든다. 조그만 상자를 위해 또 큰 상자를 만든다. 빠빠라기는 무엇이든 자루나 상자에 넣는다. 허리 도롱이◆를 넣는 상자, 위껍질◆을 넣는 상자, 아래껍질◆을 넣는 상자, 속껍질이나 천을 넣기 위한 상자, 손껍질◆과 발껍질◆을 넣는 상자, 동그란 금속◆과 무거운 종이◆를 넣는 상자, (…) 하나면 충분할 텐데 온갖 재료를 사용하며 많은 물건을 만들고 그것을 위해 또 상자를 만든다. - 75쪽

◆ 답은 순서대로 빗, 겉옷, 속옷 상의, 속옷 하의, 장갑, 신발, 동전, 지폐입니다.

꿈이 피어나는
그 알 수 없는 순간

주영미

『10월의 하늘-내일의 과학자를 만나다』
정재승 외 14인 지음, 청어람미디어, 2013

10월의 하늘을 시작으로 과학자뿐 아니라
누구라도 단 하루만 자신의 재능을 더 나은
세상을 위해 기부하는 일이 벌어진다면,
우리 맘속의 가을 하늘은 더없이 맑을 것입니다.
— 머리말 중에서

불편한 진실 속에서 발견한 희망

2014년 가장 많이 들었던 뉴스 중 하나는 에볼라 바이러스에 관련된 뉴스가 아닐까 싶습니다. 백신과 치료약이 아직 없는데다 치사율이 50퍼센트가 넘는 에볼라는 전세계인들에게 공포의 대명사처럼 되어 버렸습니다. 처음 에볼라 뉴스를 접했을 때는 흑사병이나 에이즈와 같은 또 하나의 새로운 질병이 인류를 괴롭힌다고만 생각했습니다. 그런데 꼼꼼히 뉴스를 읽다 보니 불편한 진실들이 눈에 들어오기 시작했습니다.

우선, 에볼라가 2014년 처음 유행한 질병이 아니라는 겁니다. 에볼라 바이러스는 1976년 콩고 북부 에볼라 강 인근에서 발생한 이래 거의 매년 아프리카에서 유행했었다고 합니다. 세계보건기구 집계를 보면, 1976년에서 2012년까지 에볼라 바이러스 감염자는 2천명이 넘고 사망자는 1,500명이 넘었습니다. 그런데 2014년 한해 감염자는 1만 명이 넘고 사망자는 5천 명이 넘습니다. 확산 정도가 예년과 확실히 다르지요. 하지만 무엇보다 큰 차이점은 아프리카에서만이 아니라 스페인, 독일, 미국 등에서도 감염자가 생겨났다는 점입니다.

에볼라가 유행한 지 40년이 다 되어 가는데 왜 아직 백신과 치료제가 없는 걸까요? 서구 선진국들은 아프리카에서 유행하는 질병에 관심이 없었고, 아프리카 국가들은 치료제를 개발할 능력이 없었기 때문입니다. 미국과 유럽에서까지 감염자가 나오고 나서야 백신과 치료제 개발에 엄청난 돈이 투자되어 지금은 개발이 거의 완성되어 가고 있습니다.

에볼라가 창궐한 지역은 아프리카에서도 가장 가난한 나라인 라이베리아, 시에라리온, 기니 등입니다. 어쩌면 에볼라 사태는 우리가 그동안 아프리카의 빈곤 문제를 외면한 것에 대한 경고인지도 모릅니다.

늦은 감이 있기는 하지만 에볼라 사태를 해결하기 위해 전세계의 힘이 모아지고 있고 우리나라도 서아프리카 지역에 의료진을 파견하기로 하였습니다. 에볼라 감염 환자를 치료하던 의료진의 사망 소식이 심심찮게 들려오는 상황에서 누가 의료진으로 가려고 할까 걱정했었는데 저의 걱정과는 달리 10명을 공모하는 데 무려 145명이 지원했다고 합니다. 어떤 사람은 자비를 들여서라도 갈 테니 자기를 꼭 보내달라고 전화까지 했다는군요. 위험을 무릅쓰고 자신의 능력을 인류가 겪고 있는 위기 상황을 해결하는 데 쓰고자 하는 사람이 이렇게 많다는 사실에 가슴이 뭉클했습니다.

현재의 과학자, 미래의 과학자를 만나다

이 책 또한 더 나은 세상을 위해 자신이 가지고 있는 재능을 일년에 단 하루라도 기부하려는 사람들의 이야기입니다. 이 책의 제목이기도 한 '10월의 하늘'은 과학을 접할 기회가 많지 않은 청소년을 위한 과학 강연회입니다. 2010년부터 시작된 '10월의 하늘' 행사는 기획에서 준비, 강연, 행사 진행에 이르는 전 과정이 재능 나눔으로 이루어집니다. 행사 제목인 '10월의 하늘'은 영화 〈옥토버 스카이October Sky〉에서 가져 온 것입니다. 〈옥토버 스카이〉는 로켓 과학자 호머 히컴Homer Hickam의 실화를 다룬 영화입니다. 미국 탄광촌에서 살던 소년 호머는 1957년 10월 어느 날, 소련에서 쏘아 올린 인류

최초의 인공위성 스푸트니크 호 발사 장면을 텔레비전에서 보고 로켓 과학자의 꿈을 키웁니다. 어려운 환경 속에서도 꿈을 버리지 않은 호머는 결국 로켓 과학자가 되어 17년간 미항공우주국(NASA)에서 로켓 설계와 우주비행사 훈련을 담당했습니다.

스푸트니크 호 발사 장면이 호머에게 로켓 과학자의 꿈을 꾸게 했던 것처럼 현재의 과학자들이 아이들에게 새로운 세상을 잠깐이라도 보여 주어 미래의 과학자로서의 꿈을 꾸게 하자. 이런 취지에서 만들어진 행사가 '10월의 하늘'입니다.

행사를 기획한 KAIST 정재승 교수는 이러한 취지에 동참해 줄 사람을 찾기 위해 "혹시 작은 도시에 강연 기부해 주실 과학자 없으신가요?"라는 메시지를 트위터에 올렸는데, 불과 8시간 만에 연구원, 교수, 의사, 교사 등 100여 명이 강연 기부를 신청했다고 합니다. 트위터에 올린 짧은 메시지에서 시작된 이 행사는 2010년부터 매년 10월 마지막 주 토요일, 수십 명의 현직 과학자들이 수천 명의 미래 과학자들을 만나는 행사로 정착했습니다.

이 책은 2012년의 강연 내용을 책으로 묶은 것입니다. 2011년 강연은 『과학, 10월의 하늘을 날다』라는 제목으로 출간되어 있으니 어떤 책을 선택하셔서 읽어도 좋습니다. 이 책에 실린 열다섯 개의 강연 중 두 가지만 소개해 보겠습니다.

가능하다고 믿어라 – 타임머신을 만드는 법

제가 소개하는 첫 번째 강의는 SF 애호가이자 번역가이기도 한 김민식 드라마 PD의 강의입니다. 김민식 PD는 어릴 때 아버지의 권유로 주산 학원과 펜글씨 학원을 다녔습니다. 하지만 10년도 지나지 않아 컴퓨터가 나오는 바람에 주산과 펜글씨가 필요 없어져 버렸습니다. 김민식 PD에게 지금 가장 큰 힘이 되고 있는 건 쓸데없는 일이라며 아버지가 무척 반대하셨던 책 읽기입니다. 김민식 PD가 책 읽기에 흥미를 느끼게 된 동기가 특별합니다.

저는 여러분 또래였던 초등학생 시절에 UFO를 봤어요. 지금도 그 UFO가 먼 외계에서 날아온 우주선인지 아니면 미래에서 날아온 타임머신인지 그 정체는 모르겠습니다. 하지만 중요한 건 제가 하늘을 날아다니는 빛나는 물체, UFO를 봤다는 거지요. UFO를 보고 나서는 책에 나오는 이야기가 무엇이든 다 흥미진진해졌어요. 우주전쟁 이야기를 읽으면 '내가 본 UFO가 혹시 외계인들의 정찰기?'라고 상상해 보고, 마법사 이야기를 읽고는 '내가 본 게 혹시 마법사의 자가용?', 시간여행 소설을 읽으면 '그건 역시 미래에서 온 타임머신이었던 거야!'라고 상상합니다. 결국 책을 재미나게 읽는 가장 좋은 비결은, 책 속에 나오는 이야기가 다 가능하다고 믿는 데서 시작합니다. - 21쪽

어렸을 적 본 UFO(?) 덕분에 책을 좋아하는 아이가 되었고, 그래서 드라마 PD가 된 김민식 PD는 아직도 시간여행에 관심이 무척 많습니다. 〈달나라 여행Le Voyage Dans La Lune〉이라는 영화가 나오고 70년이 지나지 않아 아폴로 11호가 달에 착륙한 것처럼, 타임머신에 대한 내용을 다룬 영화 〈백 투 더 퓨처〉가 1985년에 나왔으니 2050년쯤에는 타임머신이 실제로 만들어질 거라 굳게 믿고 있습니

다. 아주 짧은 시간이기는 하지만 이미 시간여행을 한 사람도 있습니다. 1992년부터 1999년까지 3회에 걸쳐 747일간 미르 호에서 체류한 러시아의 우주비행사 세르게이 아브데예프Sergei Avdeyev는 지구의 자전 속도보다 빠르게 지구 주위를 돌았기 때문에 우리가 살고 있는 현재보다 약 0.2초 후의 미래에 갔다 왔습니다. 이 0.2초가 인류의 시간여행의 시작점이 될 것입니다.

시간여행에 관심이 많은 김민식 PD의 목표 중 하나는 시간여행을 소재로 한 재미있는 드라마를 만드는 것입니다. 비록 흥행에 실패하기는 했지만 이미 2007년에 〈조선에서 왔소이다〉라는 시트콤을 연출하기도 했습니다. 자신이 만든 시간여행 드라마를 보고 과학자의 꿈을 키운 누군가가 타임머신을 만들어 1980년 울산에 살고 있는 김민식 어린이에게 보내 주는 것, 그것이 김민식 PD가 꾸는 꿈입니다.

거짓말하기 위해 대화한다?

제가 소개하는 두 번째 강의는 '10월의 하늘'을 기획한 정재승 교수의 강의입니다. 정재승 교수의 전공은 바이오 및 뇌공학입니다. 정재승 교수는 사람들이 왜 듣기보다 말하기를 좋아하는지를 과학적인 측면에서 설명합니다. 대화를 한다는 건 말을 하는 사람이 듣는 사람에게 정보를 전달해 주는 겁니다. 그렇다면 정보를 말하는 사람보다 듣는 사람이 언제나 더 이익입니다. 새로운 정보를 얻어 가기 때문이지요. 적어도 논리적으로는 그렇습니다. 그렇다면 인간은 듣는 능력을 발달시켰어야 할 텐데, 지난 수만 년 동안 듣는 능력보다는 말하는 능력을 발달시켜 왔습니다.

여러분이 생각해도 이상하죠? 듣는 것이야말로 소통의 핵심인데 사람들은 더 잘 들으려고, 정확하게 들으려고 하지 않고 오히려 말하는 것에 집중하여 자신의 입술과, 혀, 성대를 발달시켰다는 것이 말입니다. 과연 그 이유는 무엇일까요? 이 문제는 사실 지난 몇십 년 동안 과학자들이 풀지 못한 질문이었습니다. 그런데 사람들이 서서히 그 답을 알게 되었어요. 바로 거짓말을 하기 위해 언어를 발달시켰다는 것입니다. - 61쪽

사람들이 대화에서 진실만을 이야기한다면 듣는 사람에게 유익하지만 거짓말을 하는 경우가 많기 때문에 말하는 사람이 유리해집니다. 그러니까 말하는 능력을 발달시키는 건 인간의 생존에 적절한 전략이었던 겁니다. 그렇다면 왜 우리는 거짓말을 할까요? 그건 자신이 좀 더 근사한 사람으로 비춰지길 바라기 때문입니다. 그래서 잘 모르는 것도 아는 것처럼, 가 보지 않은 곳도 가 본 것처럼 꾸며서 이야기하고 자신이 겪었던 일을 부풀려서 이야기합니다. 실제로 자신이 본 영화, 사용해 본 제품에 대해 이야기를 할 때 정보를 듣는 사람의 쾌락중추는 크게 바뀌지 않는 반면, 이야기를 하는 사람의 쾌락중추는 활발히 활동한다고 합니다. SNS에 맛집과 여행에 관한 온갖 정보가 넘쳐 나는 이유입니다.

거짓말을 하는 것이 인간의 본성이라니, 진실을 이야기하기 위해서가 아니라 거짓말을 하기 위해서 대화한다니, 너무 실망스러운가요? 그보다 이제는 누군가 거짓말을 하면 '인간이니 그렇지' 하고

너그럽게 이해해 주세요. 그리고 거짓말을 하고 싶은 여러분의 욕망은 재미있는 이야기로 만들어서 주변 사람들에게 들려주는 걸로 분출해 보세요. 정재승 교수처럼 말이에요. 정재승 교수는 과학에 관련된 다양한 이야기를 쉽고 재미있게 풀어 쓰는 걸로 유명한 과학자랍니다.

꿈이 있는 공부, 꿈을 나누는 공부

얼마 전 〈1박 2일〉이라는 프로그램에서 출연자들이 모교를 찾아가 후배들과 함께 수학여행을 떠나는 걸 본 적이 있습니다. 전교 1등이라고 자신을 소개한 후배에게 장래 희망이 뭐냐고 물으니 "엄마가 공부시키는 대로 의사가 되는 것"이라고 대답하는 걸 보고 깜짝 놀랐습니다. 공부 잘하는 친구들이 의대에 많이 가는 세상이긴 하지만 그래도 자신의 꿈을 그렇게 이야기하는 그 친구가 참으로 안쓰럽고 슬펐습니다. 그 친구에게 연세대학교 의과대학 해부학 교실에서 일하며 국립과학수사연구원에 대해 강의를 한 권기효 연구원의 이야기를 들려주고 싶습니다.

"오직 과학적 진실만을 추구하여 국민의 안전과 권리를 수호합니다. 국민을 지키는 과학의 힘"

국과수 사이트의 메인 페이지에 있는 문장입니다. 여러분에게 이 말은 어떻게 다가오나요? 전 이 말을 접하고 심장이 터질 듯 두근거렸습니다. 대학에 가기 위해, 좋은 직장을 잡기 위해, 돈 많이 벌기 위해 머리 아프고 어렵기만 한 공부를 꾸역 꾸역 하고 있던 저에게 이 말은 제가 하고 싶었던 일을 하기 위해선 무엇을 해야 할지 알려주는 계시와도 같았습니다. 국민의 안전과 권리를 지키는 힘을 기르기 위해 하는 공부는 그동안 해오던 공부와는 달랐습니다. - 128쪽

성적이 잘 나오니 의사가 되겠다, 돈을 잘 버니까 변호사가 되겠다, 이런 꿈을 꾸는 대신, '우리 사회에 이런 게 있었으면 좋겠다' '우리 사회가 이렇게 바뀌었으면 좋겠다'라는 생각을 먼저 한 다음에 그 꿈을 이루기 위해 열심히 노력하는 여러분이 되었으면 좋겠습니다. 이 책이 그 시작을 함께할 수 있을 겁니다.

이 책에는 앞에서 소개한 두 가지 강의 외에도 우주배경복사와 그래핀의 발견, 로봇 세상, 의사 결정의 과학, 방사선 치료, 게임으로 즐기는 수학, 국립과학수사연구원, 건축학 등 다양한 분야에 관한 강의가 실려 있습니다. 아무 때나 기분 내킬 때 한 강의씩 골라서 부담 없이 읽기를 추천합니다. 이 책을 읽으며 새로운 꿈을 꾸고, 어느덧 꿈을 이룬 여러분들이 또 다른 누군가의 길잡이가 되는 그런 날이 오기를 기대합니다.

열심히 일하는 게
항상 옳은 걸까?

박현희

『알바에게 주는 지침-세상을 따뜻하게 사는 한 가지 방법』
이남석 지음, 평사리, 2012
『하인들에게 주는 지침』
조너선 스위프트 지음, 류경희 옮김, 평사리, 2006

모든 알바들이 일을 그만둔다면 결국 상품이
순환되지 않아 창고에는 물건들이 가득 넘쳐날
것이다. 결과적으로 아무리 상품을 생산해 봐야
물건을 팔고 서비스를 파는 알바들이 없어
자본주의 사회는 말단부터 서서히 썩어들어갈
것이다. 한마디로 알바가 멈추면 세상이 마침내
작동을 멈출 것이다.

―『알바에게 주는 지침』 본문 중에서

손쉽게 전수받을 수 있는 무림 고수의 비급이 있다

여기, 알바를 하는 학생들이라면 누구나 한번쯤 읽어 봐야 할 비급 문서가 있습니다. 공력을 상상 초월의 수준으로 키우고, 17대 1로 붙어도 본인은 땀 한 방울 흘리지 않으면서 적들을 KO 시키는 비급 문서를 전수받기 위해서는 무림의 숨은 고수를 찾아가 물 길어 오기 3년, 나무하기 3년, 밥하기 3년, 어쩌구저쩌구 3년, 하는 식으로 청춘을 불살라야 합니다만, 알바를 위한 비급 문서를 손에 넣는 일은 아주 쉽습니다. 서점에서 살 수도 있고, 도서관에서 빌릴 수도 있으니까요. 알바를 하면서 몸 축나고 마음에 깊은 상처를 입는 일을 막을 수 있는 신공을 손쉽게 익힐 수 있으니 정말 축복받은 일이 아닐 수 없습니다. 그 비급 문서란 이름하여 『알바에게 주는 지침』.

『알바에게 주는 지침』이라 하니, '나는 알바와 무관하게 살아갈 거야. 그러니 이 책은 내 인생과 하등 상관없겠군.' 하는 생각으로 이 책을 한편으로 밀어 버리는 친구들도 있을지 모르겠어요. 하지만 알바는 누구나 할 수 있는 일입니다. 우리는 이런저런 이유로 알바의 대열에 합류합니다. 특히 고등학교를 졸업하고 제대로 된 직장에 안착하기 전까지 알바를 비껴갈 수 있는 운 좋은 청춘은 별로 없다고 생각합니다. 혹 운이 좋아 부모님의 경제적 지원으로 살아갈 수 있다고 해도 경험을 쌓는 차원에서 알바를 하는 사람도 많이 있고요. 그렇기 때문에 『알바에게 주는 지침』을 가볍게 무시할 수는 없다고 생각해요.

또 이 지침은 정규직에게도 꼭 필요한 지침입니다. 알바가 제대로 대접받지 못하는 사회에서는 정규직이라 해도 제대로 대접받지 못하기 때문입니다. 알바의 노동 조건은 정규직의 노동 조건에 결정적인 영향을 미칩니다. 싼값에 아무렇게나 부려 먹을 수 있는 알바가 사방에 널려 있다면 정규직으로 고용하여 제대로 대접해 주는 일자리는 점점 귀해질 수밖에 없습니다. 그러니 모두 주목합시다, 『알바에게 주는 지침』에!

17세기에는 하인에게, 21세기에는 알바에게 주는 지침

『알바에게 주는 지침』의 역사를 거슬러 올라가면 17세기까지 시간을 되돌려야 합니다. 우리에게는 『걸리버 여행기』로 더 유명한 조너선 스위프트가 쓴 『하인들에게 주는 지침』이 원조라고 할 수 있습니다. 쥐꼬리만 한 월급을 주면서 노예처럼 일을 부려 먹는 주인님과 마님의 횡포에 대놓고 반항하지는 못하는 하인들은 이런저런 방법으로 살 길을 찾을 수밖에 없었겠죠.

조너선 스위프트는 『하인들에게 주는 지침』에서 모든 하인들에게 주는 일반적인 지침부터, 집사, 요리사, 정복 착용 하인, 마차꾼, 말구종, 재산관리 집사, 문지기, 침실 담당 하녀, 몸종 하녀, 청소 담당 하녀, 버터 제조 담당 하녀, 보모, 유모, 세탁부, 하녀장, 여자 가정교사 등 다양한 하인들이 마음에 새겨야 할 지침들을 책으로 엮었습니다. 주인님이 부른다고 냉큼 달려가지 말 것(냉큼 달려간 만큼 노동 강도가 더 세지니까), 시키는 일이라고 무조건 다 하지 말 것(자기 일도 아닌 일까지 하게 되면 그만큼 해야 할 일이 늘어나는 데 그렇다고 임금이 늘어나는 것도 아니니까), 항상 핑계거리들을 준비해 만약의 사태에 대비할 것(안 그러면 잔소리를 듣거나 얻어맞거나 해고당할 수도 있으니까) 등의 지침을 천연덕스럽게 늘어 놓은 이 책을 읽고 있노라면 슬금슬금 웃음이 삐져나옵니다.

이남석은 조너선 스위프트의 지침을 21세기 한국 사회에 창조적으로 되살려 『알바에게 주는 지침』을 작성합니다. 수백 년 전의 지침이 21세기에도 유효하다니, 이상하다고요? 하지만 그것이 현실입니다. 17세기의 하인들과 21세기의 알바들은 여러 가지 측면에서 같은 처지에 놓여 있습니다. 죽도록 일하지만 언제나 주인님의 마음에 따라 해고의 위험이 도사리고 있죠. 임금은 너무 적어서 그 돈을 아무리 착실하게 모아도 팔자를 고칠 수 없습니다. 최선을 다해 열심히 일해도 전망이 없다는 점도 같습니다. 하인은 아무리 열심히 일을 해도 하인이고, 알바는 능력을 인정받아도 알바일 뿐입니다.

만약 세상의 모든 알바가 일을 멈춘다면 어떤 일이 벌어질까요? 롯데리아, 배스킨라빈스 같은 체인점들은 당장 문을 닫아야 합니다. 자장면, 치킨, 피자를 집에서 주문해 먹는 일은 꿈도 꿀 수 없을 것입니다. 삼겹살의 불판을 손님이 직접 갈아야 할지도 모릅니다. 물류택배 알바들이 일손을 놓는다면 물류집하장은 하루도 지나지 않아 난리가 날 것입니다. 세상은 수많은 알바들의 힘겨운 노동으로 움직이고 있는데, 아무도 알바의 고통에는 관심을 가지지 않습니다. 주인님과 마님의 우아한 하루하루가 실은 하인들이 뼈 빠지게 일해서 유지되고 있다는 데에 아무도 관심을 가지지 않았던 것과 비슷하지 않나요?

우리는 자기가 하는 일에 최선을 다하는 것이 미덕이라고 배워 왔습니다. 무슨 일이건 열심히 하면 그 일에서 보람도 발견하고 희망도 찾을 수 있으니 꾀부리지 말고, 농땡이 치지 말고, 열심히 일하라고 배웠죠. 하지만 17세기와 21세기에 작성된 두 개의 '지침'을 읽다 보면 의문이 고개를 듭니다. 정말 그럴까요? 정말 어떤 경우이건 최선을 다해 일해야 하는 걸까요?

칭찬 따위 부질없다

이 책에서 하는 충고의 핵심은 '칭찬 듣기를 바라지 마라'라는 것입니다. 칭찬은 고래도 춤추게 한다는데, 칭찬만큼 좋은 보상은 없다는데, 왜 칭찬을 기대해서는 안 되냐고요? 그것은 칭찬이 때때로 정당한 대가 없이 더 많은 일을 시키기 위해 악용되고 있기 때문입니다.

주인으로부터 듣는 착하다는 칭찬은 알바에게 정해진 시간보다 일찍 출근하여 청소하고, 30분 늦게 퇴근하면서 정리할 것을 종용하기 때문이죠. 물론 알바비를 더 주지는 않습니다. 손님으로부터 친절하다는 평을 받으면 손님들은 다른 알바보다 친절한 알바를 찾아서 일을 더 시킵니다. 같이 일하는 동료로부터 착하다는 칭찬을 듣는 것도 쓸데없는 짓입니다. 그래 봐야 다들 자기 일을 떠넘기고 농땡이칠 궁리만 할 테니까요. 그러니 모름지기 이렇게 하라는 거예요.

네가 여자이고 음식점에서 일을 한다면, 파를 어떻게 까야 하느냐고 물어보라. 주인과 주방 아줌마가 깜짝 놀라 너에게 힘든 일을 시키지 않을 것이다. 네가 남자이고 편의점에서 일을 한다면, 박스를 어떻게 들어야 하느냐고 물어보라. 주인과 매니저는 너를 한심한 놈쯤으로 여기고 힘든 일을 시키지 않을 것이다. 그래야 네가 할 일이 점점 줄어들고, 마침내 꼭 해야

할 일만 하게 될 것이다. 알바는 수상할 정도의 연기력이 필요하다. - 19쪽

저항감이 생기나요? 그래도 사람이 양심상 그러면 안 될 것 같은가요? 남의 돈 받으며 일을 하면서 이렇게 개기면 너무 뻔뻔한가요? 당연히 무조건 이렇게 하라는 뜻은 아닙니다. '주인이 알바비를 잘 챙겨 주고 마음을 써 준다면, 착한 손님이 주문을 한다면, 동료 알바가 솔선수범 열심히 일을 한다면' 그럴 때는 앞에서 얘기한 것과 반대로 행동하라는 충고가 뒤따라온다는 점이 포인트입니다. 상대방이 나를 정당하게 대접하고 있지 않은데, 그걸 무조건 참고 견디면서 자신을 혹사시키지 마라는 뜻으로 이해해야 할 것입니다.

적어도 너무 적다, 알바의 시급

보통 알바들이 알바비로 받는 시급은 대체로 법정 최저임금 수준입니다. 법정 최저임금은 2015년 기준으로 5,580원입니다. 맥도날드의 빅맥 세트 가격이 5,300원이고, 스타벅스 카라멜마키아토 가격이 5,600원이라는 사실을 감안하면 이 시급이 얼마나 처절한 수준인지 가슴에 와 닿지 않나요? 그토록 적은 임금을 주면서 알바에게 요구하는 것은 많고 많습니다. 오죽하면 '알바는 초인이다'라고까지 말할까요?

알바는 일에서도 초인적인 능력을 발휘한다. 피시방 알바라면 혼자서 적어도 50대 이상의 피시를 관리할 줄 알아야 하

며 여러 가지 일을 동시에 처리할 줄도 알아야 한다. 편의점 알바를 보라. 최소 20여 평이 넘는 매장에 드나드는 숱한 손님들을 감시하면서 계산까지 척척 해내지 않는가. 고깃집 알바라면 10여 미터 떨어진 탁자에서 젓가락 떨어지는 소리를 들을 줄 아는 청력을 갖추어야 하고, 손님이 떨어진 젓가락을 집어 들기도 전에 새 젓가락을 가져다주는 스피드 또한 기본으로 갖추어야 한다. - 27~28쪽

사장도 장사가 잘 되지 않으니 알바에게 더 높은 임금을 줄 수 없다고요? 알고 보면 사장의 사정도 딱하다고요? 그럴까요? 식당이 정말 장사가 안 된다면 알바를 쓰지 않고 주인 부부가 어떻게든 꾸려 나갈 것입니다. 맥도날드는 연간 광고비를 16억 달러나 쓴다고 합니다. 그렇게 어마어마한 광고비를 뿌려 대면서 이익을 남길 수 있는 비결은 알바의 값싼 노동에 있습니다. 사업의 규모가 크건 작건 마찬가지입니다. 알바는 늘 자기가 받는 것보다 더 많은 일을 합니다. 알바를 고용하는 비용을 충당하고도 남는 것이 있어야 알바를 고용하는 것은 자명한 이치입니다. 알바를 쓰는 건 그게 그만큼 이익이 되기 때문이어요. 절대로 손해 보면서 알바를 고용하는 사장은 없습니다.

알바, 전망 없다

『알바에게 주는 지침』의 백미는 알바 일의 '전망 없음'을 정확히 밝히는 데서 찾아볼 수 있습니다. 더러운 꼴을 다 보고 패스트푸드

알바 중 최고의 자리인 시급 매니저가 된다고 해도 시급도 별 볼일 없고, 사회에 나와 써먹을 수 있는 기술은 하나도 배울 수 없습니다. 서당 개도 3년이면 풍월을 읊는다지만, 철저하게 분업화된 현재의 패스트푸드 시스템에서는 3년 알바를 해도 햄버거 가게를 차릴 수 있는 기술을 익히는 것이 불가능하기 때문입니다.

배달 알바 역시 전망 없기는 마찬가지입니다. 스피드를 즐기는 배달 알바들은 아슬아슬한 오토바이 운전으로 순간의 스릴을 만끽 할지 모르지만, 그 일은 스무 살이면 끝이 납니다. 군대 갔다 오고 나이 들어서 배달 알바를 하는 것은 힘에 부치기도 하고 '애들 보기 쪽팔려서' 할 수 없기도 합니다.

상대적으로 시급이 높은 과외 알바의 경우는 괜찮지 않을까요? 아닙니다. 과외 알바는 비교적 돈을 벌기 쉽기 때문에 이런 생활에 적응해 버리면 대학을 졸업하고도 제대로 된 직장을 잡지 못합니다. 과외를 몇 탕씩 뛰어서 월 이삼백만원을 벌다가 하루 종일 회사에 다니면서 이백만원 버는 일에 만족할 수 없기 때문입니다.

정규직도 사정이 크게 다르지는 않습니다. 기업은 직원들을 '가족처럼' 생각한다고 얘기하고, 그러니 직원들도 회사 일을 '내 일처럼' 생각하라고 요구하지만, 그건 믿을 만한 소리가 아닙니다. 회사가 어렵다는 핑계로 대규모 해고를 감행하고(구조조정이라는 고상한 말을 쓰지만, 정체는 해고죠.), 일을 하다 몹쓸 병에 걸려도 보상을 안 해주려고 별 수를 다 씁니다. 입사할 때 손바닥만 하던 회사가 열 배 스무 배 규모를 키워 나가도, 그 회사에서 몸 바쳐 일한 내 처지는 크게 나아지지 않습니다.

알바로 산다고 생각하지 못할쏘냐

유명 커피전문점에서 일하던 알바가 자신이 마땅히 지급받아야 할 주휴수당을 받지 못하고 있음을 알게 되었습니다. 근로기준법을 열심히 공부한 덕분이었죠. 근로기준법에는 주당 15시간 이상 일하고 그 주에 결근이 없었다면 1일의 유급휴가를 보장해야 한다고 명시되어 있습니다. 이 유급휴가에 제공하는 수당이 주휴수당입니다. 계란으로 바위 치기라 말리는 사람도 있었지만, 알바들은 힘을 모아 대기업을 상대로 싸움을 시작했습니다. 어려운 싸움이었지만, 결국 알바들이 이겼습니다. 근로기준법에 버젓이 적혀 있으나 아무도 제대로 알지 못하고 누리지도 못했던 주휴수당의 권리를 지켜 낸 것입니다.

2011년 10월 카페베네는 본사 직영점에서 근무하는 알바들에게 그동안 밀린 주휴수당을 지급했습니다. 커피빈 역시 밀린 수당을 지급했는데 그 돈을 받은 사람이 거의 3,000명이고 액수는 5억원에 달했다고 합니다. 놀랍지 않나요? 그렇게 많은 사람들에게, 그렇게 많은 돈을 지급하지 않고 버텨 왔던 것입니다. 그걸로 기업은 계속 더 큰 이윤을 남겼겠지요.

사장에게 주휴수당을 요구했더니 "내가 12년 동안 이 일 하면서 너 같은 애는 처음 본다."라는 말을 들었다는 한 청소년 알바의 얘기를 들으면 어떤 생각이 드나요? 이때 '그래, 다들 묵묵히 일하는데 나라고 별 수 있나? 참고 일해야지. 짤리면 나만 손해니까.' 하고 생각해야 할까요? 문제가 누구에게 있나요? 정당한 권리를 요구한 나에게 있습니까? 아니면 12년 동안이나 임금을 부당하게 깎아서 불법적인 이윤을 챙겨 온 사장에게 있습니까?

한 번 굽시니스트는 영원한 굽시니스트이다. 명령에 따라 살고 명령에 따라 죽는 노예는 영원한 노예이다. 주인으로 세상을 살고자 한다면, 생각하는 인간으로 살고 싶다면 정말 단 한 번이라도 패스트푸드 알바 자리를 기웃거려서는 안 된다. 알바를 한다 해도 반드시 생각하면서 해라. - 57쪽

이쯤에서 우리는 『알바에게 주는 지침』을 다시 읽어 보게 됩니다. 이 지침들은 알고 보니 최대한 뺀질거리면서 게으름을 피우라는 비양심적인 충고가 아니었습니다. 일하는 사람에 대한 부당한 대우를 고발한 것입니다. 이 부당함을 바로잡자는 정의로운 제안입니다. 자신이 하고 있는 일에 대해, 그 일의 미래에 대해, 자신이 받고 있는 대접에 대해 계속 생각해 보아야 합니다. 주휴수당을 받아 내기 위해 생각하고 행동한 알바들 덕분에 수많은 알바들의 처우가 개선되었습니다.

나는 알바 안 할 거니까 괜찮다고요? 과연 그럴까요? 청년 시기에 알바를 피해 갈 수 있는 운 좋은 사람들이 그리 많지 않다는 것이 우리가 직면한 현실입니다. 게다가 기업은 알바로 떼울 수 있는 일자리에 정규직을 채용하지 않을 것입니다. 최저임금으로 해결할 수 있는 일자리에 더 많은 임금을 지급하려 하지도 않을 것입니다. 그러니 알바가 어떤 대우를 받고 있는가가 앞으로 내가 할 일의 대우를 결정할 것입니다. 그러니 어서 『알바에게 주는 지침』을 읽어 보세요, 어서요.

길동이가 받을 알바비 계산하기

겨울방학을 맞은 길동이는 집 앞 식당에서 아르바이트를 시작했습니다. 2015년 기준 최저임금인 시급 5,580원을 받기로 하고 첫날 아침 10시부터 저녁 8시까지, 둘째 날, 셋째 날도 같은 식으로 일했고 넷째 날은 토요일이어서 저녁 10시까지 약속한 시간보다 2시간을 더 일했습니다. 다섯째 날은 사장님이 갑자기 부르시더니 길동이가 일하는 게 마음에 들지 않는다며 이제 나오지 않아도 좋다고 하셨습니다. 그럼 나흘치 임금을 달라고 했더니 사장님은 원래 한 달 이상 일하지 않으면 안 되는 건데 특별히 챙겨 준다면서 220,410만원을 줬습니다. 사장님의 일당 계산은 맞는 걸까요? 여기에서 잘못된 부분은 무엇일까요?

1. 최저시급은 그만큼만 주면 무슨 일이건 시켜도 된다는 뜻이 아닙니다. 식당업주가 법을 어긴 것은 아니지만 업무 강도나 여건에 따라 시급은 조정할 수 있습니다.

2. 꼭 사업주가 정한 기간 이상 일해야만 임금을 받는 건 아닙니다. 단 하루를 일하더라도 사업주는 노동자에게 임금을 지급해야 합니다.

3. 사장님의 임금 계산은 틀렸습니다.

휴게시간이 없고 상시 근로자 수가 5인 이상임을 전제로 하면 기본수당 42시간 × 5,580원 + 연장근로수당 10시간 × 5,580원 × 1.5배 = 총 318,060원을 받아야 합니다.

다 알고도 질 수 있습니다. 하지만 모르고 지다 보면 지는 것을 자연스럽게 느낄 수도 있습니다. 그래서 자신이 정당하게 받아야 할 임금을 아는 것, 계산할 줄 아는 것이 중요합니다.

나는 내 생각을 말하지 않을 권리가 있다

『모스 가족의 용기 있는 선택』
엘렌 레빈 지음, 김민석 옮김, 우리교육, 2008

"스스로 생각할 권리를 잃는다면 그건
감옥에 갇히는 거나 다름없어. 민주주의는
단지 생각에 그치는 게 아니란다.
우리가 끊임없이 가꾸어 가야 하는 거야."
― 본문 중에서

제이미는 왜 입만 열면 거짓말일까?

"나는 입만 열면 거짓말을 한다."『모스 가족의 용기 있는 선택』의 첫 문장입니다. 첫째 줄부터 뜨끔해집니다. 그간 내가 했던 수많은 거짓말들이 떠오르기 때문입니다. 이 재미있는 소설의 주인공이자 화자인 열세 살 소녀 제이미는 왜 입만 열면 거짓말을 하는 것일까요? 참고서 값을 부풀려서 엄마한테 말한 걸까요? 몰래 좋아하는 아이가 있지만, 그 아이를 별로 좋아하지 않는 척, 친구들 앞에서 자존심을 세운 걸까요?

제이미의 거짓말은 이렇게 소소하고 일상적인 거짓말이 아닙니다. 제이미의 거짓말은 상당히 정치적인 거짓말입니다. 예를 들면 이런 것이지요. 거리에서 낯선 아저씨들이(FBI요원입니다) 아빠가 보는 신문이 뭐냐고 물어보면 속으로 '왜 엄마는 신문을 읽지 않을 거라고 생각하지?' 하는 생각을 하면서 《저널 아메리칸Journal American》이라고 대답합니다. 사실 제이미네 집에서 구독하는 신문은 《데일리 워커Daily Worker》와 《내셔널 가디언National Guardian》인데 말입니다. 《저널 아메리칸》은 아주 보수적인 신문이고, 《데일리 워커》와 《내셔널 가디언》은 진보적인 신문입니다. 왜 진보적인 신문을 보는 것을 숨기고, 보수적인 신문을 본다고 거짓말을 하는 것일까요?

강력한 매카시즘의 시대

이야기의 배경인 1953년의 미국은 매카시즘McCarthism의 시대였기 때문입니다. 매카시즘이란 말 어렵죠? 인터넷을 검색해 보면 "1950~1954년 미국을 휩쓴 일련의 반反공산주의 선풍"이라고 나옵니다. 매카시 ^{Joseph McCarthy} 상원의원이 1950년 2월 "국무성 안에는 205명의 공산주의자가 있다."라는 발언을 한 것을 시작으로 미국 정부는 '반미활동조사특별위원회 House on Un-American Activities Committee, HUAC'를 구성하고 사회 전 분야에 걸쳐 공산주의자들을 색출하기 위한 투쟁을 시작합니다. 일단 공산주의자로 찍히면 이들은 청문회에 나와서 자신의 결백을 증명해야 했습니다. 죄가 없으면 당당하게 나서서 자신의 결백을 증명하면 되지, 그게 왜 문제가 되냐고요?

우리에게는 양심과 사상의 자유가 있습니다. 내가 어떤 생각을 가지고 있건 그것은 나의 자유에 속하는 것이고, 정부는 그것을 보장해야 합니다. 세계인권선언도, 대한민국 헌법도, 미국 헌법도, 양심과 사상의 자유를 보장하고 있습니다. 헌법으로 양심과 사상의 자유를 보장한다는 것은, 내가 어떤 특정한 사상(이 경우에는 공산주의)을 가졌다고 해서 처벌받아서는 안 된다는 것입니다. 그리고 양심과 사상의 자유에는 침묵의 자유가 포함됩니다. 내가 어떤 생각을 하고 있는지, 어떤 것에 찬성하고 어떤 것에 반대하는지, 그에 대해 누구도 내게 말하도록 강요해서는 안 됩니다. "나는 공산주의자가 아니다."라고 말하지 않을 권리를 가지고 있다는 것입니다. 당시의 반미 청문회는 양심과 사상의 자유를 보장하는 헌법의 기본 원리를 정면으로 거스르고 있었습니다.

매카시즘의 위력이 너무나 강력해서 사람들은 감히 이것이 잘못되었다고 말할 엄두도 내지 못했습니다. 수많은 미국인들이 매카시즘에 동조해서 미국을 망치는 '공산주의자들'을 비난했습니다. 이런 사회 분위기 속에서 많은 사람들이 매카시즘의 희생자가 되었습니다. 이런 세상이다 보니 우리의 주인공 제이미는 진보적인 생각을 갖고 있는 가족들이 어느 날 끌려가게 될까 봐 조심 또 조심할 수밖에 없었던 겁니다.

생각이 다르다고 쫓겨난 이웃들

제이미와 같은 학교에 다녔던 해리엇 퍼듀의 아빠는 공산당원이라는 이유로 직장에서 쫓겨났습니다. 해리엇네 가족은 이사를 가야 했고, 해리엇은 학교에서 따돌림을 받다가 전학을 갑니다. 그리고 학생들과 이런 대화를 나눈 터벨 선생님도 학교에서 쫓겨납니다.

"너희 생각이 공산주의자들의 의견과 다를 수는 있어. 하지만 그들이 너희 의견에 따라야 한다고 요구할 권리가 있을까?"

"하지만 공산주의자들은 정말 나빠요."

"좋아. 그럼 민주주의 국가에서 다른 사람의 의견에 동의하지 않을 때는 어떻게 해야 하지?"

"투표를 통해 반대 의사를 표현하면 돼요."

내가 답했다. 할머니가 바로 옆에 앉아 있는 것만 같았다.

"우리 아빠는 노동조합원인데요."

아이리스가 말을 꺼내고는 재빨리 덧붙였다.

"그런데 공산주의자는 아니에요. 아빠는 공산주의자들의 주장에 반대하죠. 하지만 사장들이 너무 많은 돈을 챙긴다는 얘기는 자주 했어요."

아이리스가 나를 바라보며 고개를 끄덕였다.

> "그러니까 너희와 의견이 다른 사람들이 좋은 생각을 가질
> 수도 있다는 거지?" - 105쪽

그리고 제이미의 아빠 차례가 되었습니다. 수학선생님인 제이미의 아빠는 공산주의자로 몰려 학교에서 쫓겨났습니다. 그리고 이어서 엄마 차례. 방송작가인 엄마도 일자리를 잃게 됩니다. 학교에 이 사실이 알려지게 되자 친구들은 제이미를 멀리하고, 교내 신문사 선생님은 얼토당토않은 이유를 들어 제이미를 신문사에서 내보냅니다. 매카시즘은 계속 먹잇감을 찾아서 그들을 불행에 빠뜨리면서 힘을 키워 나갑니다. 이 절망적인 상황은 결코 끝나지 않을 것 같습니다.

선량하고 진실한 사람들이 문제를 풀어 나간다

선량하고 진실한 사람들에 의해 제이미의 문제가 하나하나 풀려 나갑니다. 신문사 소속 학생들은 제이미가 부당하게 신문사에서 쫓겨난 것에 항의하는 특집 기사를 실은 신문을 냅니다. 평소에 공산주의자도, 제이미도 별로 좋아하는 것 같지 않았던 리딧 선생님은 교장 선생님에게 무섭게 화를 내며 "아버지의 잘못 때문에 아이들에게 벌을 줘서는 안 돼요."라고 항의합니다. 제이미는 신문사로 돌아갈 수 있었습니다. 친한 친구 일레인은 두려움을 이기고 우정을 선택합니다. 따돌림당하는 제이미 곁으로 돌아온 거죠. 거창한 이념이나 사상으로 무장하고 있지 않더라도 원칙이 지켜지기를 바라는 마음, 착한 마음이 매카시즘으로 상처받은 제이미를 구해 냅니다.

제이미 아빠의 문제는 이만큼 단순하지 않습니다. 결국 매카시

상원의원이 진행하는 청문회에 출두합니다. 여기서 그는 현재 혹은 과거에 공산당 당원이었던 적이 있느냐는 질문에 "그 질문에 대답하지 않겠습니다. 분명한 사실은 내 정치적 신념은 나만의 문제라는 것입니다."라고 답합니다. 매카시 상원의원이 화를 내며 다른 공산주의자들의 이름을 대라고 요구합니다. 이런 일은 청문회에서 흔히 볼 수 있는 풍경이었습니다. 자신이 공산주의자가 아님을 밝히고 공산주의자로 추정되는 다른 사람의 이름을 대는 것, 즉 친구를 배신하는 것이 이 청문회에서 살아남을 수 있는 유일한 방법이었던 것입니다. 여기에 제이미의 아빠는 어떤 대답을 했을까요?

> "나는 우리나라 헌법의 토대를 뒤흔들려는 사람들의 이름을 댈 수 있습니다."
> "좋아요, 당신이 마음을 바꿀 줄 알았소."
> 매카시 상원의원이 웃으며 말했다.
> "그건 바로 매카시 의원 당신과 수석 변호사 로이 콘 씨입니다. 당신들은 국가와 헌법의 근본을 뒤흔들고 있습니다."
> - 231쪽

제이미의 아빠는 매카시 일파의 행동이 미국 수정 헌법 1조의 정신에 위배되기 때문에, 미국의 민주주의에 진짜로 해로움을 끼치는 것은 그들이라고 주장한 것입니다. 미국 수정 헌법 1조는 "의회는 종교를 만들거나 자유로운 종교 활동을 금지하거나, 발언의 자유를 저해하거나, 출판의 자유, 평화로운 집회의 권리, 그리고 정부에 탄원할 수 있는 권리를 제한하는 어떠한 법률도 만들 수 없다."

입니다. 이 청문회는 텔레비전으로 전국에 중계되었습니다. 『모스 가족의 용기 있는 선택』은 이 청문회에서 돌아온 아빠의 국회 모독 죄에 대한 공판이 곧 열릴 것이고, 아빠는 유죄판결을 받고 감옥에 가게 될 것이라는 얘기로 끝이 납니다. 하지만 그렇다고 해서 마음이 무거워지지는 않습니다. 제이미네 집을 방문하여 지지를 보내는 사람들이 아주 많기 때문입니다. 이 사람들이 있는 한, 매카시즘과 같은 미친 일이 계속되지는 않을 테니까요.

매카시즘은 여전히 진행 중

매카시 상원의원은 어떻게 되었을까요? 결국 많은 이들의 반대로 1954년에 상원에서 물러나고, 그 후 화병으로 죽음을 맞게 되었다고 합니다. 매카시의 실각과 함께 매카시즘도 끝이 났고요.

허탈한 것은, 매카시가 상원에서 "국무성 안에 205명의 공산주의자가 있다."라고 주장할 때 들고 있었던 종이는 그냥 빈 종이였다는 점입니다. 매카시즘은 시작부터 매카시 자신의 정치적 영향력을 키우기 위한 허풍이자 거짓말일 뿐이었던 거지요.

그런데 어째서 이런 말도 안 되는 주장을 많은 사람들이 받아들인 걸까요? 제2차 세계대전 이후 미국은 소련과 냉전 상태에 있었고, 중국에 공산당 정부가 들어서고 한반도에서는 전쟁이 일어났습니다. 당시 미국 사람들은 공산주의에 심한 공포감과 거부감을 가지고 있었다고 합니다. 매카시는 자신의 출세를 위해 사람들 마음속에 있는 공포감과 거부감을 슬며시 부추기기만 하면 되었던 거지요.

그로부터 70여 년이 흐른 뒤의 대한민국에 우리가 살고 있습니다. 그런데 아직도 우리는 매카시즘으로부터 자유롭지 않은 것 같습니다. 자신과 다른 생각을 가지고 있는 사람을 이기는 간단한 방법이 아직도 잘 먹히고 있으니까요. 그 방법이 뭐냐고요? 무조건 상대방이 '종북', '좌빨'이라고 우기는 겁니다. 그러면 많은 이들이 앞뒤 살피지 않고 그 말에 동조해서 상대방을 '악의 무리'로 몰아갑니다.

중세의 마녀 사냥이 떠오르지 않나요? 보통은 가난하지만 똑똑하고 외로운 여성들이 마녀로 몰렸습니다. 먹고살기 위해 약초를 캐다 팔던 여인을 두고 누군가 "넌 마녀야!" 하고 찍습니다. 그러면 잡혀가서 마녀인지 아닌지 조사를 받게 됩니다. 조사 방법은 잔혹하고도 황당한 것이었습니다. 예를 들면 마녀로 의심받는 여자를 물에 빠뜨립니다. 살아남으면 마녀입니다. 인간이라면 살아남을 수 없으니까요. 살아남는다면 마녀이기 때문에 잔혹하게 처형당합니다. 물에 빠져 죽는다면? 그럼 마녀가 아닌 거죠. 안타깝게도 이미 죽어 버렸지만요. 프랑스를 위기에서 구한 잔 다르크도 결국 마녀로 몰려 사형당했던 것 기억하시죠?

매카시즘은 교실에도 있다

교실에서도 이런 일은 일어납니다. 친구들 사이에서 영향력을 발휘하는 누군가가 말합니다. "쟤 좀 이상하지 않니?" 그 말을 듣고 보니 지목당한 그 친구가 좀 이상하기는 합니다. 스타일도 좀 다른 것 같고, 얘기도 잘 안 통하는 것 같고……. 어느새 찍힌 아이는 홀로 남습니다. 이 따돌림의 구조에서 가장 무서운 것은 누구든 그 대상이 될 수 있다는 것입니다. 정말 이상한 점이 있는지 아닌지는 하나도 문제가 되지 않습니다. 따돌림을 만들어 낸 사람들도 그 사실을 잘 알고 있습니다. 그래서 다들 필사적이 됩니다. 따돌림에 적극적인 사람들일수록 따돌림의 구조를 잘 알고 있기 마련입니다.

많은 친구들은 모르는 척합니다. 괜히 나섰다가 내가 찍히면 큰일이니까요. 그건 내 문제가 아니라고 생각하니까요. 하지만 정말 그럴까요? 이 구조에서는 누구나 따돌림의 피해자가 될 수 있습니다. 내가 잘하고 못하고의 문제가 아니기 때문입니다. 운이 나빠 찍히면 그걸로 고통은 시작됩니다. 그런데도 내 문제가 아닌가요?

설사 내가 따돌림을 받지 않았다 하더라도 따돌림의 구조는 나를 언제나 불안하게 만듭니다. 튀지 않기 위해 무던히 노력합니다. 옷을 고를 때도, 음악을 선택할 때도, 말을 할 때도, 체험학습을 갈 때도 남들과 똑같아지기 위해 애를 씁니다. 내가 원하는 것을 선택하는 삶이 아니라 다른 사람과 같아지기 위한 삶이라니 얼마나 안타까운 일입니까? '이렇게 하면 괜히 찍히지 않을까?'라고 스스로의 말과 행동을 늘 돌아보아야 하는 생활이란 얼마나 피곤합니까? 이 정의롭지 못한 구조가 나를 계속 불안하게 만드는데 내가 직접적인 가해자나 피해자가 아니라고 해서 내 문제가 아닙니까?

이런 과오를 되풀이하지 않으려면 어떻게 해야 할까요? 우리가 좀 더 똑똑해져야 한다고 생각합니다. 다른 사람의 생각을 그대로 쫓아가지 말고 스스로 생각할 줄 알아야 합니다. 다른 사람의 손가락질을 그대로 따라 하지 말고 원칙과 진실을 따라가야 합니다. 선량하고 진실한 사람들이 문제를 풀어 나간다는 것, 선량하고 진실한 그대가 기억합시다.

매카시즘에 대한 몇몇 인물의 선택

1950년대 매카시즘이 미국 사회를 덮치자 수많은 사람들이 조사를 받기 시작했습니다. 증거가 확실하든 아니든, 혐의가 적든 크든, 일단 조사를 받기 시작하면 직장을 잃기도 하고 감옥에 갇히기도 했습니다. 피해를 입고 싶지 않은 이웃들로부터 소외받기도 했고요. 가장 먼저 공격 대상이 된 사람들은 모스 가족의 아버지 같은 교사, 공무원, 연예인, 노동조합 활동가 등이었습니다. 영화계에서는 '할리우드 블랙리스트 **Hollywood Blacklist**'에 오른 배우, 작가, 감독 등이 현역에서 활동할 수 없는 지경에 이르렀고요.

매카시즘에 동조한 사람들

"나는 공산주의자가 아닙니다. 음······
항상 삐딱하게 말하는 친구가 있긴 하죠."

로널드 레이건

엘리아 카잔

월트 디즈니

1954년 3월 CBS에서 미국의 언론인 에드워드 머로 기자가 자신이 진행하던 〈See It Now〉라는 프로그램에서 매카시의 주장을 조목조목 반박한 것을 계기로 미국인들은 사상의 자유를 돌아보게 되었습니다. 이것이 매카시즘을 몰아낸 결정적인 계기가 되기는 했지만 매카시즘을 몰아낸 것은 "아니오"라고 말한, 선량하고 진실한 사람들의 힘이었겠지요.

매카시즘에 맞서 사상의 자유를 지킨 사람들

"나는 증언을 거부합니다. 내가 공산주의자든 아니든 나는 내 사상을 드러내지 않을 권리가 있습니다."

베르톨트 브레히트

찰리 채플린

레너드 번스타인

아서 밀러

스마트폰, 너무나 매력적이고 너무도 위험한

박현희

『당신을 공유하시겠습니까?-셀카 본능에서 잊혀질 권리까지,
삶의 격을 높이는 디지털 문법의 모든 것』
구본권 지음, 어크로스, 2014

기술이 저절로 관계를 맺어 주거나 깨뜨리지는
않는다. 하지만 기술의 속성인 편향성과 기술이
만들어 낸 환경을 무시하는 것은 어리석다.
자신이 많은 시간을 할당하고 있는 기술과
서비스에 대해서 그 속성을 모른 채 나는 아무런
영향도 받지 않는다고 생각하는 것은 무지한
태도다. 이슬비를 맞고 오래 걷다 보면
몸은 축축해진다. 어떤 비에는 우산이 필요하다.
— 본문 중에서

아직 2G폰을 쓰고 있습니다만

이미 이동전화 가입자 수는 총 인구 수를 넘어섰고, 스마트폰 가입자 수도 3천만을 가볍게 넘어 버렸습니다. 나이, 학력, 직업, 성별, 신념, 그 무엇이든 가볍게 뛰어넘으며 지금 세상은 스마트폰 대세의 시대로 가고 있습니다. 그런 세상에서 저는 아직도 2G폰을 씁니다. 그 낡은 폰으로 문자도 보내고 통화도 하는 저를 보는 사람들의 반응은 다양합니다. 이들이 제 2G폰을 보며 하는 말들을 볼까요? 소리 내어 하는 말 옆에는 그 말의 진짜 뜻을 적어 두었으니 참고하시기 바랍니다.

선배 : 이거 써 보면 생각보다 쉬워. 너무 겁먹지 말고 바꿔 봐. (=시대에 뒤떨어진 인간 같으니라고! 나보다 젊은 것이 왜 그러고 살아?)

동료 : 너한테만 따로 문자 보내야 하는 거, 알고는 있냐? (=너 때문에 귀찮아 죽겠어.)

젊은 후배 : (애매한 웃음) 선생님, 그래도 이건 좀 아니지 않나요? (=정말 말이 안 통하는 구세대야!)

학생들 : 선생님, 지금 학교 앞 매장에서 꽁폰 행사하고 있어요. 요즘은 요금제도 좋은 거 많아요. (=답답해 죽겠어, 정말!)

다양한 방식으로 표현하고 있지만, 이 말을 통해 그들이 진짜 하고 싶어 하는 말을 종합해 보면 "이상한 데서 고집 피우지 말고 정상적으로 살아!"라는 것을 저도 잘 압니다. 그래도 저는 한동안 스마트폰 없는 생활을 계속하기로 마음을 먹었습니다. 지금 우리 사회를 급속도로 점령해 버린 신문물에 익숙해지기를 거부하는 까닭은 이 희대의 상품이 우리를 어떻게 변화시키는지 낯선 이의 눈으로 계속 살펴보고 싶었기 때문입니다. 또 스마트폰에 완전히 익숙해진 스마트한 사람들로 하여금 나의 낯선 행동을 통해 스마트폰 출현 이전의 삶을 잠시라도 기억하도록 하고 싶었기 때문이기도 합니다.

하지만 마음이 흔들릴 때도 많습니다. 다들 카톡으로 대화를 나누면서 나의 존재를 완전히 잊어버렸기 때문에 혼자만 모임 연락을 받지 못했을 때, 얘기하다 말고 즉시즉시 검색을 하며 스마트함을 과시하는 주변 사람들을 볼 때, 첨부 파일로 보내 준 지도의 글씨가 하도 깨알 같아서 약속 장소를 확인하기 위해 컴퓨터 앞에 앉아 다시 검색을 해야 할 때(이게 무슨 말인지도 모르는 스마트한 사람들을 위해 설명하자면, 손가락을 간단히 움직여 이미지 파일을 확대할 수 있는 기능은 스마트폰에만 있습니다. 2G에서는 불가능합니다.), 아직도 2G폰을 손에 쥐고 멸종 직전의 공룡처럼 살아가는 것이 과연 옳은 일인가 생각하게 됩니다.

스마트한 사람에게 필요한, 뻔한 듯 강력한 대안들

이렇게 흔들리는 내게 이 책이 다가왔습니다. 다소 딱딱해 보이는 표지로 독자의 손길을 거부하는 듯(?)하기도 합니다. 하지만 그 장벽을 넘어 이 책을 읽을 수 있었던 힘은, 오직 스마트폰 세상에 대해 제대로 알고 싶다는 저의 강력한 열망에서 왔다고 생각합니다. 읽고 나서 드는 생각은? 나처럼 스마트하지 않은 인간에게도 그렇지만 스마트한 인간에게는 더 괜찮은 책입니다. 정확히 말하면 스마트할수록 꼭 필요한 책이지요.

저자의 이력이 특이합니다. 대학에서는 철학을 전공했는데, 기자가 되어서는 정보 기술 분야를 전문적으로 취재하게 되었습니다. 구본권 기자는 "디지털 전문가들이 기술의 빛과 그늘을 인지하고 조심스레 접근하는 것에 비해 일반 사용자들은 무분별한 사용으로 삶의 균형을 잃어버리는 경우를 많이 보아 왔"기 때문에 이 책을 썼다고 말하면서 우리에게 디지털 리터러시(문해력)를 키우라고 권합니다.

> 진짜 중요한 문제는 우리가 스마트폰과 인터넷에 지나치게 의존하고 있다는 현실이 아니다. 사용자 자신이 어떤 특성의 기술과 기기에 의존하고 있는지를, 그로부터 어떤 영향을 받고 있는지를 좀처럼 자각하지 못하고 있다는 점이 진짜 문제다. 스마트폰은 가장 많이 사용되고 있지만 가장 이해가 부족한 기기다. - 12쪽

이 책은 세 개의 파트로 구성되어 있습니다. 1부와 2부에서는 스마트폰으로 대표되는 디지털 세상에서 어떤 일들이 벌어지고 있는지를 다루고, 3부에서는 디지털 세상에서 지혜롭고 현명하게 살아가는 법을 이야기합니다. 만약 이 책이 1부와 2부만 있었다면, 저는 이 책을 다른 사람에게 권하지 않았을 것입니다. '그래, 문제야. 그런데 어쩌라고?'라는 근심만 늘어난 채로 책을 덮는 일에 지쳐 버렸기 때문입니다. 그런데 이 책에서는 대안을 제시합니다. 그 대안이 실은 누구나 예상할 수 있는 것이기는 합니다만, 원래 정답이란 그

렇게 싱거운 법입니다. 우리가 모두 알고 있으나 실천하기 싫은(실천하지 못하는 것이 아니라!) 그 대안들을 제시합니다. 이 책이 훌륭한 것은 그 뻔한 정답을 독자들에게 설득력 있게 내놓고 있기 때문입니다.

프라이버시가 사라졌다

우리는 친구의 연애나 여행 소식을 친구와의 대화가 아니라 SNS를 통해 알게 됩니다. 카톡의 프사(프로필 사진)와 상메(상태 메시지)를 보면 내 지인의 최근 동향을 손쉽게 파악할 수 있습니다. 페이스북에, 카카오 스토리에 자기 이야기를 올리는 것은 시대적 추세인 것 같습니다. 여기에 자기 얘기를 잘 올리기 위해 많은 이들이 사진 촬영에 열을 올리고(이제는 셀카봉까지 등장해서 남에게 아쉬운 소리 안 해도 자유자재로 자기 사진을 찍을 수 있게 되었죠.) 더 괜찮은 소재를 찾아 발품을 팔기도 합니다.

-저 지금 해운대에 와 있어요.

해운대의 멋진 풍경 사진과 함께 이런 메시지를 올리면,

-완전 부럽습니다.

라는 댓글부터

-그 근처 ○○반점 짬뽕이 정말 맛있어요.

이런 실속 있는 조언들이 줄을 잇습니다. 기분도 좋고, 편리하기도 합니다. 그런데 혹시 아시나요? 이게 생각보다 상당히 위험한 일이라는 것을요.

미국에서는 "집을 비운다."라고 글을 올린 사람들의 집만 골라

20여 차례 빈집털이에 성공한 절도 사건이 보도되었습니다. 영국에서는 페이스북에 올라온 휴가 정보를 활용해 휴가 기간 2주간 12명의 집을 터는 데 성공한 사건이 보도되었고요. 이제 감이 잡히나요? 나의 정보를 인터넷에 올리는 순간, 나의 지인에게는 그것이 '반가운 소식'이겠지만, 어떤 이들에게는 범죄 자료로 쓰일 수도 있다는 것입니다. 그래서 이 책은 충고합니다.

위치정보 자체가 위험한 것은 아니지만 실시간 위치정보는 웬만해서는 노출하면 안 되는 정보다. 며칠 전의 여행 사진을 소셜네트워크에 공개하는 것은 문제없지만, 실시간으로 사진에 위치정보 태그를 달거나 "대학로 마로니에 공원에서 찰칵"처럼 공유하는 것은 지극히 위험하다. 소셜네트워크에 공개한 정보는 내 친구만 접근 가능한 것이 아니기 때문이다. - 41쪽

요즘 젊은 부모들은 태아의 초음파 사진부터 모든 성장 과정을 꼼꼼히 인터넷에 올립니다. 저는 때때로 불안합니다. 초음파 사진부터 인터넷에 공개되기 시작한 아이가 성인이 되었을 때, 과연 그 사람에게도 '사생활'이라는 것이 존재할 수 있을까요? 문제는 그런 사람이 한둘이 아니라는 것이고요. 부모는 예쁘고 사랑스러운 아이를 온 천하에 자랑하고 싶은 마음 하나로 그러겠지만 그 아이의 미래는 어떻게 되는 걸까요? 소셜네트워크에 공개한 정보는 내가 보여 주고 싶은 사람만 보는 것이 아니라는 점을 꼭 기억해야 하겠습니다.

페이스북을 많이 할수록 불행해진다!

2013년 독일의 훔볼트 대학과 다름슈타트 공대 연구진은 「페이스북에서의 부러움 : 사용자의 인생 만족도에 대한 숨은 위협」이라는 논문을 발표했습니다. 이 연구에 따르면 페이스북 사용자들이 느끼는 가장 보편적인 감정은 '부러움'이라고 합니다. 무슨 말인지 바로 이해가 되지 않나요? 우리는 다른 사람이 인터넷에 올린 이야기를 보면서 늘 부러움에 빠집니다. 저도 한 달 동안 유럽 미술관 기행을 다녀온 블로거의 얘기를 읽으면서 자괴감에 빠졌던 적이 있습니다. 저에게는 일하느라 시간도 없고, 수입도 뻔한지라 꿈꾸기도 어려운 일이 어떤 사람에게는 현실 속에서 실현된다는 사실이 너무 부러웠거든요.

여행, 음식, 가족, 패션, 예술…… 인터넷에 올라오는 다른 사람들 이야기는 모두 부러움을 살 만합니다. 생각해 보면 당연한 일이죠. 우리는 특별한 순간을 기록합니다. 매일매일 반복되는 그저 그런 일상을 인터넷에 올릴 이유가 없잖아요. 그러니 우리가 만나는 인터넷의 기록들은 모두 특별한 순간들뿐입니다. 부러워할 수밖에 없는 순간들이죠. 그 부러움이 우리로 하여금 스스로의 삶에 만족하기 어렵게 만듭니다. 연구 결과에 의하면 "소셜네트워킹에서 경험하게 되는 부러움은 사용자들의 인생 만족도를 저해하는 것으로 나타났다."라고 합니다.

다른 각도에서 접근한 연구도 있습니다. 인간은 '연결되었다'는 감정을 꼭 필요로 하는 존재이므로 소셜네트워크상에서 적극적으로 관계를 맺어 나가는 것은 행복감을 증대시키는 데 도움이 된다는 것이죠. 단, 이때 중요한 것은 그냥 남의 글을 읽기만 하는 것이 아니라 다른 사람들과 댓글도 주고받고 자기 이야기도 올리고 하는 적극적인 행동이 함께해야 한다는 것입니다.

> 페이스북을 사용하면서 느끼게 되는 연결되었다는 행복감과 상대적 박탈감은 페이스북 때문이라기보다 각자 SNS를 사용하는 방법과 온·오프라인상의 사회관계가 반영된 결과다. 사용 목적과 행태에 따라 달라질 수밖에 없는 것이 사회적 연결 도구다.
> 중요한 것은 사회적 도구가 지닌 두 측면을 잘 이해하지 못한 채 지인들의 소식을 보기 위해, 또는 더 많은 연결을 위해 습관적으로 SNS를 과도하게 사용할 경우 외로움과 함께 자신이 보잘것없다는 느낌에 젖는 것은 자연스러운 결과라는 것이다.
> - 247쪽

그러니까 우리에게 정말 필요한 것은 스마트폰을 경계하는 것이 아니라 스마트폰(을 비롯한 각종 소셜네트워킹 도구)에 대해 잘 아는 것이라고 할 수 있겠죠. 잘 안다면, 보다 좋은 선택을 할 수 있을 것입니다.

잘 아는 사람들은 어떤 선택을 할까?

정보 분야 기술 전문가인 니콜라스 카Nicholas Carr(『생각하지 않는 사람들』이라는 세계적 베스트셀러 작가)는 SNS를 모두 끊었다고 합니다. SNS가 정보를 빨리 전달해 주고 사람들을 연결해 주는 것은 맞지만, 주의를 분산시켜 깊이 생각하는 것을 방해하기 때문이라고 밝혔습니다. 안도현 시인은 휴대전화 없이 지낸 첫 일주일은 극심한 불안감에 시달렸지만 그 후 해방감을 느꼈다고 합니다. 시인은 지금도 휴대전화 없이 살고 있다네요. 아이폰을 출시해 SNS 세상의 판도를 바꾼 스티브 잡스가 자녀들의 스마트폰 사용을 철저히 규제했다는 사실은 널리 알려져 있습니다. 미국 정보통신 기술의 중심지인 실리콘 밸리에 있는 학교에서는 아예 디지털 도구를 일체 사용하지 않는 것으로 유명합니다. 마음만 먹으면 이런 사례를 몇 페이지에 걸쳐 나열할 수 있을 것입니다.

소셜네트워킹에 대해 잘 아는 사람들일수록 소셜네트워킹에 신중하다는 것을 알 수 있습니다. 그대가 소셜네트워킹과 스마트폰에 쏟아붓는 시간과 에너지를 생각한다면 특히 이 책을 읽어 보아야 합니다. 이 책은 그대의 시간과 에너지를 멋지게 사용할 방법을 찾아 줄 거예요.

내 시간을 훔쳐가는 게 누구지?

박현희

『모모』
미하엘 엔데 지음, 한미희 옮김, 비룡소, 1999

세상에는 아주 중요하지만 너무나 일상적인
비밀이 있다. 모든 사람이 이 비밀에 관여하고,
모든 사람이 그것을 알고 있지만, 그것에 대해
깊이 생각하는 사람은 거의 없다.
사람들은 대개 이 비밀을 당연하게 받아들이고,
조금도 이상하게 생각하지 않는다.
이 비밀은 바로 시간이다.
― 본문 중에서

왜 이렇게까지 바쁜 걸까

다들 바쁩니다. 시간이 없어요. 심지어 아기들도 바쁜 세상입니다. 어른들은 당연히 바쁩니다. 아침부터 밤중까지 일을 해서 돈을 벌어야 먹고사는 세상입니다. 아이도 키워야 합니다. 그 와중에 틈틈이 자기계발을 하지 않으면 경쟁에서 밀려나는 세상이라고 하네요. 텔레비전도 봐야 하고, 운동도 해야 하고, 정말 바빠요. 그 바쁜 세상에서도 청소년은 가장 바쁜 존재 가운데 하나일 겁니다. 세상은 청소년들더러 공부하라고 다그치면서 동시에 공부만 하지 말고 봉사활동, 창의적 체험활동, 독서, 논술, 토론, 체육 활동도 해야 한다고 또 다그칩니다. 몸이 열 개라도 모자랄 지경이지만, 그 와중에 친구랑 놀기도 해야 하고, 막 싹트기 시작한 연애도 해야 합니다. 스마트폰도 손에서 놓을 수 없습니다. 정말 몸이 열 개라도 부족할 지경입니다.

바쁜 세상, 시간에 쫓기는 사람들은 한 번에 두세 가지 일을 처리하기도 합니다. 음악을 들으면서 공부하고, 텔레비전을 보면서 식사를 합니다. 인터넷 강의를 들으며 인터넷 검색을 하는 일도 흔합니다. 그런데 왜 이렇게 바쁜 걸까요? 혹시 누가 내 시간을 훔쳐가고 있는 것은 아닐까요? 이런 의문이 고개를 들 때, 『모모』를 펼치라고 권합니다.

귀 기울여 들을 줄 아는 아이, 모모

어떤 커다란 도시의 남쪽 끄트머리에 모모라는 이름의 소녀가 나타났습니다. 나이가 여덟 살인지 열두 살인지 구별할 수 없고, 칠

흑같이 새카만 고수머리에 역시 새카만 눈동자를 가지고 있는 소녀였습니다. 마을 사람들은 알록달록한 천들을 이어 붙여 만든 치마를 입고 낡아빠진 헐렁한 남자 웃옷을 걸치고 나타난 이 말라깽이 소녀를 보고 처음에는 이상하게 생각했지만, 얼마 지나지 않아 다들 이 소녀를 좋아하게 됩니다. 그리고 이 꼬마 소녀를 필요로 하게 되지요. 소녀에게는 정말 특별한 재주가 있었기 때문입니다. 그 특별한 재주란 다른 사람의 말을 들어 주는 재주입니다. 그런 건 누구나 할 수 있는 일이지, 무슨 재주라고 할 만한 것이냐고요? 그렇지 않습니다. 모모는 진정으로 다른 사람의 이야기를 귀 기울여 들어 줄 줄 아는 사람이었습니다.

모모가 귀 기울여 들어 주면 사람들은 놀라운 경험을 하게 됩니다. 모모에게 속마음을 털어놓으며 이야기를 하는 동안 스스로도 깜짝 놀랄 만큼 지혜로운 생각을 하게 됩니다. 자기 인생은 실패라고 좌절하고 있던 사람도 모모와 이야기를 하는 중에 지금 있는 그대로도 나는 이 세상에서 소중한 존재라는 것을 깨닫게 되는 거죠. 아이들도, 어른들도, 모모와 이야기를 하고 싶어 했습니다. 모모는 정말 다른 사람의 이야기를 들을 줄 알았으니까요.

뭐야, 비결이 뭐길래 모모랑 얘기를 하면 사람들이 지혜로운 생각을 하게 되는 걸까? 궁금증이 생기나요? 그런데 모모에게 특별한 비결이 있는 것 같지는 않습니다. 모모는 가만히 앉아서 따뜻한 관심을 갖고 상대방의 이야기를 들어 줄 뿐입니다. 커다랗고 까만 눈으로 상대방을 말끄러미 바라보면서 이야기를 들어 주는 거죠. 에잉, 그게 뭐야? 그건 누구나 할 수 있는 일이잖아, 이런 생각이 불쑥 고개를 들 거예요. 그런데, 누구나 할 수 있는 이 간단한 방법만큼 상대방을 행복하게 해주는 데 강력한 힘을 발휘하는 것은 없는 것 같습니다.

누구나 경험으로 알 것입니다. 내 이야기에 온전히 귀 기울여 주는 사람과의 대화가 가져다 주는 행복감을 말입니다. 반대로 내가 이야기를 하고 있는데 상대방이 귀 기울여 듣고 있지 않다는 것을 알게 될 때, 우리는 마음에 상처를 입습니다. 내가 이야기하고 있는데 친구가 스마트폰의 카톡에 정신을 빼앗기고 있다든지, 학교에서 속상했던 일을 이야기하는데 엄마가 텔레비전 드라마를 보면서 건성으로 대답한다든지 할 때 마음이 상합니다.

누가 모모의 귀를 열어 주었을까

저는 여기서 궁금증이 생겨납니다. 모모는 처음부터 귀 기울여 들을 줄 아는 아이였을까요? 정체도 알 수 없고, 돌보는 이도 없고, 가진 것도 없는 아이인 모모가 마을에 나타났을 때, 마을 사람들이 모모를 어떻게 맞이해 주었는지 아시나요? 사람들은 모모가 살고 있는 허름한 오두막집을 청소하고 수리해 줍니다. 침대도 갖다 주고, 담요도 갖다 줍니다. 대가를 바라지 않고, 묻지도 따지지도 않고 마을에 찾아온 이방인을 환대해 주었던 것입니다. 그걸로 끝이 아니었습니다. 그저 청소하고 수리만 해준 것이 아니라 솜씨 좋은 미장이가 벽에 그림까지 그려줍니다. 벽에 그림이 있고 없고는 먹고 사는 것과는 아무런 상관도 없습니다. 하지만 아무것도 가진 게 없는 떠돌이 아이조차도 아름다움을 누리며 살 수 있도록 배려해 준 것입니다.

이것은 최선의 환대입니다. 다들 넉넉하지 못한 살림살이이지만 자신들이 줄 수 있는 최선의 것을 주기 위해 온 마을이 힘을 모았습니다. 이익과 손해를 계산하지 않는 이들의 환대가 모모의 마음을 열고 귀를 열어 주었을지도 모른다고 저는 생각했습니다.

자신을 그토록 고맙게 대해 준 마을 사람들에게 모모도 자기가 줄 수 있는 가장 좋은 것을 주고 싶었던 것은 아니었을까요? 원래도 모모에게는 귀 기울여 듣는 재주가 있었겠지만, 마을 사람들 덕분에 마음이 열린 모모는 더욱 더 잘 듣게 되었을 겁니다. 모모의 귀를 열어 준 것은 마을 사람들일지도 모르겠습니다.

또 하나, 모모가 다른 사람의 이야기에 귀 기울일 줄 아는 사람이 된 것은 모모에게 시간이 아주 많았기 때문이라고 생각합니다. 모모에게는 텔레비전도 없고, 스마트폰도 없습니다. 학원도 가지 않습니다. 덕분에 모모에게는 시간이 아주 많았습니다. 어른이건 아이건 누구든 자기 집을 찾아오면 반갑게 맞이할 수 있는 마음의 여유가 충분했겠지요.

수상한 회색 신사의 방문

어느 날 이 마을에 회색 신사가 나타납니다. 이발사 푸지를 방문한 회색 신사는 푸지가 사용할 수 있는 시간의 총량과 그동안 낭비한 시간을 계산해서 보여 줍니다. 그리고 그 시간들을 절약해서 시간 저축 은행에 저축하라고 권합니다.

> 지금까지 손님 한 명당 30분이 걸렸다면 이제 15분으로 줄이세요. 시간 낭비를 가져오는 잡담을 피하세요. (…) 가장 좋은 것은 어머니를, 좋지만 값이 싼 양로원에 보내는 겁니다. 그러면 어머니를 돌볼 필요가 없으니 고스란히 한 시간을 아낄 수 있지요. 아무 짝에도 쓸데없는 앵무새는 내다 버리세요! (…) 무엇보다 노래를 하고, 책을 읽고, 소위 친구들을 만나느라고 귀중한 시간을 낭비하지 마세요. - 91쪽

이발사 푸지는 시간을 저축하기 위해 회색 신사가 시키는 대로 합니다. 도시에는 푸지처럼 시간 절약을 시작한 사람들이 점점 늘어났습니다. 회색 신사의 방문을 받은 사람들은 너나없이 바빠졌습

니다. 심지어 여가 시간까지도 알차게 이용해야 한다고 생각했기 때문에 아주 빠른 시간 내에 가능한 한 많은 즐거움과 휴식을 주는 오락만을 찾았습니다. 자신의 일을 기쁜 마음으로 하는 것은 오히려 시간을 절약하는 데 방해가 될 뿐이라고 생각했습니다. 짧은 시간 안에 많은 일을 하는 것, 그것만이 중요해졌습니다. 사람들은 자신의 삶이 점점 빈곤해지고, 획일화되고, 차가워지고 있다는 것을 알아차리지 못했습니다.

시간을 낭비하면 안 된다고 생각하는 사람들

이제 모모를 찾는 어른들이 사라졌습니다. 다들 바빠졌기 때문입니다. 아이들만이 모모를 찾아왔지만, 그들마저도 변하고 있었습니다. 아이들은 전에는 볼 수 없었던 값비싼 장난감을 들고 나타났지만 다른 아이들과 어울리지도 못하고, 새로운 놀이를 만들어서 함께 즐길 줄도 몰랐습니다. 이제 아이들이 놀이를 할 때조차도 재미보다는 유익함을 쫓게 되었습니다.

> "(…) 하지만 지금은 모든 게 달라졌어. 우린 이제 쓸데없이 시간을 낭비하면 안 돼."
> "그런 적은 없었잖아."
> "그래. 정말 재미있었지. 하지만 그건 중요한 게 아니야."
> 세 아이는 서둘러서 가던 길을 계속해서 갔다. 모모는 아이들과 함께 걸으며 물었다.
> "지금 어디 가는 거니?"

프랑코가 대답했다.

"놀이 시간에 가는 거야. 거기서 노는 법을 배워."

"그게 뭔데?"

파올로가 설명했다.

"오늘은 펀치 카드 놀이를 해. 아주 유익한 놀이야. 하지만 정신을 바짝 차려야 돼."

(…) "그런 놀이가 재미있니?"

마리아가 자신 없는 투로 말했다.

"그건 중요하지 않아. 그런 식으로 말하면 안 돼."

"그럼 뭐가 중요한데?"

파올로가 대답했다.

"그게 우리 앞날에 유익한지 아닌지, 그게 중요한 거야."

- 292-293쪽

이 도시에 무슨 일이 일어난 걸까요? 회색 신사들이 사람들의 욕심을 부추겨서 시간을 훔쳐가고 있었던 것입니다. 아무도 친구들과 시간을 나누려 하지 않기 때문에, 사람들은 외로워졌습니다. 외로워진 것은 모모도 마찬가지였습니다. 모모는 회색 신사들이 훔쳐간 시간을 되찾아 사람들을 다시 행복하게 해주고 싶었습니다. 그래서 모험을 떠나지요. 모모의 모험은 호라 박사와 거북이 카시오페이아의 도움을 받아 성공적으로 끝납니다. 사람들은 시간을 되찾았고, 다시 행복해졌습니다.

어디서나 사람들이 서서 다정하게 말을 주고받으며 서로

102

의 안부를 자세히 물었다. 일하러 가는 사람도 창가에 놓인 꽃의 아름다움에 감탄하거나 새에게 모이를 줄 시간이 있었다. 의사들은 환자들 한 사람 한 사람을 정성껏 돌볼 시간이 있었다. 노동자들은 일에 대한 애정을 갖고 편안하게 일할 수 있었다. 이제 중요한 것은 가능한 한 짧은 시간 내에 가능한 한 많은 일을 하는 것이 아니었다. 저마다 무슨 일을 하든 자기가 필요한 만큼, 자기가 원하는 만큼의 시간을 낼 수 있었다. 시간이 다시 풍부해진 것이다. - 359~360쪽

모모는 없고 회색 신사만 남은 세상

모모 덕분에 그 도시 사람들은 다시 시간을 넉넉하게 즐기는 삶으로 돌아갔습니다. 조마조마하며 책을 읽던 독자들은 마음을 놓을 수 있습니다. 참 다행이지요. 그런데 책을 다 읽고 곰곰이 생각해 보면 의문이 꼬리를 물고 우리를 찾아옵니다. 도대체 누가 우리의 시간을 훔쳐가고 있는 걸까요? 회색 신사는 누구일까요?

이윤의 극대화를 꾀하는 기업이 회색 신사입니다. 크게 부족할 것 없이 살고 있어도 우리는 늘 돈이 부족하다고 생각하고, 돈을 더 벌기 위해 더 많이 일해야겠다고 마음먹게 됩니다. 더 돈이 많은 사람들과 처지를 비교하기 때문입니다. 기업은 우리가 계속 비교하고 불만을 가지도록 만듭니다. 더 많은 돈을 벌어 더 많이 소비하도록 부추깁니다. 이렇게 해야 기업은 사람들에게 더 많이 일을 시키고, 더 많은 돈을 벌 수 있으니까요.

터무니없이 적은 임금도 회색 신사입니다. 사랑할 시간도, 민주

주의를 생각할 시간도, 시를 읽을 시간도 없을 정도로 긴 시간 일을 해야만 겨우 먹고살 수 있다면 누구라도 시간에 쫓기지 않을 수 없습니다.

우리를 끊임없는 경쟁으로 내모는 것도 회색 신사입니다. 청소년들에게는 우정을 나눌 시간도, 꿈을 탐색할 시간도, 심지어 실수하고 넘어질 시간도 허락되지 않습니다. 좋은 성적을 얻어 일류대학에 진학해야 괜찮은 일자리가 겨우겨우 보장되는 사회에서는 남보다 앞서가지 않으면 갈 곳이 없어져 버리니까요. 한 다큐멘터리에서 배관공인 아버지를 따라 다니며 일을 배우고 있는 유럽의 청소년을 본 적이 있습니다. 왜 배관공이 되고 싶으냐는 기자의 질문에, 매일 다른 장소에서 일할 수 있어 지루할 틈이 없고, 물이 새는 곳을 수리하여 문제를 해결하는 일이 마음에 든다고 대답하는 그 소년의 옆에서 아버지가 대답을 거듭니다. "그리고 돈을 벌 수 있죠." 돈? 알고 보니 유럽에서는 배관공의 수입이 상당하다고 하더라고요. 제대로 일을 하고 있다면 제대로 된 보상을 받을 수 있는 사회, 그런 사회에 살고 있다면 일류대학, 대기업만을 쫓아가며 살 까닭이 없겠죠.

우리가 사는 곳에는 모모가 없는 모양입니다. 여전히 시간에 쫓기고 있으니까요. 그렇다면 우리가 모모가 될 수는 없을까요? 모모가 한 일은 대단하지만, 우리라고 못할 것도 없는 일입니다. 우리도 진심을 담아 친구의 이야기에 귀를 기울여 줄 수 있고, 친구들과 함께 새로운 놀이를 창조하며 행복한 시간을 보낼 수도 있지 않을까요?

우리가 조금 달라진다고 세상이 바뀌겠냐고요? 회색 신사들도 모모를 찾아와서 그렇게 말했었답니다. 자신들의 힘은 막강하고, 언젠가는 모모 역시 회색 신사들의 뜻에 따라 움직이게 될 것이라고요. 하지만 시간이란 시계나 달력이 아니라 우리의 삶이라는 사실을 알고 있었던 모모는 회색 신사의 음모를 물리칠 수 있었습니다.

생각해 보니, 처음 모모를 읽었던 십여 년 전에 저는 일기장에 이렇게 적었던 것 같습니다. "나는 시간이 많은 어른이 되고 싶다." 정신 바짝 차리고 노력하겠습니다.

거꾸로

돈이 많으면 당연히 행복하지! 열심히 노력하지
않으니까 가난한 것 아니야? 나는 그 정도로까지
악당이 되지 않을 자신이 있어! 어른들이 시키는
대로 열심히 공부하면 좋은 직장을 얻겠지!
어른들이 하는 '당연해 보이는' 말들을 뒤집어
생각해 봅니다.

그 사람, 태어나면서부터 악당이었을까?

주영미

『2백 년 전 악녀일기가 발견되다』
돌프 페르로엔 지음, 이옥용 옮김, 내인생의책, 2009

어느 날 아침 난 책상에 앉았다.
그리고 마리아의 이야기가 태어났다.
그 이야기에 나오는 사람들은 모두
내가 꾸며 낸 인물들이다.
하지만 이야기에 나오는 일들은 모두
실제로 일어난 것들이다. 수리남에서.
이제 나는 똑똑히 안다. 역사란 우리가
잊지 않고 기억해야만 한다는 것을.
역사는 우리가 어디에서 왔는지,
그리고 우리가 어디로 가고 있는지를
가르쳐 준다.
— 저자의 말 중에서

난 달라, 그래서 불행해 - 노예들의 이야기

어느 날 갑자기 피부가 검다는 이유 하나만으로 노예가 되어 버린 사람들이 있습니다. 짐승만도 못한 취급을 받으며 머나먼 대륙으로 끌려가서 강제 노동에 시달린 건 물론이고 자식에 손자까지 대대손손 노예가 되어 버렸습니다. 노예 제도가 없어진 지금까지도 많은 차별 대우를 받고 있는 아프리카 출신의 흑인들 얘기입니다.

흑인들에게 고난이 시작된 것은 콜럼버스가 신대륙을 발견한 이후부터입니다. 신대륙을 발견한 유럽인들은 원주민들을 강제로 동원해 은을 마구 퍼 내서 유럽으로 날랐습니다. 은이 바닥나자 담배, 커피, 사탕수수 등을 대규모로 재배하여 엄청난 이익을 올렸습니다. 문제는 이 일을 감당할 노동력이 부족했다는 거지요. 신대륙 원주민들이 유럽에서 건너온 전염병과 가혹한 중노동 때문에 쓰러져 버리자 유럽인들은 아프리카로 눈을 돌렸습니다. 포르투갈, 영국, 네덜란드, 프랑스 등 유럽의 강대국들은 유럽에서 가까운 서남아프리카의 황금해안으로 가서 총, 술, 보석 등을 주고 흑인들을 사거나 노예 사냥을 통해 흑인들을 잡아들여 노예선에 실었습니다. 그러고는 아메리카 신대륙으로 가서 그곳 농장주 등에게 흑인들을 팔아넘기고 대신 설탕과 담배, 럼주 등을 사서 배에 가득 싣고 다시 유럽으로 돌아와 큰돈을 벌었습니다.

하루아침에 헐값에 팔리거나 짐승처럼 사냥을 당해 노예 신세가 된 흑인들은 낙인이 찍히고 족쇄가 채워진 채 대서양을 건너와 면화 농장에서, 사탕수수 농장에서, 담배 농장 등에서 잔인하게 학대받으며 쓰러질 때까지 일을 해야 했습니다. 이렇게 끌려온 흑인의 숫자가 적게는 1,500만 명 많게는 4,000만 명에 이른다고 합니다.

난 달라, 그래서 행복해 - 마리아의 이야기

마리아네 커피 농장에서도 이렇게 끌려온 노예들이 일을 하고 있었습니다. 덕분에 마리아의 집안은 아주 부유했지요. 마리아의 소원은 어서 빨리 가슴이 생겨 짝사랑하는 사촌오빠 루카스와 결혼하는 것입니다. 마리아의 열네 번째 생일, 아빠가 선물한 커다란 은쟁반 뚜껑을 열자 '살아 있는' 선물이 나왔습니다. 흑인 꼬마 노예 꼬꼬입니다. 엘리사베트 아줌마는 꼬꼬와 '함께 쓰는' 작은 채찍을 선물합니다.

> 꼬꼬란다, 아빠가 말했다.
> 우리 마리아에게 주는 어린 노예지.
> 엘리사베트 아줌마가 준 선물은 작은 채찍이었다.
> 채찍은 내 핸드백에 넣기에는 좀 컸다.
> 아쉽다. - 25쪽

나만의 노예가 생겨 마리아는 무척 기분이 좋아졌습니다. 꼬꼬는 마리아를 위해 모든 것을 준비해 놓고 기다립니다. 꼬꼬 덕분에 마리아는 손가락으로 가리키기만 하면 모든 일이 원하는 대로 되었습니다. 그런데도 주위 사람들은 마리아에게 "노예에게 자유를 너무 많이 주면 나중에 후회한다"고, "훈련 잘 시키라"며 충고합니다.

마리아는 꼬꼬에게 채찍을 휘두르고 뺨을 갈깁니다. 마리아는 꼬꼬의 무표정과 멍한 눈빛이 맘에 안 듭니다. 그러자 엘리사베트 아줌마가 꼬꼬를 팔아 버리라고 충고하지요.

그럼 그 애를 팔아버려.

그건 처음 듣는 말이었다.
난 그런 생각을 미처
하지 못했다.
정말 기발한 생각이다.

- 48쪽

남자 노예 꼬꼬를 팔아 버리고 여자 노예 울라를 데려오기로 결정한 마리아. '인생 체험을 하기 위해' 아빠를 졸라 노예 시장에 따라 가서 꼬꼬를 팔아 버립니다. 꼬꼬를 팔고 울라를 사 왔어도 마리아의 생활에는 아무 변화가 없습니다. 마리아는 이미 "노예들이 얼마나 검고 자신이 얼마나 하얀지" 잘 알고 있었으며, 앞으로는 여행을 하며 모든 걸 체험해 볼 꿈을 꿉니다. 그리고 생각하지요. '인생은 얼마나 멋진가!'

난 달라, 그래서 행복해 – 엄마, 아빠, 이웃들의 이야기

마리아의 주변에 또래 친구는 없습니다. 마리아를 한없이 사랑하는 엄마와 아빠, 그리고 다정한 이웃들이 있을 뿐이지요.

마리아의 아빠는 '굉장히 젊고 아주 아름답고 무척이나 조용한'

여자 노예를 사 와서 자신의 성적 노리개로 삼습니다. 마리아의 엄마는 아빠가 사 온 여자 노예를 하이힐로 때려 얼굴에 큰 흉터를 내버립니다. 아빠는 '이제는 더 이상 예쁘지 않게 된' 그 노예를 더 이상 쳐다보지도 않았고 그 노예는 다시 팔려 나갑니다.

마리아의 이웃들은 어떻게 노예를 다뤄야 하는지를 끊임없이 마리아에게 이야기해 줍니다. 엘리사베트 아줌마는 노예의 아기가 울 때는 물에 집어넣는 것이 가장 확실하다고 이야기해 줍니다.

노예의 어린것이 시도 때도 없이
앙앙 울어 댔잖아….
도저히 참을 수가 없었지.
난 세 번이나 주의를 줬어.
마침내 내 인내심도 바닥이 났지.
그래서 그것을 잠시, 그것도 아주 잠시 동안
물속에 집어넣었어.
그러니까 그것이 완전히 조용해지더라.
그렇게 하면 확실하지. - 88쪽

노예와 함께 있을 때가 아니라면 이들은 참으로 따뜻한 사람들입니다. 딸아이의 생일 선물을 정성스레 준비하는 인자한 부모이고, 병든 부모를 정성껏 돌보는 효성스러운 아들딸이며, 소소한 이야기를 함께 나누는 재미를 누리며 살아가는 다정한 이웃들입니다.

마리아라는 천진난만한 악녀

독일 아동문학작가 돌프 페르로엔이 쓴 이 책은 14살이 되는 생일 전후 마리아의 일상을 담은 짤막한 일기 형식의 동화책입니다. 노예제라고 하는 중요하지만 무겁고 어두운 주제를 시처럼 담백한 일기 형식으로 풀어 내어 독일청소년문학상과 구스타프 하이네만 평화상을 수상했습니다.

이 책은 노예제에 대해 어떤 비판도 하고 있지 않습니다. 노예들을 보호해 주려는 의로운 사람도 전혀 등장하지 않습니다. 그저 마리아의 소소한 일상과 내면이 아무런 과장 없이 간결한 독백 형식으로 씌어 있을 뿐입니다. 그렇기 때문에 쉽고 재미있게 금방 읽힙니다. 하지만 읽는 내내 맘이 무척 불편합니다. 천진난만하고 어린 소녀가 아무런 양심의 가책 없이 노예를 사고팔고 채찍질을 해 대는 것을 보면, 그리고 그것을 자연스럽게 부추기는 어른들을 보면 '어쩌면 이럴 수가!', '이런 야만인들!', '너희가 사람이야?' 이런 소리가 절로 나옵니다.

마리아는 왜 이런 악녀가 되었을까요? 그 시대의 백인들은 태어날 때부터 사악했던 걸까요? 마리아는 자신이 악녀라는 것에 동의할까요?

마리아의 일기를 읽으면서 가장 먼저 생각난 사람은 아돌프 아이히만Adolf Eichmann이었습니다. 아이히만은 제2차 세계대전 당시 히틀러가 유대인 말살을 명령했을 때 최선을 다해 그 명령을 집행했던 유대인 학살의 실무 책임자였습니다. 제2차 세계대전이 끝난 후 아르헨티나로 도망가서 이름을 바꾸고 15년 동안 숨어 살다가 1960년 끈질긴 추격을 벌인 이스라엘 정보기관에 체포되었습니다. 사람들은 예루살렘의 법정에 선 아이히만을 보고 놀랐습니다. 600만 명이나 되는 유대인을 학살한 악의 화신이라고 하기에는 너무나 평범해 보였기 때문이죠. 그는 우리 주변에서 흔히 볼 수 있는 왜소하고 기운 없어 보이는 50대 아저씨였습니다. 정신 이상자도 아니었고, 어떤 이념에 광분해 있었던 것도 아니었습니다. 그는 다만 스스로 생각하기를 포기하고 상관의 명령을 충실히 따랐을 뿐이었습니다. 그래서 그에게는 죄의식이 없었습니다. 재판 과정 내내 그는 윗선의 명령을 따랐을 뿐 자기에게는 아무런 잘못이 없다고 주장하였습니다. 출세를 위해 상관의 명령을 충실히 따르기만 했던 성실한 아이히만은 1962년 5월 교수형에 처해졌습니다.

마리아와 아이히만, 그리고 우리들

아이히만은 타인의 아픔에 공감할 줄 모르고, 자신의 행동이 어떤 결과를 가져올지, 그것이 무엇을 의미하는지에 대해 생각하고 반성할 능력이 없는 사람이었습니다. 마리아도 마찬가지이지요. 요즘 부쩍 아이히만을 언급하는 사람들이 많아졌습니다. 수백 명의 아이들을 가라앉는 배에 남겨 두고 혼자만 빠져나와 젖은 돈을 말리던 세월호 선장, 대형사고가 날 수 있다는 것을 알면서도 낡은 배를 개조해서 운항하고 과적을 지시했던 회사, 그 지시를 충실히 따른 선원들을 이야기하면서 사람들은 아이히만을 얘기합니다. 하지만 정말 그들만 공감하고 성찰하는 능력이 떨어지는 걸까요? 이제 그만 세월호 이야기에서 벗어나 아무 일 없었다는 듯이 살아가고 싶은 우리들 모두 이런 비판으로부터 자유로울 수 없는 게 아닐까요?

먹고살기 바쁘다는 걸 핑계 삼아 별 생각 없이 남들이 하라는 대로 남들과 비슷한 선택을 하고 비슷한 생각을 하면서 착하고 성실하게만 살아가는 것은 쉽습니다. 하지만 올바르게 사는 것은 쉽지 않습니다. 남들이 눈감아 버리는 일, 불편해하는 일을 외면하지 않고 스스로 생각하고 판단해 보고 적극적으로 움직여야 올바르게 살 수 있습니다.

다행히 우리 주변에는 또 다른 아이히만이 되기를 거부하는 사람들이 점점 늘어나고 있습니다. 세월호 특별법 제정을 촉구하며 46일간 단식을 이어 갔던 유민 아빠의 자리를 대신 채우고 있는 농성장의 시민들, 농성장에 가지 못하더라도 직장에서 동조 단식을 하는 사람들, 아이를 학교에 보내 놓고 광화문 광장으로 달려 나가 1인 시위를 벌이는 주부들을 보면 힘이 납니다. 마음이 따뜻해지는 걸 느낍니다. 하지만 그런 생각도 잠시, 적극적으로 참여하고 행동하지 못하고 또다시 반복되는 일상 속에 빠져 있는 나를 발견합니다.

내 일기가 2백 년 뒤에 발견된다면?

만약에 제 일기가 2백 년 뒤에 발견된다면 후손들은 어떤 평가를 내릴까요? 평생을 교사로 성실하게 열심히 살아왔으니 설마 저를 악녀로 평가하지는 않겠지요?

제 일기에 어떤 일상이 실릴지 오늘 하루 일과를 돌아봅니다. 오늘은 7단원 진도가 끝나는 날이라 단원 정리 문제를 풀어 주었고(중간고사, 기말고사를 좀 더 수월하게 준비하라는 의미에서요), 특히 7교시에는 힘들어하는 아이들이 많아 달래 가며 수업을 했습니다. 학교

수업을 마치고 또다시 학원 수업을 들으러 가야 하는 아이들이라 7교시에는 유난히 힘들어하거든요. 7교시를 마치고 늦잠 자서 지각했던 애들에게 벌로 청소를 시켰고, 점심시간에는 성적이 중간 정도밖에 안 되는 아이가 외고를 지원하겠다고 해서 그 성적으로는 일반고를 가는 게 좋지 않겠냐고 충고해 주었습니다.

저의 일기를 읽고 비난하는 후손들의 목소리가 들려옵니다.

'중학생이 7교시 수업을 듣고 또 학원에 가서 서너 시간, 많게는 대여섯 시간씩 수업을 들었다고? 그렇게 하는 이유가 좋은 고등학교를 가고 좋은 대학을 가기 위해서라고? 고등학교나 대학은 적성이 아니라 성적대로 가는 거라고? 그 성적을 올리느라 초등학교 때부터 친구들이랑 제대로 놀지도 못 하고 학원에 다녔다고? 공부하느라 하루 대여섯 시간도 제대로 못 자는 친구들이 많았다고? 그렇게 공부해서 대학을 졸업하고도 직장을 구하지 못 하는 사람들이 많았다고? 그런 상황인데도 교사는 그저 열심히 가르치기만 했다고? 어쩌면 그럴 수가! 이런 야만인들!'

후손들로부터 야만인 소리를 듣지 않기가 참으로 어려워 보입니다. 하지만 포기해서는 안 되겠다는 생각이 듭니다. 지난 20여 년 동안 어떻게 하면 정치적으로 올바른 내용을 재미있는 방법으로 가르칠 수 있을지를 동료 교사들과 함께 고민하는 연구 모임에 꾸준히 나가고 있는 것도 야만인 소리를 듣지 않기 위한 노력의 하나였다고 스스로를 위로해 봅니다. 하지만 나의 수업을 개선하는 것 이외에 다른 문제에는 너무 무관심하지 않았나 반성하게 됩니다. 타인의 아픔에 눈감아 버리지 않기, 내가 무슨 일을 하고 있는지, 그 일이 무슨 결과를 가져올 것이고 어떤 의미가 있는지 내 머리로 열심히 생각하기, 우리 사회를 보다 살기 좋은 곳으로 만들기 위해서 작은 행동이라도 꾸준히 하기. 이런 결심을 다시 한 번 해봅니다. 마리아의 이야기가 저에게 이런 결심을 하게 했네요. 여러분도 마리아의 일상을 들여다보시길.

위인을 조금만 달리 본다면

이 글을 읽는 당신은 어떤 사람인가요? 착한 사람인가요? 사교적인
가요? 내성적인가요? 본인이 자신에 대해 이렇다 저렇다 말할 수는 있
겠지만, 그 말이 자신을 전부 설명해 준다고 생각하긴 어려울 겁니다.
자신에 대한 주위 평가도 조금씩 다를 거예요. 왜냐하면 사람이란 원래
다양한 면이 있으니까요. 역사적 인물도 마찬가지입니다. 누가 그 인물
에 대해 말하느냐, 어느 시대에 평가하느냐 등에 따라 그 인물에 대한
평가도 달라집니다. 어린 시절 위인전에 자주 등장하는 인물들 몇 사람
만 살펴봐도 그래요.

헨리 포드

굴지의 자동차 회사 **포드**Ford의 창립자 **헨리
포드**Henry Ford는 부유한 사람들의 사치재였던
자동차를 낮은 가격에 대량 생산하는 데 성공하
였습니다. 덕분에 많은 사람들이 '차의 안락함'
을 누릴 수 있게 되었지요. 그는 컨베이어 벨트
라는 시스템을 도입한 사람이기도 합니다. 쉴
새 없이 돌아가는 컨베이어 벨트 위에서 노동자
들은 각자 위치에 서서 똑같은 작업을 반복하는 형태로 그가 세운 공장
에서 일했습니다. 이 때문에 작업 속도가 그 전과는 비교도 할 수 없이
빨라졌지요. 사람들은 평범한 가정에서 태어난 헨리 포드가 거둔 어마
어마한 성공에 주로 주목하곤 합니다.

하지만 한편으로 그는 노동자들의 임금을 혁신적으로 올려 주면서
도 노동조합을 결성하려는 노동자들을 탄압했고, 히틀러가 주도하는
독일 나치를 후원하기도 했습니다. 히틀러와 가까웠던 미국인들을 꼽
을 때 빠지지 않는 인물이지요. 올더스 헉슬리는 그의 소설 『멋진 신

세계』Brave New World』에서 대량생산과 고임금으로 대표되는 '포드주의 Fordism'의 특징을 극단적으로 그리기도 했습니다. 이처럼 한 시대를 이 전과는 확실히 다르게 만든 인물에 대해서 엇갈린 평가가 있을 수 있습 니다.

위인전에서 가장 자주 등장하는 인물 중 하 나인 **헬렌 켈러**Helen Keller는 어떨까요. 헬렌 켈 러는 한 인물의 일부만을 편할 대로 확대해서 본 경우입니다. 헬렌 켈러는 장애를 딛고 일어선 의지의 인물, 그 곁을 헌신적으로 지킨 앤 설리 번! 우리는 이 두 사람의 얘기를 통해 한계를 뛰 어넘는 숭고한 인간성을 발견하고 감동합니다.

헬렌 켈러와 앤 설리번

하지만 이야기는 거기에서 끝나서는 안 될지도 모릅니다. 헬렌 켈러는 여성에게도 정치에 참여할 권리를 달라고 주장한 여성 참정권론자였고, 평화주의자였고, 자본주의의 폐단에 저항하는 사회주의자이기도 했고, 여성 피임에 대한 지지자였습니다. 자신과 같은 장애를 가진 이들을 대 변하여 차별 반대를 외치기도 했고요. 헬렌 켈러의 경우에도 역시 상반 된 평가는 있기는 합니다. 하지만 대체로 우리는 헬렌 켈러의 사회 참여 보다는 인간 승리! 한계 극복! 여기에만 시선을 두곤 했습니다.

시대의 분위기에 따라, 어떤 사람이 서술하느냐에 따라, 어느 부분 에 시선을 두느냐에 따라 한 사람에 대한 평가는 이토록 달라질 수 있 습니다. 어떻게 보면 '위인전'이라는 것은 가장 믿을 수 없는 이야기인 지도 모르지요.

돈이 많으면 행복할까?

박현희

『테마 명작관 - 돈』
「리츠 호텔만 한 다이아몬드」 F. 스콧 피츠제럴드 지음, 김난령 옮김
「벨다인 부자의 돈」 아르투어 슈니츨러 지음, 장혜경 옮김
「백만 파운드 지폐」 마크 트웨인 지음, 이상원 옮김
에디터, 2012

"가난하면서 동시에 자유로울 순 없어."
존이 단호하게 말했다.
"그건 이미 확인된 사실이야. 나라면 둘 중에서
자유를 선택할 거야. 그리고 좀 더 신중을 기하는
의미에서 네 보석함 속에 들어 있는 거 모두
네 호주머니 속에 담아 오는 게 좋을 거야."
―「리츠 호텔만 한 다이아몬드」 본문 중에서

돈은 동서고금을 막론하고 누구에게나 흥미로운 테마입니다. 갑작스럽게 큰돈이 생긴다면 어떤 일이 일어날까요? 반대로 갑작스럽게 큰돈을 잃게 된다면 또 어떤 일이 일어날까요? 오래 생각하지 않아도 뭔가 흥미진진한 일이 벌어질 것 같은 느낌이 옵니다. 『테마 명작관 - 돈』은 고전의 반열에 들어갈 만한 소설들 가운데 돈을 테마로 한 6개의 단편 소설들을 가려 뽑아서 하나의 책으로 엮었습니다. 여기서는 이 가운데 특히 주목할 만한 세 편을 살펴보기로 합니다.

내게 엄청나게 큰 재산이 있다면?

프랜시스 스콧 피츠제럴드의 「리츠 호텔만 한 다이아몬드」는 커다란 다이아몬드 산을 소유한 부자에 관한 이야기입니다. 존은 새로 입학한 세인트 마이더스 학교에서 퍼시라는 친구를 만납니다. 퍼시는 존에게 자기 아버지가 '리츠칼튼 호텔만 한 다이아몬드'를 가지고 있다고 털어놓았지만, 존은 퍼시의 말을 100퍼센트 믿지는 않았습니다. 하지만 방학을 맞아 퍼시네 집을 방문했을 때 이 말이 거짓말이 아니라는 것이 밝혀집니다. 기차를 타고 마차로 갈아타고, 그리고 마지막으로 자동차로 갈아타고 도착한 퍼시네 집은 몬태나 로키 산맥 한가운데 있었는데요, 아무도 찾아올 수 없도록 지도에서도 흔적을 지워 버린 그곳에는 정말 엄청난 다이아몬드 산이 있었습니다. 퍼시네 가족은 그 산에 저택을 짓고 살고 있었죠. 존은 퍼시네 집안의 엄청난 부와 환대에 푹 빠져 버렸는데, 존에게 반한 퍼시의 여동생 키스민으로부터 놀라운 사실을 전해 듣게 됩니다.

"그러니까, 그, 그 애들이 떠벌려서, 너희 아버지가 그 애들을…… 제거했다…… 이거야?"

"그보다 더 나빠." 그녀가 떠듬거리며 말했다. "아버지는 골칫거리가 생기기 전에 아예 싹을 없애 버렸어. 그런데…… 재스민 언니는 놀러오라는 편지를 계속 보냈고, 그 애들은 또 너무나 즐겁게 지내는 거야!"

(…) "그러니까, 그 사람들이 여길 떠나기 전에 너희 아버지가 그들을 죽였단 말이야?"

키스민이 고개를 끄덕였다.

"보통은 8월이나 9월 초에. 우리로서는 먼저 그들로부터 즐거움을 최대한 얻어 내는 게 지극히 당연하니까."

(…) "그러니까, 너희들이 그들을 죽였다는 거지? 하!"

존이 소리쳤다.

"아주 호의적으로 처리했어. 그들이 자는 동안 약물을 주입했고, 가족들한테는 뷰트에서 성홍열로 죽었다고 전했고."

- 53-54쪽

키스민이 알려 준 충격적인 정보에 따르면 존도 이 여름이 끝날 무렵이면 죽을 목숨이었던 것입니다. 퍼시네 가족이 두려워하는 것은 자신들의 엄청난 재산이 바깥세상에 알려지는 것입니다. 해결책은? 비밀을 알고 있는 사람들을 쥐도 새도 모르게 죽여 버리는 겁니다. 문제의 싹을 아예 없애 버리자는 거죠. 더 기막힌 것은 그들 중 아무도 여기에 죄책감을 느끼거나 잘못되었다고 생각하지 않는다는 것입니다. 그 많은 재산을 지키려면 어쩔 수 없는 일 아니냐고 그들은 생각합니다.

이런 엽기적인 이야기는 소설 속에서나 가능한 일이라고 생각하나요? 그렇다면 정말 다행스러운 일이겠지만, 현실에는 더 많은 퍼시네 가족들이 있으니 그게 더 큰 문제입니다.

예를 들어 세월호 침몰 사고를 생각해 볼까요. 후에 알려진 일이지만, 사고는 예견된 일이었습니다. 그렇게 낡은 배에 너무 많은 짐을 실었으니 언제든 사고가 날 수밖에 없었죠. 위험한 줄 몰라서 그렇게 한 것이 아닙니다. 위험한 줄 알아도 운항을 계속했습니다. 그래야 돈을 벌 수 있으니까요. 생명이나 안전보다 돈이 더 중요하다고 생각한 사람들이 사고를 부른 것입니다.

1995년에 있었던 삼풍백화점 붕괴 사고도 마찬가지였습니다. 이 사고는 삼풍백화점 건물이 무너져서 실종자와 부상자를 제외하고도 사망자만 502명이나 되었던 무시무시한 사건이었습니다. 문제는 백화점 건물이 무너질 수도 있다는 것을 관계자들이 사전에 알고 있었다는 것입니다. 백화점 영업을 중단하고 사람들을 대피시킬 수 있는 시간이 충분히 있었습니다. 그런데도 백화점 관계자들은 자신들만 대피를 하고 영업을 계속했습니다. 마찬가지로 생명이나 안전보다 돈이 더 중요하다는 판단이 만들어 낸 사고였습니다.

다이아몬드 덕분에 엄청난 부를 누리고 있지만, 동시에 그 다이아몬드 때문에 스스로 고립을 선택하고 범죄를 불사하게 된 퍼시네 가족. 그들에게 다이아몬드 산은 축복일까요, 재앙일까요? 그런데 존은 그 죽음의 소굴에서 무사히 빠져나왔냐고요? 그건 직접 책을 읽고 확인해 보시길.

갑자기 엄청난 행운을 손에 쥐었다면?

아르투어 슈니츨러의 「벨다인 부자의 돈」은 노름으로 큰돈을 갖게 된 카를 벨다인의 이야기입니다. 가난한 카를 벨다인은 어느 날 노름에서 큰돈을 땄습니다. 그가 이 돈을 흥청망청 낭비한 얘기냐고요? 천만에! 그는 돈을 다리 밑 어딘가에 숨겼는데, 술에 취한 상태였기 때문에 장소를 기억해 낼 수가 없었습니다. 그는 죽을 때까지 그 돈이 숨겨진 장소를 찾아 헤맸습니다.

> 그렇게 한 해가 가고 두 해가 갔다. 카를 벨다인은 다시 천장과 벽에 페인트를 칠했고, 가끔씩 술에 취하기는 했지만 노름은 하지 않았다. 부자인 그가 얼마 안 되는 푼돈을 따겠다고 용을 써야겠는가! 취기가 오를 때면 돈을 찾은 것 같은 생각이 번개처럼 스쳐 지나갔지만 그것도 잠시, 다시 모든 것은 순식간에 어둠에 잠기고 말았다. (…) 거의 미칠 것 같은 밤도 있었다. 밤낮을 가리지 않고 하루 온종일 그럴 때도 있었다. 그럴 땐 술을 마셨다. 순간의 희망을 찾기 위해, 행운의 빛을 찾기 위해.
> - 97-98쪽

결국 죽기 직전이 되어서야 그 장소를 알아냈는데, 병이 들어 운신을 할 수 없었습니다. 아들 프란츠 벨다인에게 돈이 숨겨진 장소를 알려 주어서 아들이 곧바로 돈을 찾아 아버지에게로 달려왔지만, 아버지는 그 길로 세상을 뜨고 맙니다. 카를 벨다인은 결국 그 돈을 한 푼도 써보지 못하고 찾아 헤매기만 하면서 일생을 불행하게 보냈던 것입니다.

그렇다면 아들 프란츠는 어땠을까요? 그는 그 돈을 수중에 넣었으니 그리고 싶었던 그림을 그리면서 평생을 즐겁게 보낼 수도 있었으련만 이상한 열기에 사로잡혀 클럽을 찾아가 내기에서 돈을 다 날리고 맙니다. 그리고 다시 다리 밑으로 가서 돈을 찾아 헤매기 시작했습니다. 결국 미쳐 버리고 만 것이죠.

　우리도 살면서 우연한 행운과 만날지도 모릅니다. 평생 내 것일 것 같지 않은 그런 행운. 내가 별다른 노력을 하지도 않았는데 찾아온 행운. 그런데 이 행운이 곧바로 행복으로 이어지는 것은 아닙니다. 내가 그것을 잘 다룰 수 없으면 행운은 이내 내 삶을 파괴하는 불운으로 바뀔 수도 있다는 것을 「벨다인 부자의 돈」은 보여 주고 있습니다.

　우리는 복권 당첨자들의 사례에서도 카를 벨다인과 프란츠 벨다인을 만날 수 있습니다. 많은 연구 결과는 거액의 복권 당첨자들이 별로 행복해지지 않았다고 보고합니다. 그들은 갑작스럽게 늘어난 재산을 제대로 관리하지 못해서 몇 년 내에 본래 상태로 되돌아오곤 했고, 어떤 경우에는 복권 당첨 전보다도 더 가난해졌다고 합니다. 자신의 돈을 노리는 친척이나 친구들 때문에 결국 인간관계도 나빠졌고요. 정당한 노력 없이 갑작스럽게 내 수중에 들어온 돈의 결과는 이런 것입니다.

　복권만 노력 없이 들어온 돈일까요? 거액의 상속 재산은 어떤가요? 부모를 잘 만나 많은 재산을 물려받은 사람들은 과연 행복해질 수 있을까요? '자식을 망치는 가장 좋은 방법은 재산을 물려주는 것'이라는 말이 있습니다. 물려받은 재산만 믿고 자신의 노력으로 무언가를 이루려 하지 않는 사람에게 삶은 얼마나 지루한 것일까요! 자기 힘으로 일구어 내지 않은 부를 지키는 방법을 알기나 할까요?

그러니 부모로부터 재산을 상속받을 가능성도 없고, 복권 당첨 가능성도 별로 없는 그대가 진짜 행운아입니다. 그대에게는 정직하게 자신의 성공과 행복을 만들어 갈 기회가 주어져 있으니까요.

돈 한 푼 없이 낯선 도시에서 살아남을 수 있을까

마크 트웨인의 「백만 파운드의 지폐」는 앞에서 살펴본 두 편의 소설에 비해 훨씬 경쾌합니다. 결말도 해피엔딩. 앞의 두 이야기에 마음이 무거워졌다면 「백만 파운드의 지폐」로 기분을 전환하시길.

샌프란시스코 만에서 요트를 탔다가 조난을 당한 주인공은 간신히 구조되어 런던에 도착하게 되었습니다. 주머니에는 단돈 1달러! 그는 살아남을 수 있을까요? 마침 거리를 헤매는 그를 본 백만장자 형제는 기묘한 내기 중이었습니다. "친구도 돈도 없이 런던에 오게 된 정직하고 똑똑한 이방인이 난데없이 그 100만 파운드 지폐 한 장을 얻게 된다면, 하지만 그 지폐를 지니게 된 이유를 설명할 수 없는 상황이라면 과연 어떤 운명을 맞을 것인가"에 대해 논쟁을 하던 끝에 실험을 해보기로 한 것입니다. 주인공은 그 내기의 조건에 딱 맞는 사람이었고, 그래서 100만 파운드 지폐의 주인공이 됩니다. 다음에 이어지는 상황은 큰돈 앞에서 꼼짝도 못하는 런던 사람들에 대한 통렬할 풍자를 담고 있습니다.

나는 무엇이든 원하는 물건을 고르고 거스름돈만 요구하면

126

그만이었다. 한 주 만에 필수품에서 사치품에 이르기까지 필요한 모든 것을 갖추었고, 하노버 광장의 값비싼 호텔에 거처를 정하게 되었다. 저녁은 호텔에서 먹었지만 아침 식사만은 100만 파운드 지폐를 들고 처음 찾았던 해리스의 식당에서 먹었다. 내 덕분에 해리스의 식당은 번창했다. 주머니에 100만 파운드 지폐를 넣고 다니는 외국인 괴짜가 그 식당의 단골손님이라는 소문이 널리 퍼졌던 것이다. (…) 처음에는 인물 동정란의 제일 아래쪽에 있더니 준남작 동정, 남작 동정 등을 넘어서한 단계씩 위로 올라갔고 종국에는 공작 동정보다 더 위쪽, 더

궁금하죠? 100만 파운드가 얼마나 큰돈이기에 이 난리가 난 걸까요? 마크 트웨인(1835~1910)보다 몇십 년 뒤에 활동한 버지니아 울프(1882~1941)가 "우리가 모두 일 년에 500파운드를 벌고 자기 방을 갖는다면" 여성도 자립을 할 수 있다고 이야기한 것에서 이 돈의 크기를 짐작할 수 있습니다. 그러니까 100만 파운드는 어림잡아 2,000명이 1년간 쓸 수 있는 생활비를 모두 합친 액수인거죠. 그것도 중산층 정도 생활 수준으로 말입니다. 사람들이 이렇게 놀라는 것도 이해가 가죠?

오직 큰돈을 쥐고 있다는 이유 하나만으로 그는 한 푼도 지불하지 않고 필요한 모든 것을 손에 넣을 수 있었고, 런던의 주요 인물이 될 수 있었습니다. 그것으로 끝이었다면 돈 앞에 무너진 앞의 두 주인공들과 같은 운명을 걸었을 것입니다.

하지만 백만 파운드 지폐의 사나이에게는 분별력이 있었습니다. 이 돈은 자기 돈이 아니고 곧 돌려주어야 하는 돈이라는 것(돈을 중간에 쓰는 것은 상관없지만, 결국에는 액수를 채워서 돌려줘야 하는 상황이니까요), 그러니 상황을 잘 판단하고 스스로 살 궁리를 해야 한다는 것을 정확히 알고 있었던 것입니다. 그 분별력 덕분에 그는 런던에 성공적으로 정착했고, 게다가 한눈에 반한 멋진 여성과 결혼도 할 수 있게 되었죠!

돈에 얽힌 이 세 편의 드라마틱한 이야기는 우리에게 인간사의 다양한 모습에 대해 생각해 볼 기회를 마련해 줍니다. 그대는 어느 이야기의 주인공이 되고 싶은가요? 다이아몬드 산을 소유한 퍼시네 가족? 도박으로 우연히 거액을 거머쥔 벨다인? 아니면 돈 한 푼 없이 낯선 도시에 살아남은 행운의 사나이?

만약에 그대가 세 번째 이야기의 주인공이 되는 쪽을 선택했다면(당연히 그랬으리라 믿습니다.) 그가 어떻게 행운을 만들어 냈는지에 주목하기 바랍니다. 그에게는 세상사의 본질을 꿰뚫어보는 통찰력이 있었고, 지금 손 안에 들어온 거액이 진짜 자기 돈이 될 수 없다는 것을 기억하는 분별력도 있었습니다. 우연에 휘둘리지 않고 자기 운명을 스스로 개척해 나가려는 굳은 의지!

이건 주제를 벗어난 이야기이지만, 나는 「백만 파운드의 지폐」 이야기가 불편합니다. 작가가 '돈도 친구도 없이 런던에 오게 된 똑똑한 이방인'인 주인공을 내기에 끌어들인 그 부자 노인네들의 횡포에 침묵하고 있기 때문이죠. 누가 나의 동의도 받지 않고, 상황에 대한 설명도 없이 나의 어려운 처지를 이용해 나를 내기에 끌어들였다면 그건 정말 부당한 일이 아닐까요? 게다가 내기의 이유가 고작 그들의 궁금증을 풀기 위해서라니! 누가 그들에게 다른 사람의 운명을 좌지우지할 내기를 걸 권리를 부여했나요? 부자면 다인가요? 주인공이 똑똑했기에 망정이지 정말 큰일 날 뻔했어요.

열심히 일해도 가난하다면 누구 탓이지?

정양례

『마르크스의 자본, 판도라의 상자를 열다』
강신준 지음, 사계절, 2012

어느 일간지 사회부 기자가 우리나라 최고의
부자동네로 알려진 서울 강남의 호화 빌라에 사는
사람들의 직업을 조사한 적이 있었답니다. 조사 결과,
이 빌라에 거주하는 150여 가구 가운데 직업이 확인된
사람은 40가구밖에 안 되고 나머지 100여 가구는
직업이 확인되지 않은 이른바 백수들이었습니다.
반면 비슷한 시기에 이루어진 한국개발연구원의 조사에
따르면 서울의 달동네 가구 가운데 49퍼센트가
맞벌이 부부였습니다. 즉 가장이 혼자 일하는 것으로는
모자라 부부가 모두 일을 하고 있었던 것입니다.
자, 문제의 실체는 바로 이것입니다.
일하는 사람은 가난해지고 일하지 않는 사람은 오히려
부자입니다. 도대체 어떻게 된 영문일까요?
일을 열심히 하면 가난해지다니요?
— 본문 중에서

내겐 너무 어렵고 낯선 책 이름

마르크스, 자본, 판도라의 상자.

표지는 멋있는데 책 이름이 좀 어렵나요?

마르크스는 2005년 영국 BBC 방송사의 설문조사에서 세계에서 가장 영향력 있는 사상가로 뽑힌 바 있습니다. 그의 저서 『자본』은 성경과 함께 가장 많이 팔린 책이기도 합니다. 요즘 우리나라에서 툭 하면 나오곤 하는 '빨갱이'란 용어도 그와 관계 있지요.

마르크스는 1818년 독일에서 태어났습니다. 본 대학에서 법학을 전공했지만 그의 관심은 문학과 철학이었고 그가 펼친 급진적인 사상으로 인해 독일에서 추방당해 프랑스에서 생활하다 영국으로 망명을 합니다. 당시 영국은 산업혁명이 절정에 달하던 때로 사람들은 대량생산 덕분에 값싸고 질 좋은 상품을 소비했고, 실업률은 아주 낮았습니다. 그러나 4세 아이가 공장에서 일하고 노동자의 평균 수명이 28세에 불과할 정도로 저임금과 장시간 노동에 시달리고 있었으며 빈부격차가 극심했습니다. 마르크스는 자본주의가 가지고 있는 이러한 모순을 파헤쳐 모두가 고통받지 않고 더불어 잘사는 공산사회를 꿈꿨습니다. 이 꿈을 담아 그가 남긴 마지막 저서가 『자본』입니다.

판도라는 인간에게 재앙을 주기 위해 신들이 만들어 낸 그리스 신화 최초의 여성입니다. 제우스는 인간에게 불과 기술을 전해 준 프로메테우스를 벌하기 위해 그를 카우카소스 산에 묶어 놓고 매일 독수리에게 간을 뜯어 먹히는 형벌을 줍니다. 프로메테우스의 동생인 에피메테우스는 프로메테우스가 인간에게 불을 선물하게 한 결정적인 계기를 만들었으므로 제우스는 그에게도 벌을 주고 싶었습니다. 그래서 대장장이 헤파이스토스를 시켜 가장 아름다운 여인을 만든 다음, 온 신을 동원해 그녀에게 갖가지 선물을 줍니다. 아테나는 지혜와 기술을, 헤르메스는 거짓과 교활함과 호기심을, 제우스는 상자를 주며 절대 열어 보지 말 것을 당부합니다. 그러고는 그녀를 에피메테우스에게 소개시켜 줍니다. 에피메테우스는 순식간에 그녀에게 빠져들었고 둘은 결혼을 한 뒤 행복하게 살지만 호기심 많은 판도라는 제우스가 준 상자가 궁금해 끝내 열어 버립니다. 그 순간 상자 안에 있던 죽음, 질병, 욕심, 시기, 질투 등 악한 것들이 빠져나옵니다. 깜짝 놀란 판도라는 얼른 상자를 닫았지만 이미 악은 다 빠져나가 버리고 상자 안에는 희망만이 남게 되었습니다.

자, 이제 『마르크스의 자본, 판도라의 상자를 열다』라는 책 이름이 무엇을 말하고자 하는지 감이 잡히시나요?

마르크스는 『자본』에서 공장주들이 노동자들에게 일한 대가보다 너무 적은 품삯을 주며 착취함으로써 이윤을 증가시키는 것을 밝혀 냅니다. 공장주들이 알려 주고 싶지 않은 판도라의 상자, 바로 이윤 창출의 비결을 알린 것이죠. 이 책은 노동자들이 열심히 일을 하는데도 일할수록 가난해지는 원인을 밝히고 있습니다.

도대체 언제부터였을까, 일해도 가난해진 것은?

널리 알려진 이솝 우화 중에 개미와 베짱이 이야기가 있습니다. 여름내 노래를 부르며 유흥을 즐기던 베짱이는 추운 겨울이 되자 그동안 쉬지 않고 열심히 일을 해 식량을 모은 베짱이를 찾아가 구걸을 합니다. 이 우화가 들려주는 교훈은 열심히 일한 자에게 복이 있나니, 열심히 일하면 부자가 되고 게으름을 피우면 가난해진다는 것입니다.

그런데 언제부턴가 우리 사회에서는 열심히 일을 해도 여전히 가난하다는 워킹 푸어^{working poor}◆라는 용어가 등장했습니다. 개미는 밤낮으로 열심히 일을 하는데도 늘 가난에 허덕이는 반면 부모 잘 만난 베짱이들은 별다른 노력 없이도 유산을 물려받아 풍족하게 사는 세태가 당연해졌습니다. 도대체 언제부터 이렇게 되었을까요?

자본주의 이전에 대부분의 사람들은 농촌에서 살았고 생산과 소비가 같은 장소에서 이루어졌습니다. 이처럼 생산과 소비가 일치하는 자급자족 경제 구조에서는 베짱이처럼 땡땡이를 치면 가난해지고 개미처럼 열심히 일하면 풍족하게 살 수 있었습니다.

개미와 베짱이 우화의 교훈이 깨지게 된 것은 두 가지 사건 때문이었습니다. 11세기~13세기에 치러진 십자군 전쟁과 14세기~15세기 유럽 인구의 3분의 1을 감소시켰다는 페스트가 그것이죠. 전쟁과 질병은 유럽의 경제 구조를 무너뜨렸고 부족해진 생산을 채우기 위해 동방과의 무역에 나서게 됩니다. 바야흐로 교환경제의 시대가 시작된 것입니다.

◆ '일하는 빈곤층'을 뜻하는 말로 열심히 일해도 가난에서 벗어나지 못하는 계층을 말합니다.

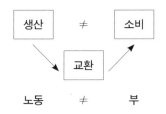

교환을 중심으로 하는 경제 구조에서는 내가 쓰는 물건들을 어디에서 누가 만들었는지 알지 못합니다. 생산과 소비는 분리되어 있으며 교환이 이들을 중간에서 연결해 줍니다. 때문에 내가 개미처럼 열심히 일해 더 많이 생산한다고 해서 내가 더 풍요롭게 소비하게 된다는 보장이 없습니다.

자본주의는 '교환이 확대되어 경제 전체에서 교환이 차지하는 비중이 절대적으로 커져서 교환이 경제의 중심을 이루는 형태'를 가리킵니다. 생산 형태도 소비가 아닌 교환을 위한 생산으로 바뀌게 됩니다. 이때 시장에서 교환을 통해 구입하는 물건을 상품이라고 부릅니다. 상품은 내가 사용하기 위해서가 아니라 팔기 위해 생산하므로 사용가치와 교환가치라는 두 가지 속성을 지닙니다.

자본주의 경제에서는 교환을 통해 부가 증가하므로 교환가치가 커야 부도 크게 증가합니다. 이때 교환가치의 크기(부의 크기)를 결정하는 것은 생산에 필요한 노동 시간, 즉 노동량입니다. 그런데 교환은 생산자가 상품에 쏟아부은 노동량이 아니라 시장에서 소비자와 합의한 노동량으로 결정되기 때문에 노동을 투입한 개미는 불리한 위치에 처하게 됩니다. 개미가 왜 불리한 위치에 서 있느냐고요?

열심히 일해도 부자가 될 수 없는 이유

자본주의 이전 시기에는 열심히 일한 만큼 대가를 돌려받았던 반면 자본주의 체제가 자리를 잡으면서 개미의 신화는 깨져 버렸습니다. 그 원인은 '교환'이 경제의 중심을 이루는 자본주의 자체에 있습니다.

자본주의 사회에서 개미는 노동력 외에는 토지나 자본 같은 생산수단이 없습니다. 생산수단을 갖고 있는 것은 자본가지요. 개미는 돈을 벌기 위해 자본가와 계약을 맺습니다. 계약을 맺을 개미를 임노동자라 부릅니다. 자본가는 이들의 노동력을 구매해 생산에 사용합니다. 그리고 구매할 때 지불한 노동력의 가치보다 더 큰 가치를 만들어 내게 합니다. 한 예를 살펴볼까요?

2011년 7월 인터넷에서 검색한 내용에 따르면 택시 기사 이 아무개씨의 수입 내역은 다음과 같습니다.

하루 수입
1만5천원
하루 매출액 13만원-사납금 10만원-가스 충전비 1만5천원

월수입
101만5천원
하루 수입 1만5천원×21일 + 월급 70만원

* 한 달 평균 21일, 하루 12시간 노동의 결과입니다.

우리가 주목해야 할 사실은 개미의 수익과 베짱이의 수익이 모두 개미가 하루 동안 벌어들인 총 매출액 13만원에서 나온다는 점입니다. 사납금이란 개미가 베짱이에게 갖다 바치는 것인데, 이 가운데 일부는 다시 월급이라는 형태로 개미에게 지불됩니다. 개미는 한 달에 21일 동안 매일 10만원씩 모두 210만원의 사납금을 바치고 70만원을 돌려받습니다. 베짱이에게 돌아가는 최종 수익은 140만원인데, 물론 이 수익 중에는 나중에 택시가 낡아서 교체할 때 들어갈 비용이 포함되어 있습니다. 그러나 이들 비용을 빼고도 베짱이의 몫이 남는 것은 분명합니다. - 88쪽

도표를 다시 해석해 볼까요? 택시기사가 하루 12시간을 일해 13만원을 벌었다면 시간당 약 1만원 남짓을 번 셈입니다. 그런데 실제로 가져가는 돈은 1만5천원에 불과합니다. 12시간 일하고 한 시간 정도의 노동 대가만을 챙긴 것이지요. 여기에서 생산수단(택시)을 소유한 베짱이는 열심히 일한 개미(택시기사)보다 더 많은 수익을 챙기고 있다는 것을 확인할 수가 있습니다.

그렇다면 대학을 졸업해 누구나 들어가고 싶어 하는 우리나라 최고 수준의 그룹은 어떨까요? 2010년 삼성그룹의 이건희 회장과 그의 아들인 이재용 사장이 삼성전자에서 받은 배당수익은 각각 500억원과 84억원이었습니다. 배당수익은 경영자의 지위에서 받는 급여와 별도로 주식, 즉 자본을 가지고 있다는 이유만으로 얻는 수익입니다. 생산수단(자본)을 소유한 베짱이는 이렇게 일을 하지 않고도 열심히 일하는 회사원 개미보다 더 많은 부를 축적해 갑니다.

개미가 일할수록 가난해질 수밖에 없는 이유는 이와 같은 불공정한 교환(노동↔임금) 때문에 발생합니다. 그렇다면 개미가 열심히

돈을 모아 자본가가 되면 부를 쌓을 수 있지 않을까요? 영리한 베짱이들은 개미들의 노동 시간을 늘리거나 기계를 써서 인건비를 절약하는 방식으로 자신의 부를 증대시키면서도 개미들의 자본이 형성되는 길을 차단하고 있습니다.

일한 만큼 대가를 받는 개미 사회 만들기

갑자기 열심히 공부할 맛이 사라지네요. 좋은 대학을 나와 괜찮은 직장에 들어가려고 공부하는 것인데 이처럼 나의 노동에 대한 대가가 정당하게 지불되지 않는 사회라면 열심히 일할 마음이 생기지 않는 것은 당연한 이치입니다.

자본주의 사회에서 돈을 버는 방법은 딱 두 가지랍니다. 하나는 개미가 되어 열심히 노동을 하는 것이고 또 하나는 베짱이가 되어 개미의 노동에 기생하는 것이지요. 하지만 개미가 자신의 운명을 바로잡으려면 자신이 베짱이가 되는 것이 아니라 베짱이를 개미로 만들어야 한다고 저자는 말합니다. 너도 나도 경쟁으로 치닫는 이 사회에 대안은 베짱이를 무너뜨리는 것이 아니라 개미의 노동에서 강제성을 없애는 것이랍니다. 노동을 하되 타인이 시키는 강제 노동을 그만둔다는 것이죠. 어떻게 그게 가능하냐고요?

전통 시장과 동네 가게를 몰아낸 이마트의 자본금은 1,393억원(2011년 6월). 이마트를 두려워하는 동네 가게 같은 자영업자의 수는 560만 명입니다. 영세 자영업자들이 가지고 있는 자본금을 각각 1억원이라고 했을 때(작은 가게도 1억원은 든답니다.) 이들의 돈을 합하면 560조원으로 이마트를 4,000개쯤 건립할 수 있는 규모입니다.

만약 560만 명이 사회적으로 단결한다면 1인당 2만5천원씩만 모아도 이마트와 똑같은 크기의 대형 유통 업체를 설립할 자본금을 만들 수 있답니다. 대형 유통 업체와의 경쟁에서 영세 자영업자들이 힘을 모은다면 아예 이마트나 롯데마트보다 더 큰 유통 업체를 만들 수도 있습니다. 노동자나 영세 자영업자 한 사람이 가진 힘은 미약하지만 이들이 힘을 모으기만 한다면 집단의 힘으로 극복할 수 있습니다.

다행히도 최근 우리나라에서도 협동조합 설립 운동이 퍼져 나가면서 연대의 움직임이 일어나고 있습니다. 협동조합은 경제적으로 어렵고 사회적으로 소외되어 있는 사람들이 힘을 모아 자신의 처지를 개선하며 필요를 채우기 위해 만든 조직입니다. 협동조합이 주목을 받게 된 것은 2008년 금융위기를 거치면서였습니다. 전세계적인 금융위기 속에서도 스위스, 이탈리아, 캐나다에서는 협동조합이 물가 인상을 막고 안정적인 일자리를 창출해 튼튼한 지역 경제를 형성한다는 것이 증명되었습니다. 그러자 세계적인 시장 자본주의의 한계를 극복할 경제 주체로 협동조합이 떠오른 것입니다. 이러한 협동조합의 중요성을 인정한 우리나라는 2012년 협동조합법을 만들어 다양한 사회적 기업 활동을 활성화시키고 있습니다. 출산, 육아, 가사 노동을 돕는 '행복한 돌봄 협동조합' 〈우렁각시〉를 비롯해 '의료복지사회적 협동조합', 믿음직한 장례 서비스인 '한겨레 두레 협동조합' 등 크고 작은 협동조합 설립이 확산되고 있습니다. 일한 만큼 대가를 받는 개미 사회를 만들기 위해서는 개미들의 하나 된 힘이 필요하답니다.

재미있는 협동조합들

협동조합은 생산조합과 소비조합으로 나뉩니다. **생산조합**은 시장에서 약자인 조합원들이 모여서 대기업의 횡포에 휘둘리지 않도록 안정적인 생산물을 내고 판매합니다. 은평구와 서대문구 빵집 주인들이 모여 만든 '**동네빵네 협동조합**' 같은 것이 그런 예입니다. 대기업 프랜차이즈 빵집이 무분별하게 들어와 동네 빵집을 위협해도 개개의 빵집들은 역부족인 경우가 태반입니다. 동네빵네 협동조합은 동네 빵집 주인들이 모여 각자는 마련하기 힘든 첨단 제빵 기계들을 구입하기도 하고, 새로운 빵을 개발해서 레시피를 나누기도 합니다. 독립된 제빵사로서의 자존심을 지키면서 품질과 생산량 등을 높이는 효과적인 방법입니다. http://blog.naver.com/freshdnbn

소비조합은 조합원에게 필요한 물건을 싼값에 구매하고 공급합니다. 서울에 있는 독산고등학교에서는 매점을 이러한 소비조합 형태로 운영하고 있습니다. '**독산누리**'라는 이 협동조합은 학생, 학부모, 교사, 주민 등이 모여 만들었고, 누구나 1표씩 투표권을 가지고 경영 문제에 투표권을 행사할 수 있습니다. 서울의 고등학교에서는 최초 시도여서 여러 매체에서 많이 이야기되었습니다.

서울시는 협동조합 상담지원 센터를 운영하고 있습니다. 협동조합을 만드는 것은 생각보다 복잡하기는 하지만, 차근차근 준비할 수 있도록 많은 정보를 공개하고 있습니다.

서울시 협동조합 상담지원 센터 http://15445077.tistory.com

그들은 왜
나치를 막을 수 없었을까?

박현희

『파도- 너무 멀리 나간 교실 실험』
토드 스트라서 지음, 김재희 옮김, 이프, 2006

여기 모인 친구들이 하나가 되어, 여기
오지 않는 친구들과는 뭔가 다르고, 조금이라도
더 훌륭한 느낌에 사로잡혀 있었을 거야.
너희들이 말하는 '평등'을 이루기 위해
너희 각자의 자유를 포기했지. 하지만 그건
평등이 아니라 '파도' 회원이 아닌 친구들에게
비해서 우리가 조금은 더 낫다는 우월감의
시작이었어. 그다음은 집단의 목표를 위해
자기 소신을 포기하고, 다른 생각을 갖는 사람은
멸시하고 상처 입혀도 된다는 식으로 변해 갔어.
영원히 그럴 생각은 아니었지만,
자신을 돌아보고 성찰할 여유가 없었지.
— 본문 중에서

어떻게 저런 일이 가능했지요?

"독일 사람들은 전부 나치였나요?"
에이미가 물었다.
벤 로스는 고개를 저었다.
"그렇지 않아. 독일 사람 중에 나치 당원이던 사람은 전체
인구의 10퍼센트도 안 돼."
"근데 어떻게 저런 일이 가능했지요? 90퍼센트 넘는 사람
이 그걸 막을 수가 없었나요?" - 25-26쪽

제2차 세계대전 중에 독일에서 일어났던 대규모의 유대인 학살
에 대해 모르는 친구는 아마 없을 거예요. 인류가 인류에게 얼마나
잔혹한 짓을 저지를 수 있는가를 보여 주는, 그 믿을 수 없는 역사
적 사실 앞에서 많은 사람들은 의문을 가지게 됩니다. 어떻게 그런
일에 그토록 많은 사람들이 협조할 수 있었을까? 왜 그런 일을 막을
수 없었을까?

『파도』는 바로 이런 의문에서 출발합니다. 미국의 한 평범한 고
등학교에서 역사를 가르치는 벤 로스 선생님은 나치의 유대인 학살
에 대한 수업 중에 학생들이 한 질문, "어떻게 저런 일이 가능했지
요?"에 제대로 된 답을 하고 싶었습니다. 이 질문에 답을 하기 위해
서는 평범한 사람들을 집단적 광기에 몰아넣는 힘, 혹은 그것에 침
묵으로 동조하도록 만드는 힘이 무엇인지 찾아야 했습니다.

그 답을 학생들과 함께 찾고 깨닫기 위해 벤 로스 선생님은 교실
실험을 시작합니다. 처음에는 아주 간단한 것이었습니다. 수업 시간

중에 '파도'라는 조직의 이름을 정하고, 조직의 규칙을 정하고, 규칙대로 행동하도록 훈련했습니다. 공동체 안의 개인은 더 이상 그냥 개인이 아니고, 나는 곧 전체를 이루는 부분이라는 것, 개인은 무엇보다 전체를 위해 있다는 것, 파도는 이러한 공동체 정신을 강조합니다. 파도의 상징을 만들고, 파도의 인사법도 정합니다. 학생들의 반응은 예상을 뒤엎는 것이었습니다. 학생들은 열렬하게 파도에 찬성하고, 파도의 규율에 동참해 나갔습니다. 점점 조직원이 늘어나 파도는 이제 벤 로스 선생님의 역사 수업이 이루어지는 교실뿐 아니라 전 학교로 확대되어 갑니다.

솟구치는 열정과 무서운 단결력으로 파도는 더욱 더 힘을 받았고, 예컨대 나치의 만행에 대한 이해를 바탕으로 학생들은 군국주의를 거쳐 일본이 제2차 대전에 끼어들게 된 경로와 이들의 극단적 활동 같은 복잡한 내용도 어려움 없이 소화해냈다.
집에 가서도 복습과 예습을 열심히 하며 예전과는 비할 수 없이 깔끔한 과제물을 제출하고, 수업 시간에도 엄청나게 집중을 하니 교사 입장에서는 한결 수월하고 신이 났다. - 128쪽

수업 시간뿐만이 아니었습니다. 맨날 경기에서 지기만 하던 축구부는 파도의 규율을 받아들이면서 훈련에 집중하게 됩니다. 교실에서는 따돌림이 사라지고, 지각도 사라집니다.

"왕따도 공주도 다 사라졌거든. 잘난 척하는 것들은 더 이상 설 자리가 없어진 거란 말야… 그리고 이젠 편 가르기도 없

142

는 거잖아. 만민이 평등하게 다시 태어나는 거야! 그런 것 땜에 솔직히 스트레스 엄청 받았었지. 늘상 인기 관리가 필요한 인간들도 속으로는 사실 스트레스거든! 거기서 해방되는 거야. 이제 우린 모두 파도의 일부고 모두 평등하니까. 너도 좋지, 로리?" - 123쪽

생각한 것보다도 굉장히 좋은 결과들이 나타났습니다.

파도는 폭주하기 시작했다

그런데도 벤 로스는, 아이들이 이렇게 최선을 다해 준비를 해왔지만, 생각하는 힘은 오히려 더 떨어졌다는 느낌을 지울 수 없었다. 질문이 떨어지기가 무섭게 통째로 암기한 답을 줄줄 주워섬길 뿐 자기 나름의 의문을 품거나 자기 방식으로 분석하는 면은 별로 없었다. - 128쪽

생각하는 힘이 더 떨어진 것 이외에도 문제는 도처에서 나타나기 시작합니다. 파도에 가입하라고 강제하는 일도 벌어지고, 파도에 대해 비판적 의견을 낸 사람을 배척하는 일도 벌어집니다. 그리고 급기야 반대자에 대한 폭력까지……. 일이 이렇게까지 되었어도 파도에 동조하는 학생들의 반응은 한결같습니다. 그런 일은 파도의 본질과는 관계가 없다, 학생들 중 누군가가 우발적으로 저지른 잘못을 파도 전체의 문제라고 생각하는 것은 잘못이다, 하는 식으로

대응할 뿐입니다.

모든 학생들이 파도에 동조한 것은 아니었습니다. 학교 신문《포도나무》의 편집장인 로리를 비롯한 몇몇 학생들은 지금 학교에서 벌어지고 있는 상황이 정상이 아니라고 생각합니다. 이런 상황에 대해 의문과 우려를 갖는 학부모들도 있었습니다. 교장 선생님을 비롯해 몇몇 다른 선생님들도 상황이 뭔가 정상적이지 않다는 판단을 합니다. 하지만 이런 생각들도 파도의 거침없는 성장을 방해할 정도가 되지는 않았습니다. 파도의 학생들은 점점 더 세력을 넓혀 갔고, 점점 더 단단하게 결합했습니다. 그리고 파도 안에서 학생들은 안심합니다.

그때와 지금, 너무 비슷하지 않은가?

학생들이 파도 안에서 안심할 수 있었던 까닭은 무엇일까요? 파도는 학생들에게 '공동체의 일부'라는 느낌을 주고, 위태로운 개인보다는 공동체의 일부로 존재하는 편이 안전하다고 느끼게 해줍니다. 하지만 세상에 공짜는 없습니다. 파도는 안전하다는 느낌을 준 대신, 생각하는 힘을 빼앗아 갔던 것입니다. 개인이 개인으로 존재하기보다 집단의 일원으로 존재하기를 선택할 때, 그리고 그 속에서 안전함을 느낄 때, 지금 주위에서 벌어지고 있는 일에 대해 깊이 생각하는 것은 불가능해집니다. 깊이 생각하는 것, 그것은 온전히 개인이 개인으로 존재할 때 가능한 일이기 때문입니다.

그리고 생각해 보면 파도가 주는 '안전하다는 느낌'도 진실은 아닙니다. 학생들은 또 다른 불안을 느낍니다. 그 조직에서 배척되는 것에 대한 공포가 학생들 사이에 강하게 자리를 잡습니다. 그 두려움이 우리로 하여금 뭔가 문제가 있다고, 이건 정상이 아니라고 말할 수 없게 만들어 버립니다. 어쩌면 파도는 두려움을 먹고 성장하고 있는 것인지도 모르겠습니다.

벤 로스 선생님은 예상 밖으로 격렬해지는 학생들의 반응을 보면서 학살이 자행되던 당시 독일의 상황과 현재 학교의 상황이 보여 주는 놀라운 유사성을 발견합니다.

상황은 너무도 닮은꼴이다. 지극히 평화롭고 안정된 환경의 고든 고등학교에 재학 중인 이 말쑥한 애들이 지금 파시스트 동아리, '파도'라는 황당한 조직에 이토록 열광한다는 사실을 그 누가 믿겠는가? 파시즘의 활약, 그건 대체 어디서 무얼 먹고 자라는 걸까? 평소에는 별로 드러나지 않는 인간 내면의 어두운 그늘, 은밀하고 습한 구석에 쉽게 퍼지는 독버섯 같은 것일까? - 222~223쪽

파도 실험을 통해 학생들은 어떻게 인류가 인류에게 그런 잔혹한 짓을 할 수 있었는지, 수많은 선량한 사람들이 왜 나치의 만행에 침묵으로 동조했는지를 온몸으로 깨닫게 됩니다. 자신이 파시즘의 동조자가 될 수도 있는 나약한 존재라는 것을 깨닫는 것은 가슴 아픈 일입니다. 이 이야기의 무대가 된 고든 고등학교 학생들도 마음에 상처를 입었습니다. 배움을 위한 실험이었지만, 실험이 너무 멀리까지 와 버린 거지요. 처음 실험을 시작한 벤 로스 선생님도 어쩌지 못할 만큼, 일단 시작된 광기는 그 자체로 힘을 키워 나가면서

자기 멋대로 위력을 발휘했던 것입니다.

이제 실험을 끝낼 때가 되었습니다. 벤 로스 선생님이 실험을 어떻게 끝냈는지, 학생들은 그 집단적 광기로부터 어떻게 빠져나왔는지, 궁금하지요? 여기서는 얘기하지 않을 겁니다. 그것을 발설한다면, 이 글을 읽고 『파도』를 집어들 독자의 즐거움을 방해하는 것이 될 테니까요. 그러니 직접 읽어 보시기를 간곡히 권합니다. 정신없이 페이지를 넘기며 이야기에 몰입하는 자신을 발견하고 깜짝 놀라게 될 겁니다.

그런데 이런 비극이 그때 독일에서만 가능했던 일일까요? 이것은 정말 역사적 예외일까요? 예외라면 정말 좋겠지만, 고든 고등학교에서 벌어졌던 일은 이런 일이 언제든지 반복될 수 있음을 우리에게 경고합니다. 이건 그냥 소설일 뿐이라고요? 아닙니다. 소설 『파도』는 미국의 캘리포니아에 있는 한 고등학교 역사 수업에서 실제로 벌어졌던 일을 각색한 것이랍니다. 예, 진짜로 일어났던 일이라고요.

혹시 나도 비슷한 꿈을 꾸지 않았나?

혹시 지금 우리 학교에서도 이런 일이 일어나고 있지 않나요? 아니면 이런 일을 꿈꾸고 있지는 않나요? 떠드는 아이들로 수업 분위기가 엉망일 때, 제멋대로인 친구들 때문에 학급티셔츠 맞추는 정도의 일도 제대로 진행이 안 될 때, 무단 지각을 밥 먹듯이 하는 친구들 때문에 학급이 어수선해질 때, 그래서 나는 잘못한 것이 하나도 없는데 선생님으로부터 "이 반은 도대체 왜 이렇게 엉망진창이야?"하며 호통을 들어야 할 때, 한 번쯤 꿈꿔 보지 않았나요? 강력한 누군가가 나타나서(담임선생님이라도 좋고, 학급 회장이라도 좋고, 하여튼 유능한 누군가가 나타나서) 이 문제들을 싹 정리해 주기를 바라지 않았나요? 내가 지금은 공부에 완전 집중하지는 못하지만 누군가 나타나서 나를 강력하게 붙잡아 주기만 한다면, 내가 정신 차리고 공부해서 성적을 확 올릴 수도 있을 텐데, 하고 생각해 보지는 않았나요?

이런 마음이 생길 때 『파도』를 기억해 주세요. 강력한 누군가가 나타나서 질서를 잡아 주면 참 좋을 것 같지만, 그건 공짜가 아닙니다. 너무나 비싼 대가를 치러야 해요. 스스로 생각하고 결정하고 행동하는 것은 인간이라면 가져야 할 가장 고귀한 자유입니다. 그걸 포기하면서 이루어야 할 만큼 중요한 일이란 이 세상에 존재하지 않는다고, 저는 감히 말합니다.

하지만 우수한 성적을 얻고 싶고, 좋은 대학에 가고 싶고, 돈을 잘 벌고 싶은 욕망 때문에 가끔씩 '고귀한 자유'를 잊어버리게 될 때가 있습니다. 학생을 때리면서 지도했던 부끄러운 대한민국 학교의 과거는 '좋은 성적', '좋은 대학'의 욕망 덕분에 가능한 일이었습니다.

생각하기를 멈출 때, 개인이 개인으로 존재하기를 그만둘 때, 안전을 위해 자유를 포기할 때, 광기는 언제든 되살아날 수 있습니다. 우리 인간이란 원래 그런 존재인지도 모릅니다. 하지만 두려워 할 필요는 없습니다. 우리는 생각할 수 있는 힘이 있으니까요. 아닌 것을 아니라고 말할 용기도 있으니까요.

『파도』를 읽은 독자라면 더 깊이 공감할 시 한 편 소개하며 맺겠습니다.

그들이 나를 잡아갈 때
— 에밀 구스타프 프리드리히 마틴 니묄러

독일에 처음 나치가 등장했을 때
처음에 그들은 유태인을 잡아갔습니다
그러나 나는 침묵했습니다

왜냐하면 나는 유태인이 아니었기 때문입니다

그다음에 그들은 공산주의자들을 잡아갔습니다
그러나 나는 침묵하였습니다
왜냐하면 나는 공산주의자가 아니었기 때문이지요

그다음에 그들은 사회주의자들을 잡아갔습니다
그때도 나는 침묵하였습니다
왜냐하면 나는 사회주의자가 아니었기 때문이지요

그리고 그다음엔 노동운동가들을 잡아갔습니다
나는 이때도 역시 침묵하였습니다
왜냐하면 나는 노동운동가가 아니었기 때문입니다

그리고 이제는 가톨릭교도들과 기독교인들을 잡아갔습니다
그러나 나는 침묵하였습니다
왜냐하면 나는 기독교인이 아니었기 때문입니다

그리고 어느 날부터 내 이웃들이 잡혀가기 시작했습니다
그러나 나는 침묵하였습니다
왜냐하면 나는 그들이 잡혀가는 것은
뭔가 죄가 있기 때문이라고 생각했기 때문입니다

그러던 어느 날은 내 친구들이 잡혀갔습니다

그러나 그때도 나는 침묵하였습니다
왜냐하면 나는 내 가족들이 더 소중했기 때문입니다

그러던 어느 날 그들은 나를 잡으러 왔습니다
하지만 이미 내 주위에는 나를 위해
이야기해 줄 사람이 아무도 남아 있지 않았습니다

상처를 이해하기 위하여 – 위험한 심리 실험

『푸른 눈 갈색 눈 – 세상을 놀라게 한 차별 수업 이야기』

(윌리엄 피터스 지음, 김희경 옮김, 한겨레출판, 2012)

제인 엘리어트라는 교사가 초등학교 3학년을 대상으로 차별 실험을 한 기록. 푸른 눈을 가진 학생을 우월하다 선언하고 특혜를 주었다가 다음 날에는 역전된 상황을 주는 식으로 아이들에게 차별이란 어떤 것인지를 가르친 경험을 담았습니다. 가령 첫째 날에는 갈색 눈 학생과 푸른 눈 학생으로 나누어서 갈색 눈 학생들이 우월하다며 특혜를 주고, 다음 날에는 거꾸로 푸른 눈 학생들이 특혜를 받는 식입니다. 이를 통해 차별에 따른 상처를 경험하게 해주자는 취지였습니다. 이 실험은 미국에서 〈분열된 학급A Class Divided〉이라는 제목의 다큐멘터리로 제작되었습니다. 지금도 유튜브 등에서 다큐멘터리 영상을 볼 수 있습니다.

밀그램의 실험

미국의 심리학자인 스탠리 밀그램Stanley Milgram은 복종실험이라고도 불리는 '밀그램 실험'으로 세상에 엄청난 영향을 끼쳤습니다. 이 실험은 1974년『권위에의 복종Obedience to Authority』이라는 책으로 출간되었습니다. 밀그램은 평범한 사람들이 어떤 상황에서 악한 행동을 보이는지 궁금했습니다. 이를 탐구하기 위해 고안한 실험의 내용은 이런 것이었습니다. 먼저 전문배우 둘을 고용해서 한 사람은 교사 역할을 하게 하고 한 사람은 학생 역할을 하게 했습니다. 실험에서 둘은 체벌을 통한 학습 성과를 실험하고 있는 척 연기했습니다.

진짜 실험 대상자는 거리에서 임의로 발탁해 실험을 도와달라고 부탁했습니다. 그러므로 실험 대상자들은 교사와 학생을 진짜로 생각했습니다. 이들은 교사가 학생의 학습 성과를 올리기 위해 지시하는 체벌을 학생에게 직접 실행했습니다. 체벌이란 전기충격이었고, 최대 전기 충격을 가했을 경우 죽음에 이를 수도 있다고 미리 고지했습니다. 이 실험 결과는 평범한 사람들에게 큰 충격을 일으켰습니다. 학생의 비명을 들으면서도 65퍼센트의 피실험자가 죽음에 이를 수 있는 정도까지 전압을 올린 것입니다. 버젓하고 평범한 시민들이 권위 앞에서 쉽게 복종하고 자신의 체벌이 학생의 성적을 올릴 거라고 여기며 잔인하게 고문했습니다.

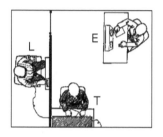

E는 체벌을 지시하는 교사, L은 체벌을 받는 학생, T는 체벌을 실행하는 피실험자입니다.
T만이 이 실험의 진짜 목적을 모르고 나머지 둘은 고용된 사람들 입니다.

인간은 생각보다 외부 상황에 쉽게 굴복하고 잔인해질 수 있습니다. 그렇다고 인간의 마음속에 있는 잔인함에 절망하기보다는, 인간으로 하여금 이토록 극단적인 상황에 놓이지 않도록, 누구나 인간적일 수 있는 사회를 만들어 나가는 것이 중요하겠지요. '나는 옳게 가고 있는가' 항상 고민하면서 말이에요.

왜 누군가는
고통받으며 일해야만 할까

주영미

『인간의 조건-꽃게잡이 배에서 돼지 농장까지, 대한민국 워킹 푸어 잔혹사』
한승태 지음, 시대의 창, 2013

마을 사람들은 요즘 젊은 사람들이 돈만 밝히고
힘든 일은 안 하려고 한다며 혀를 찼다. 하지만 실상을
들여다보면 젊은 사람들이 피하는 일이란 어떤
사람이라도 꺼릴 만한 일이다. 나는 진심으로
그런 생각을 받아들일 수 없다. 특정 부류의 사람들이
힘들고 어려운 일을 하는 것은 당연하다는,
누군가는 최악의 생활환경에서 최저임금에도 못 미치는
돈을 받으며 일하는 게 문제 될 게 없다는 사고방식
말이다. 그런 생각은 엄하게 훈육받은 아이들이 장래에
성공한다는 믿음만큼이나 헛소리다. 도대체 왜 그래야
한단 말인가? 왜 누군가는 항상 고통 받으며 일하지
않으면 안 된단 말인가? 어째서 가장 영향력 없는
사람들만이 이 엉망진창인 사회에 대한 책임을
져야 한단 말인가?
— 본문 중에서

그의 노동은 일주일 안에 끝나지 않는다

〈인간의 조건〉이라는 제목을 들으면 대부분 개그맨들이 나오는 예능 프로그램을 떠올릴 겁니다. 그들은 다양한 주제로 체험을 하죠. '쓰레기 없이 살기', '물 없이 살기', '휴대폰 없이 살기' 등등. 그들의 체험을 지켜보면서 우리는 자연스럽게 우리가 어떤 모습으로 살아가고 있는지 되돌아봅니다. 얼마나 많은 쓰레기를 버리고 살았는지, 물을 얼마나 펑펑 쓰고 살았는지, 휴대폰 때문에 얼마나 많은 것들을 놓치고 살았는지…….

한승태가 쓴 『인간의 조건』도 그의 체험을 통해 우리가 살아가는 모습을 되돌아보게 한다는 점에서는 같다고 생각합니다. 한승태는 꽃게잡이 배 선원이, 양돈장 똥꾼이, 편의점과 주유소 알바가, 비닐하우스 일꾼이 어떻게 먹고살고 있는지를 세밀하게, 그리고 맛깔나게 보여 줍니다. "그들의 숙소는 어느 정도 크기인지, 여름엔 얼마나 덥고 겨울엔 얼마나 추운지. 사람들은 어떤 배경을 가지고 있으며 꿈은 무엇인지. 식사로는 어떤 음식이 나오고 급여는 어느 정도인지. 작업은 어떤 과정을 거치며 도구는 어떤 것을 사용하는지(7쪽)" 등등…….

두 '인간의 조건'에 다른 점이 있다면 개그맨들의 미션은 일주일이면 끝이 나지만 한승태의 미션은 끝이 없다는 점이 아닐까 싶습니다. 물을 아끼기 위해 생고생을 하던 개그맨들은 일주일만 지나면 일상으로 돌아와 맘껏 물을 쓸 수 있지만 한승태의 고통스러운 노동은 끝날 기미가 보이지 않습니다. 너무나 고통스러워 다른 일을 찾아보지만 더 큰 고통이 따를 뿐입니다. 그에겐 그것이 진짜 일상인 거죠. 그는 글을 쓰기 위해 체험을 한 게 아닙니다. 그저 자신의 일상을 글로 썼을 뿐입니다. 그가 '아무도 궁금해하지 않는' 자신의 경험담을 우리에게 들려주는 이유는 무엇일까요?

"이라믄 안 되는 거잖아요?"

이 책에는 2007년부터 2011년 사이에 그가 경험한 다양한 일들이 소개되어 있습니다. 그가 어떤 일을 했는지 조금만 살펴봅시다.

'짧은 시간 목돈 마련 가능'이란 광고 문구에 혹해서 타게 된 꽃게잡이 배에서 그는 통발을 쌓는 일을 맡습니다.

> 탈탈거리면서 통발이 올라오기 시작한다. 닿을 배 뒤로 옮겨놓고 돌아오면 곧바로 통발을 쌓기 시작한다. 백여 개를 다 쌓으면 다대(생선손질)를 한다. 꽃게에 물리고 불운처럼 달라붙는 문어를 떼어내고 있으면 투망이 시작된다. 그때부턴 통발을 무너뜨려 투망대에 올려놓는다. 투망마저 끝나면 배는 곧바로 다음 어장을 향해 이동한다. 그럼 그 사이에 잠깐이라도 쉴 수 있나? 그렇지 않다. 곧바로 갑판 청소를 시작한다. 갑판 위에는 모래와 해초, 깊은 바다에서 끌어 올린 쓰레기로 가득 찬다. 이것들을 치우고 나면 다음 어장에 도착해 있다. 다시 탈탈거리며 모터가 돌아가고……. 꼭 통발을 쌓아 올리는 시시포스가 된 것 같다. - 63쪽

배 위에서 라면을 먹는 순간을 제외하고는 이렇게 '쉴 틈 없이' 6주를 일하고 40만원을 벌었습니다. 계약 기간을 채우지 못해 임금

을 제대로 받지 못한 거죠.

다음에는 좀 더 '쉬운 일' 편의점 알바를 시작했습니다. 종업원에게 다짜고짜 반말을 하고, 종업원이 손을 내밀고 있는데도 돈을 던지고, 바로 옆에 쓰레기통이 있는데도 카운터에 쓰레기를 던지고 나가는 손님들을 상대하면서 "화가 나는데 웃어야 하는 것"이 "열두 시간이 넘도록 꽃게잡이 배에서 통발을 쌓아 올리는 것만큼 버겁다는 것"을 금세 깨닫게 됩니다. 그는 편의점에서 하루 여섯 시간씩 일하고 월 37만원을 벌었습니다. 편의점 알바는 '쉬운 일'이기 때문에 최저임금에도 못 미치는 임금을 받은 거죠.

그는 아산의 돼지 농장에서 돼지 똥 치우는 일도 합니다.

분뇨장에 똥을 버릴 때는 종교적인 사람으로 변하게 된다. 돈사마다 외부에 분뇨장이 있었다. ㄷ자 형태로 벽을 두르고 슬레이트 지붕을 얹었다. 하루 사이에 부쩍 늘어난 똥 바다 위에 똥을 쏟아부었다. 똥물을 헤치고 분뇨장 안쪽까지 리어카를 끌고 갈 자신이 없어서 분뇨장 입구에만 똥이 잔뜩 쌓였다. 나는 종교도 없고 신이란 존재를 늘 의심했지만, '철철철' 소리를 내며 검붉은 똥이 사방으로 튀어 오르는 걸 보고 있으면 저절로 입으로는 신을 부르짖게 된다. 이틀 동안 분뇨장에서 신을 찾은 횟수가 그 이전까지 기도한 횟수를 압도할 것 같았다. 신심이 시든 종교인에게 분뇨장에서 일해 볼 것을 권한다. - 203쪽

이렇게 일하고 그가 받은 돈은 한 달에 102만원. 어떤 힘든 일을 하든지 간에 그의 월급은 언제나 100만원 남짓이기 때문에 이 책에

는 '100만원 남짓한 월급으로 빚 안 지고 사는' 마법이 끊임없이 등장합니다.

대한민국의 워킹 푸어들이 어떻게 일하고 먹고사는지를 세밀하게 보여 주고 있는 이 책을 읽고 있는 내내 영화 〈변호인〉의 대사가 떠올랐습니다. "이런 게 어딨어요? 이라믄 안 되는 거잖아요." 그만큼 그는 열악한 환경에서 일했고, 어처구니없을 만큼 적은 월급을 받았습니다.

고통스러운 일은 사람을 무너뜨린다

"힘들고 돈도 안 되고 그렇다고 작업장에서 인격적인 대우를 받지도 못 하는" 일들을 하면서 그는 자신이 서서히 변해 가는 것을 느낍니다.

어느 날 그는 자신에게 사소한 실수를 한 식당 종업원에게 욕을 퍼부어 댑니다.

> 문제는 그녀가 내 잔치국수를 내려놓을 때 생겼다. (…) 국수 국물이 내 옷에 조금 튀었다. (…) 그녀는 연신 고개를 조아리며 미안해했다.
>
> "어머, 어떡해? 괜찮으세요? 아유 죄송합니다, 죄송합니다."
>
> 의외였던 건 내 반응이었다.
>
> "앗, 뜨거. 에이 썅!"
>
> 이런 말이 내 입에서 나왔다는 게 놀라웠다. 나는 스스로

가 이런 순간을 위해 준비된 사람이라고 생각했었다. 주유소와 편의점에서 굽실거릴 때마다 나는 종업원의 실수를 아무렇지 않게 웃어넘길 수 있는 손님이 한반도에 존재함을 증명하리라 다짐했다. 누가 내 머리에 부글부글 끓는 청국장을 쏟아붓더라도 가볍게 옷을 털고는 산들바람처럼 웃어 보일 자신이 있다고 믿었다.

(…) "진짜, 쯧…… 에이 씨발. 아 뭐예요, 이게?" (…) 나는 쌍시옷을 사용해서 여자의 가슴을 후벼 팠고 그녀는 얼굴이 새빨개져서 눈물이라도 흘릴 것 같았다. (…) 5분 남짓한 시간 동안 그녀는 내 체내에 축적되어 있던 화를 배출시키는 통로나 다름없었다. - 172~173쪽

그뿐이 아닙니다. 자신이 화장실을 너무 오래 사용하는 것에 항의하는 옆방 남자에게 죽일 듯이 덤벼들고, 자신에게 반말을 했다고 나이가 열네 살이나 많은 몽골 동료를 때려눕히려고 달려듭니다. 그는 원래부터 이렇게 폭력적이고 형편없는 사람이었던 걸까요?

세상은 버티라고 하지만

육체가 감당하기 힘들 정도의 노동을 끊임없이 성실하게 하는데도 최악의 식사와 주거환경에서 벗어날 '희망'이 보이지 않는다면 누구든지 주인공처럼 변하지 않을까요? 그래도 몇몇 사람들은 이렇게 말할지 모르겠습니다. 힘들다고 그렇게 쉽게 일을 그만둬 버리지 말고 좀 참고 견뎌 보라고, 그러면 좋은 날이 올 거라고. 거기에 주인공은 이렇게 항변하는군요.

많은 사람들이 젊은 친구들이 힘든 일은 안 하려고 하면서 돈만 밝힌다고 투덜댔다. 이런 평가는 공정하지 못 한것 같다. 젊은 사람들은 힘들고 돈도 안 되고 그렇다고 작업장에서 인격적인 대우를 받는 것도 아닌 일을 하려고 하지 않을 뿐이다. 생각해 보면, 어느 누가 그런 일을 하려고 하겠는가? 왜 사람들은 너무나도 쉽게 특정 부류의 사람들이 힘들고 위험하고 보수도 적은 일을 참고 버티는 게 당연하다고 믿는 걸까? 누군가 그런 일을 그만둔다면 그건 그들이 참을성이 부족해서가 아니라 오히려 현명하고 이성적이기 때문이 아닐까? - 388~389쪽

우리 사회가 어렵고 소중하게 합의한 하루 8시간 노동의 원칙이나 최저임금도 지켜 주지 못하면서 젊은이들의 참을성 부족을 탓하는 건 무책임한 일입니다. 그러니까 그런 일을 하지 않으려면 더 열심히 공부하고 노력해야 한다고, 실력을 키워야 한다고 말하는 것은 더 무책임한 일입니다. 아무리 열심히 노력한다 해도 누군가는 이런 일들을 할 수 밖에 없습니다. 누구든 그 사람이 될 수 있습니

다. 운 좋게 경쟁지옥에서 살아남아 좀 더 나은 일자리를 갖는다고 해도 평생 누군가의 피눈물이 배어 있는 상품을 소비하면서 경쟁에서 뒤처지지 않기 위해 죽을힘을 다해야 합니다.

얼마나 많은 젊은이들이 이렇게 살고 있을까?

아무리 열심히 일해도 가난에서 벗어날 수 없다는 절망이 우리 사회를 덮친 것은 외환위기 이후, 그러니까 1990년대 후반 이후입니다. 비정규직◆이 급증하고 빈부격차가 커지면서 젊은이들 사이엔 열심히 일하면 행복하게 살 수 있다는 희망 대신 '88만원 세대'니 '삼포세대'니 하는 절망적인 단어들이 자라났습니다. 88만원 세대는 그 어렵다는 취직에 성공한 20대도 대부분 비정규직이며, 그들의 월급이 평균 88만원밖에 되지 않는다는 경제학자 우석훈의 분석에서 시작된 말입니다. 삼포세대는 취업난과 저임금 때문에 연애와 결혼, 출산 이 세 가지를 포기한 채 희망 없이 살아가는 젊은 세대를 가리키는 말입니다. 이태백이라는 말도 있습니다. 이십대 태반이 백수라는 이야기지요.

이런 씁쓸한 용어들은 그저 말 만들기 좋아하는 사람들이 현실을 과장해서 만들어 낸 말일까요? 수많은 통계들이 이런 용어가 결코 과장된 것이 아님을 보여 줍니다.

2013년의 우리나라의 법정 최저임금이 4,860원이었는데, 이 최

◆ 정규직이 아닌 일자리로 기간제, 파트 타임, 파견 근로 등이 여기에 해당됩니다. 정규직에 비해 고용이 불안정한 것은 물론 더 힘들고 위험한 일을 하면서도 임금은 절반 정도밖에 받지 못하고 있습니다. 비정규직은 현재 전체 노동자의 절반에 육박하고 있습니다.

저임금조차 받지 못하는 노동자가 10명 중 1명을 넘었다고 합니다. 특히 19살 이하 노동자의 절반이 넘는 54.5퍼센트가 최저임금을 받지 못했으며 20~24살 청년층도 5명 중 1명꼴로 최저임금도 못 받았다고 합니다.◆

사정이 이렇다 보니 많은 청년들이 집이라고 부르기에 민망한 곳에 살고 있습니다. 청년 주거권보장 학생단체 '민달팽이유니온'에 따르면 최저 주거기준(14제곱미터 이상)에 미달하거나 반지하, 옥탑 또는 주택 이외의 거처에 사는 서울 청년 1인 가구의 비율이 36.3퍼센트나 된다고 하는군요.◆◆ 우리가 제대로 관심을 갖지 않는 사이 정말로 많은 한승태들이 우리 주변에 살고 있었던 겁니다.

모두가 사람답게 일하고 살아가는 사회를 위하여

자기가 좋아하는 일이 뭔지 어떤 삶을 살고 싶은지 생각할 겨를도 없이 그저 안정된 직장을 잡고자 끝없는 경쟁에 내몰려야 하는 사회에서는 경쟁에 이긴 사람도, 진 사람도 모두 불행할 수밖에 없습니다. 스스로 좋아하는 일을 선택할 수 있고, 그 일이 어떤 일이건 정당한 대가를 지급받을 수 있고, 그로부터 인간답고 품위 있게 생계를 유지할 수 있는 사회에서만이 모두가 행복할 수 있습니다. 비정규직을 없애고, 건강한 일자리를 늘려 나가고, 촘촘한 사회 안전망◆◆◆을 갖춰 나가는 일, 그것이 우리가 해야 할 일입니다. 한승태

◆ 2014.9.9 《한겨레 신문》, '노동자 10명 중 1명 최저임금도 못 받아'

◆◆ 2014.9.17 《오마이뉴스》 '청년 주거 문제 해결 없인 미래도 없다'

가 쓴 『인간의 조건』을 꺼내 드는 것, 그리고 수많은 워킹 푸어들의 삶에 관심을 갖는 것, 그리고 분노하는 것, 이것이 그러한 사회를 만들어 나가는 첫걸음이 될 것이라고 생각합니다.

　마지막으로 노파심에서 덧붙이는 한마디. 이 책의 소재는 암울하고 책은 두껍지만 무지 재미있게 잘 읽힙니다. 작가의 글이 정말 생동감 있고 맛깔나기 때문입니다. 읽다 보면 몇 번씩 '큭큭큭' 웃게 될 겁니다. 저는 벌써부터 작가가 다음엔 어떤 책을 쓸까 기대됩니다. 두꺼운 책을 정말 싫어하는 친구라면 한두 부분만 뽑아서 읽어도 좋습니다.

◆◆◆ 질병 · 노령 · 실업 · 산업재해 · 빈곤 등 사회적 위험으로부터 국민을 보호하기 위한 제도적 장치를 말합니다.

같이 읽으면 좋은 책,
노동의 벅찬 순간들을 기록한 책들

『위건 부두로 가는 길』 (조지 오웰 지음, 이한중 옮김, 한겨레출판, 2010)

『동물농장』『1984』등을 쓴 작가 조지 오웰이 쓴 르포입니다. 오웰은 1936년, 탄광에 직접 들어가 두 달 동안 노동자들과 함께 일하며 이 글을 썼습니다. 그는 탄광 노동자들이 하듯이 싸구려 하숙집에 머물며 노동자들의 일터, 실업 문제 등에 대해 조사했습니다. 이 책을 쓰기 전에는 파리와 런던의 하층민들의 삶을 체험하고 그것을 바탕으로 『파리와 런던의 밑바닥 생활』이라는 책을 발표하기도 했습니다.

『밑바닥 사람들』 (잭 런던 지음, 정주연 옮김, 궁리, 2011)

『강철군화』 등으로 잘 알려진 잭 런던이 쓴 르포입니다. 20세기 초, 작가는 호황을 맞이한 영국 런던의 빈민가로 들어갑니다. 당시 런던에서 가장 가난한 동네였던 이스트엔드로 헌옷을 구해 입고 들어가자, 옷 하나 때문에 자신의 처지가 얼마나 달라졌는지 깨닫습니다. 비참한 하층민들의 삶을 몸소 체험하며 작가는 가난의 책임을 개인에게만 돌리는 사회를 고발합니다.

『4천원 인생』 (안수찬 외 지음, 한겨레출판, 2010)

어느 시사 주간지 기자들이 한 달간 대형마트, 가구공장, 갈빗집 등에서 일하며 겪은 일들을 묶어 펴낸 책입니다. 책 제목에 들어가는 4천 원은 기자들이 빈곤노동 현장에 들어갔을 당시의 최저시급이었습니다 (2009년). 다들 열심히 일하는데도 가난에서 벗어나지 못하는 현실을 생생하게 담았습니다.

나의 마지막 순간을 그리다

정양례

『도시에서 죽는다는 것』
김형숙 지음, 뜨인돌, 2012

이 책이 누군가의 보호자로서가 아니라
당사자의 입장에서 삶의 마지막 순간이
어떠하면 좋을지, '지금 내가 죽음을
준비한다면?' 하고 생각해보는 기회가 되었으면
한다. 그 끝에 사전의료 의향서 작성 같은
구체적인 이야기도 나누어보면 좋겠다. 사전의료
의향서가 있다면 그 내용이 연명치료를
거부하는 것이든 수용하는 것이든, 혹은 죽음을
전후한 다른 결정이든, 가족이나 의료진이
후회나 죄의식 없이 그 결정을 지켜주고자
노력할 수 있지 않을까 하는 기대를 해본다.
― 들어가는 말 중에서

태어나는 곳도, 죽는 곳도 병원

1990년대 우리나라에 전원주택 열풍이 불었습니다. 은퇴를 앞둔 장년들에게는 매연과 소음으로 가득 찬 도심에서 벗어나 도시 근교에 전원주택을 짓고 맑은 공기와 호젓한 생활을 즐기는 것이 로망이었습니다. 그러나 얼마 지나지 않아 이 열풍은 급작스레 사그라들었습니다. 집값이 너무 올라서냐고요? 그럴지도 모르겠네요. 하지만 경제적으로 여유로운 장년층마저 도시로 돌아온 데에는 도시에서만 누릴 수 있는 문화시설과 의료시설이 크게 작용했습니다. 이들의 귀환은 지하식당과 병원, 약국이 한 몸에 들어 있는 주상복합 아파트 열풍으로 이어졌습니다.

나이 들수록 도시에서 살아야 한다는 속설이 생겨난 것도 그즈음입니다. 병치레가 잦은 나이다 보니 병원이 가까운 곳이 살기 좋은 곳이 된 것이죠. 그 때문일까요? 죽음을 맞이하고 부고를 알리는 장소도 병원이 되었습니다. 집에서 죽음을 맞이하는 것은 급사를 하거나 좋지 않은 일로 생을 마감하는 경우처럼 드문 일이 되었습니다. 이로써 현대인은 병원에서 태어나 병원에서 생을 마감하는, 앞뒤가 똑같은 싸이클을 갖게 되었습니다.

그중에서도 병원에서 맞이하는 죽음의 풍경은 드라마 덕분인지 대부분 비슷한 이미지를 갖습니다. 심장박동 감지 장치가 "삐~" 소리를 내며 '一' 자를 그리면 간호사와 의사가 달려오고 심폐소생술에 들어갑니다. 그러기를 한참. 뇌파는 다시 "삐~" 소리를 내며 멈추고. 고개를 가로젓는 의사. 오열하는 가족들.

심폐소생술에 대해 잘 알지 못하는 저로서는 심폐소생술이 환자의 마지막 순간을 무척 괴롭게 할 수도 있겠다는 생각을 단 한 번도 해본 적이 없습니다. 사람이 죽은 후에도 청각은 얼마간 살아 있다고 하니 환자는 어쩌면 그 순간에 조용히 가족들에 둘러싸여 마지막 인사를 하고 싶어 할 수도 있을 텐데 우리는 너무 고민 없이 죽음을 맞이한 것 같습니다.

지금 내가 죽음을 준비하다면?

19년 동안 중환자실 간호사로 일했던 저자는 죽음을 피할 수 없을 것 같은 환자에게 행하는 적극적인 처치들이 많아지면서 회의를 갖습니다. 그러다가 인간의 존엄과 품위를 유지하는 죽음이나 호스피스 케어, 사전의료 의향서◆ 같은 새로운 길을 만나게 되었지요. 누군가의 보호자로서가 아니라 당사자의 입장에서 삶의 마지막 순간이 어쩌면 좋을지 '지금 내가 죽음을 준비한다면?' 하고 생각해보는 기회를 마련하기 위해 이 책을 썼습니다.

> 나는 늘 죽음 자체보다도 죽음에 이르기까지의 고통이나 아무도 모르는 곳에서 홀로, 사랑하는 사람들과 작별인사도 하지 못한 채 죽음을 맞게 되는 상황을 더 두려워했다. 그건 지금 생각해보아도 마찬가지이다. 피해갈 수 없는 죽음 자체보

◆ 사전의료 의향서는 회복될 수 없는 병에 걸려 스스로 의사 결정을 할 수 없을 때, 자신이 어떤 치료를 받길 원하고 어떤 치료를 거부할지 미리 작성해 놓는 문서입니다. 기도삽관 같은 생명연장 치료를 할 것인지, 강제적으로 영양을 공급받을 것인지 등을 세세하게 기록해 두는데, 반드시 정해진 양식은 없지만 '사전의료 의향서 실천 모임' 사이트 www.sasilmo.net에서 잘 정리된 문서를 다운로드받을 수 있습니다.

다는 죽음에 이르는 과정을 더 문제 삼아야 한다는 생각이다. 때문에 내겐 자신이 죽음 앞에 서 있다는 사실조차 모른 채 고통스런 연명치료를 받다 중환자실에서 갑자기 임종을 맞는 마지막은 무엇보다도 피하고 싶은 길이다. 그런 점에서 어린 시절에 본 죽음들은 달랐다. 죽음은 늘 사람들과 함께하는 일상에서 찾아왔고, 사람들과 함께하는 임종은 외로움도 고통도 덜해 보였다. 전혀 준비되지 않은 상태에서 맞은 죽음일지라도 장례과정이 열려 있었다. 그러면서 상주들은 온몸으로 애도하며 죽은 이와 작별하고, 그 힘으로 다시 살아내는 것 같았다. 어린아이들까지 포함되니 구경꾼들도 그렇게 죽음과 삶을 배우며 강해졌을 것이다. - 34-35쪽

제가 기억하는 죽음에 대한 첫 기억인 친할머니 장례식 또한 저자의 경험과 비슷합니다. 1980년대 초, 할머니가 사시던 곳은 전라북도 고창으로 당시에 누군가의 죽음은 같이 살고 있는 가족들이 먼저 알아차렸고 힘겨워 하는 생의 마지막 고비를 온 가족이 지켜봤습니다.

죽은 이의 몸을 씻기고 새옷으로 갈아입히는 염습도 집 안에서 이루어졌고 동네 사람들의 도움 속에서 사흘간의 장례 절차도 일사분란하게 진행되었습니다. 토막토막 기억나는 할머니의 장례식 풍경은 큰댁의 부엌을 장악한 채 음식을 만들고 나르는 동네 아주머니들과 마당에 깔린 멍석 위로 잔칫상이 벌어진 듯 연일 먹고 마시던 사람들, 문상객이 올 때마다 관 앞으로 둘러친 병풍 앞에 모여 지팡이를 짚은 채 서럽게 곡을 하던 큰아버지와 아버지의 젖은 얼

굴, 할머니의 상여를 메고 마당을 한 바퀴 돈 뒤 구성진 상여 소리를 내며 마을을 빠져나가던 하얀 소복 차림의 동네 아저씨들의 모습입니다.

불과 30년 전만 해도 장례식의 모습은 이러했습니다. 태어나고 죽는 것이 집 안에서 이루어졌습니다. 나이가 들면서 문득문득 친할머니의 장례식이 떠오르는 이유가 뭘까 생각해 보았습니다. 저자의 말마따나 그 시절 세상을 떠난 망자들은 외롭지 않았습니다. 익숙하고 편안한 공간에서 가족과 마을 사람들의 따뜻한 배웅을 받으며 떠나갔기 때문이죠.

환자라고 의지까지 잃은 건 아니다

중환자가 된다는 것은 그동안 '자유 의지'를 가졌던 인간 고유의 특성을 상실한다는 것을 의미합니다. 대부분의 가족들은 환자가 받을 충격을 감안해 실제 병의 상태나 수술을 앞두고 그 수술이 잘못될 가능성에 대해 환자에게 사실대로 알리지 않지요. 그래서 어떤 이는 가족과 변변한 이별을 나누지도 못한 채 황망하게 세상을 떠나기도 합니다.

3년 전 돌아가신 아버지는 급작스레 병원에 입원하시면서 폐암 말기 선고를 받았습니다. 담당의사는 짧으면 6개월, 길게는 2년 정도 사실 것 같다는 진단을 내렸지만 우리 가족은 그 사실을 아버지께 알리지 못했습니다. 평소 사소한 질병에도 벌벌 떠시는 분이라 사실을 알려드리면 쉽게 자포자기하실 것 같으니 차라리 치료하면 나을 수 있는 폐질환이라고 둘러대는 게 낫겠다는 결론을 내렸기 때문입니다. 그럼에도 불구하고 아버지께서는 당신의 얼마 남지 않은 생애를 알고 계셨던 듯하지만 차마 '남은 날이 얼마인지' 직접 묻지는 못하셨습니다. 아버지는 의사의 선고 후 3년을 더 사시다 돌아가셨습니다.

후에 형제들과 '내게 같은 상황이 닥치면 나에게 알려 주는 것이 좋을까?'에 대해 얘기한 적이 있습니다. 나를 비롯한 대부분의 형제들은 그냥 사실을 말해 줬으면 한다고 대답했습니다. 그러면서 왜 아버지께는 사실을 전달하지 않았을까요?

가끔 그때 아버지의 심정은 어땠을까를 생각합니다. 당신만 빼놓고 자식들끼리 쑥덕대는 것에 서운하시지 않았을까. 돌아가시기 전 쑥스럽지만 가슴에 담기만 하고 다 하지 못한 이야기를 솔직하게 털어놓을 수도 있었을 텐데…….

누구를 위한 연명치료인가

중환자실 환자들의 임종 전후를 다루다 보니 책에는 전문적인 의학용어들이 자주 나옵니다. 기도삽관 시술 같은 것이 그런 예인데요. 기도삽관이란 환자가 자발호흡을 할 수 없는 경우 기도에 관을 넣어서 호흡을 도와주는 시술로 이 시술을 하게 되면 말을 할 수 없다고 합니다. 즉, 유언을 남길 수 없는 상황에 처하게 된다는 것이죠. 호흡 곤란으로 고통스러워하는 환자를 위해 취했던 기도삽관 시술이 결과적으로 가족들에게 유언조차 남기지 못하는 상황을 낳게 되자 저자는 '치료를 거부할 수 있는 환자의 권리'에 대해 생각하게 됩니다.

미국에서는 1990년대에 환자의 자기결정법이 제정되었습니다. 이 법은 환자가 자신의 치료에 관련된 의사 결정에 참여해 자신의 가치관을 반영하여 '사전의료 의향서'를 작성할 수 있게끔 하였습니다. 이를 통해 환자는 무의미한 연명치료를 거부하는 대신 호스피스·완화치료를 선택하고 편안한 임종을 맞이할 수 있습니다. 그래서 미국에는 병원마다 사전의료 의향서 안내문이 붙어 있고 의사는 회생 가능성이 없는 환자에 대하여 사전의료 의향서에 대한 정보를 제공할 의무가 있습니다.

다음과 같은 저자의 고백은 '사전의료 의향서' 도입의 필요성에 더욱 공감하게 합니다.

그 전에도 종종 환자의 회생을 목적으로 하는 것이 아니라 가족의 요청에 따라 심폐소생술을 시행할 때가 있었다. 대개 임종하는 순간에 가족이 곁을 지켜야 한다고 믿는 사람이 아직 도착하지 않는 가족을 기다리며 심폐소생술을 원하는 경우였다. - 142쪽

책을 읽다 보면 불필요한 연명치료가 환자를 얼마나 고통스럽게 하는지에 대해 공감을 하게 됩니다. 그러고 보니 심폐소생술은 환자가 아니라 가족의 마음을 편안하게 하는 용도로 쓰인 경우가 참 많았겠다는 생각이 들게 됩니다.

내 삶의 마무리, 품위 있는 죽음을 위하여

40대 중반을 넘어서면 주변 사람들의 부모님 부고 소식을 자주 접하게 됩니다. 연로하신 어르신일수록 여름과 겨울나기가 버거우신지 지난여름에도 저는 두 차례 장례식장을 찾았습니다. 그중 한 분은 같은 학교에 근무하는 동료 교사의 어머니로, 딸과 매주 목욕탕을 같이 다닐 만큼 정정하셨다가 어느 순간부터 기력이 약해져 병원에 입원했답니다. 의사인 아들은 특별한 질병이 없고 연로하셔서 그런 거라며 퇴원 조치를 내렸고, 그 후 어머니는 가정에서 요양을 하다 편안하게 숨을 거두셨다고 했습니다. 하지만 동료는 어머니를 병원에서 연명치료를 받게 하지 않고 가정에서 돌아가시게 한 것을 무척이나 불만스러워했습니다.

이 책을 읽고 무의미한 연명치료에 대해 부정적인 인식을 갖게 된 저는 동료에게 의사이면서도 연명치료를 거부했던 오빠의 마음을 대신 읽어 주었습니다.

"선진국에서는 사전의료 의향서를 작성해 불필요한 연명치료를 거부한대요. 그것이 오히려 환자를 더 고통스럽게 할 수 있어서요. 오빠가 의사라 그걸 더 잘 알고 계셔서 일부러 효도한 것 같은데요?"

이 말에 동료의 얼굴이 한결 편안해졌습니다.

우리나라 도시화율은 90퍼센트 가까이 된다고 하죠. 도시에서 산다는 것은 병원에서 생을 시작해 병원에서 생을 마감한다는 의미가 되기도 합니다(도심에 있는 대부분의 장례식장은 병원에 딸려 있습니다). 매스컴은 언제나 잘 먹고 잘 사는 법에 대해 이야기합니다. 유병장수 시대에 접어선 오늘, 이제는 잘 죽는 법에 대해서도 얘기를 나눌

때가 되지 않았나요?

우리나라에서도 환자의 자기결정법 제정에 대한 논의가 일어나고 있습니다. 무의미한 연명치료를 할 때나, 환자에게 턱없는 고통을 줄 수 있는 심폐소생술에 들어갈 때 환자의 의사 표현이 존중될 수 있도록 하자는 거지요. 널리 알려지지 않아서 그렇지 〈사전의료 의향서 실천 모임〉에 따르면 2010년 말 시작된 사전의료 의향서 쓰기 운동을 통해 접수된 신청 건수는 2013년 6월 20일 현재 6만여 건, 등록 건수는 8,600여 건에 달한다고 합니다.

유언장에 쓸 내용을 생각하고 사전의료 의향서를 준비하다 보면 지금 이순간의 삶이 더 소중하게 느껴져 살아온 삶의 방식에 대해서도 진지해질 것 같습니다. 주변 사람들에게 덜 상처 주고 더 사랑을 베풀며 조금 더 부지런해지겠죠. 내 삶의 보물지도에 꿈뿐만 아니라 생을 마감하는 모습까지도 그려 봤으면 좋겠습니다.

노력하지 않으니까 가난한 것 아냐?

이은주

『덤벼라, 빈곤 - 우리 사회의 빈곤에 맞서는 통쾌한 외침!』
유아사 마코토 지음, 김은진 옮김, 찰리북, 2010

밑천이 적은 사람은 높은 목표 같은 것은 쉽게
포기하고 자신에게 어울리는 낮은 목표를
가져야 할까? 천만의 말씀, 만만의 콩떡이다!
그럼 너무 불공평하다. "당신은 밑천이 적으니까
포기해라."라고 말하기 전에 그 사람의 밑천을
더 늘리기 위해 사회가 먼저 고민해야 하지
않을까? 그렇게 하지 않으면, 어떤 환경에서
태어나 어떤 밑천에 둘러싸여 있는가에 따라
인생이 결정되어 버린다. 집에 돈이 없고,
인간관계의 덕도 보지 못하는 사람에게는
사회가 대신 밑천이 되어 주면 된다. 그것은
인류가 이제까지 역사를 통해 쭉 해온 일이다.
― 본문 중에서

30년을 열심히 일해도 가난하다면

최근에 본 감동적인 동영상이 하나 있습니다. 배경은 30년 전 동남아시아 어느 나라의 작은 마을. 한 소년이 아픈 엄마를 위해 약을 훔치다 약국 주인에게 걸려 호되게 야단을 맞습니다. 그때 약국 옆 국수가게 주인이 약값을 대신 내주고 아픈 소년의 엄마를 위해 국수도 한 그릇 싸 주었습니다. 30년이 흘렀고 국수가게 아저씨는 여전히 시장에서 국수를 팔고 늘 그래왔듯 걸인들에게 기꺼이 국수를 공짜로 내어 줍니다. 그러다 아저씨가 갑자기 쓰러져 입원해 수술하게 되었는데 그의 딸은 병원비를 구할 수 없어서 아빠를 퇴원시키지 못하고 발만 동동 구릅니다. 아저씨는 어떻게 되었을까요? 기적이 생겼습니다. 수술을 한 병원 의사가 병원비를 대신 내준 것입니다. 예상하셨나요? 그 의사가 바로 30년 전의 그 소년이었던 것입니다.

가난하지만 이웃을 돌아보고 보살핌을 주었던 아저씨의 사랑이 소년에게도 그대로 전달되었던 걸까요? 그 소년은 어른이 되어서 국수가게 아저씨 말고도 많은 사람들을 도와주지 않았을까 짐작합니다. 국수가게 아저씨도, 은혜를 잊지 않고 더 큰 나눔으로 갚아 나갔던 의사도 참 훌륭한 사람들입니다. 가슴이 따뜻하고 훈훈해집니다.

그런데 마음속 감동을 정리하다 보니 의문점이 생깁니다. 30년간 착하고 성실하게 일한 아저씨는 왜 병원비조차 마련할 수 없었을까요? 30년을 성실하게 일해 왔지만 아저씨는 여전히 가난과 빈곤에서 벗어나지 못했습니다. 만약 우리가 아저씨처럼 돈이 없어 치료를 받을 수 없다면 어떻게 해야 할까요? 빚을 지면 더 가난해지겠지만 할 수 없이 은행 등에서 대출을 받거나 아는 사람에게 돈을 빌

175

려야겠지요. 그런데 정말 이것밖에는 방법이 없을까요? 가난하다고 해서 아픈데도 치료 한번 제대로 받지 못해 죽을 수 있다는 것이 참 무섭습니다. 가난과 빈곤에 대한 이 책을 읽으면서 앞의 의문들에 대한 답을 찾아봅시다.

빈곤과 가난은 다르다

먼저 '빈곤' 하면 떠오르는 장면들을 생각해 볼까요? 자신의 몸 하나 제대로 눕히지 못 하는 좁은 방에서 더위와 추위에 시달리는 사람들, 최소한의 인간다운 생활조차 보장이 안 되는 궁핍한 삶, 질병에 시달리는 모습들, 가난 때문에 학교에 갈 수 없고 필요한 교육을 받지 못 하는 모습들이 떠오릅니다. 이 책에서는 돈이 없어 비참해지는 모습 외에 빈곤이 어떻게 사람을 배제하는지 생각하게 합니다.

정말 빈곤한 사람에게는 서로 도움을 주고받을 만한 '관계'가 없습니다. 그렇게 본다면 동영상 속 아저씨는 정말 빈곤한 것은 아닐지도 모릅니다. 아저씨에게 돈은 없었지만 어쨌든 도와주는 사람이 옆에 있었으니까요. 돈이 없는 나를 위해 도움의 손길을 뻗어 줄 누군가가 있다면 가난한 게 아닐 수 있습니다. 그 누군가가 삶의 희망이 되어 줍니다. 이 책에서는 가난과 빈곤을 다르게 보고 있습니다.

(…) '빈곤'은 밑천이 없는 상태, 즉 단순히 돈이 없는 것만이 아니라 의지할 수 있는 인간관계나, '할 수 있다'는 밝고 적극적인 마음가짐을 갖기 어려운 상태를 가리킨다. 반대로 돈이

없어서 '빈곤'하더라도 주위에 격려해 주는 사람들이 있고, 스스로도 '열심히 해야겠다'고 생각할 수 있다면, 그것은 '빈곤'이 아니다. 그것은 가난일 뿐이다. (…) 가난하지만 행복한 사람들도 있다. 하지만 빈곤한 사람들은 행복할 수 없다. (…) 수입이 적어 자신의 아파트는커녕 몸을 뻗고 잘 공간조차 없을 뿐만 아니라 의지할 사람도 없고 장래도 보이지 않는 상태. 그것이 빈곤이다. - 54~55쪽

몇 년 전 한 젊은 작가가 주인집 아주머니께 쌀과 김치를 빌리는 쪽지를 남기고는 결국 자취방에서 지병과 굶주림으로 숨진 사건이 있었습니다. 작가가 나약했다고 비난할 수 있을까요? 정말 가슴이 아팠던 건 빈곤으로 죽음에 이르기까지 작가가 의지할 만한 그 누구도 없었던 것이지요. 빈곤이 무서운 건 굶주림과 질병 때문만이 아닙니다. 빈곤이 이유가 되어서 사람들로부터 버려진다는 것, 빈곤 때문에 미래에 대하여 어떠한 꿈도 꿀 수 없게 된다는 것, 이것이 빈곤이 무서운 진짜 이유입니다.

아까 말한 국수가게 아저씨와 소년은 운이 좋게도 주변에 자신을 도와줄 만한 사람이 있었습니다. 가난한 소년이 의사가 되기 위한 교육을 받기까지도 누군가의 도움이 있었겠지요. 아저씨도 의사의 도움이 없었다면 빚 때문에 가난이 계속되었을 거예요. 하지만 빈곤에 놓인 사람 모두가 다른 사람의 도움을 받을 수는 없습니다. 그러므로 이 책에서 말하는 것처럼 빈곤에서 벗어날 수 있는 최소한의 '밑천'은 우연히 만나는 '운'이 아니라 복지제도라는 이름으로 사회가 마련해 줘야 합니다. 누구나 그 소년처럼 미래를 꿈꾸고 준

비할 수 있도록 무상교육을 제도화해야 합니다. 누구나 아저씨처럼 돈이 없더라도 아플 때 치료받고 다시 일할 수 있도록 건강보험 제도를 마련하고 보완하는 일도 필요할 것입니다.

빈곤이 빈곤을 낳는다

이번엔 동영상 속 국수가게 아저씨의 일자리를 살펴볼까 합니다. 아저씨는 자신이 운영하는 가게에서 비록 소득은 적을지라도 안정적으로 돈을 벌 수 있습니다. 하지만 대부분의 사람은 다른 사람에게 고용되어 자신의 노동 대가로 임금을 받습니다. 그런데 당장 생계를 이어 갈 돈이 필요한 사람은 법이 보장한 노동 조건하에서 일하지 못하는 경우가 많습니다. 그런 조건을 요구하지 못할 수도 있고요. 청소년들의 아르바이트가 대체로 이렇습니다. 용돈을 벌기 위해서 아르바이트를 하는 경우도 있지만 가족의 생계를 책임지기 위해서 아르바이트를 하기도 합니다. 청소년은 노동 시장에서도 약자라서 법이 정한 최저임금보다 적은 돈을 받더라도, 고용보험에 가입해 주지 않는 위험한 일자리라도, 일을 할 수밖에 없을 때가 있습니다. 그런데 살아남기 위해서 거절하지 못하고 받아들인 나쁜 조건의 일자리는 결국 전체 노동 조건을 열악하게 만들고 빈곤층을 증가시킵니다. 임금이 적더라도 열심히 일한다면 빈곤에서 벗어날 수 있을 것 같지만 그렇지도 않아요. 먼저 '밑바닥 노동'은 일한 것에 비해 낮은 임금을 주기 때문에 일을 열심히 해도 살림은 여전히 어려울 거예요. 열악한 일자리라도 얻으려는 사람들이 있는 한, 고용주는 일하고 있는 사람을 마음대로 해고할 수 있고요. 일자리를 잃지 않으려면 고용주가 제시하는 불리한 조건을 받아들일 수밖에 없고, 그런데도 만약 해고라도 당한다면 더 밑바닥 노동을 할 수밖에 없을 겁니다. 생존을 위해 받아들인 밑바닥 노동은 이런 식으로 노동 조건을 더 나쁘게 만들고 빈곤층을 증가시키지요. 그야말로 '빈곤의 악순환'입니다.

빈곤의 악순환은 일하는 사람이 '이런 열악한 노동 조건으로는 일하지 않겠어'라고 말할 때 끊을 수 있습니다. 그러나 춥고 배고픈 상황에서 그런 말을 하기란 쉽지 않죠. 그래서 사회가 나서야 해요.

> 빈곤 상태에 있는 사람들이 생활해 나갈 수 있게 도와주는 것을 '사회보장'이라고 한다. 실직했을 때라도 먹고살 수 있게 하는 고용보험(실업급여)이나 생활보호가 그런 것이다. 이러한 사회보장의 안전망이 제대로 기능하고 있으면, 설사 빈곤에 빠져도 곧바로 일어설 수 있게 된다. 사회보장의 안전망이 제대로 기능하고, 빈곤 상태가 되어도 노동자가 'NO'라고 말할 수 있는 사회라면 '빈곤의 악순환'은 일어나지 않게 된다.
>
> - 110~111쪽

사회에 대한 믿음은 이러한 안전망에서 시작됩니다. 지금은 힘들더라도 미래가 나아질 거라 믿고 꿈꿀 수 있게 하려면 사회의 안전망이 튼튼해야 합니다. 비단 빈곤에 빠진 사람들뿐만이 아니라 모든 사회 구성원들을 위해서라도 이러한 사회 안전망은 꼭 필요하겠죠.

빈곤은 누구 탓일까?

빈곤의 여러 모습들을 보더라도 그게 자신과 관련 있을 거라 생각하기는 쉽지 않죠. 이렇게 열심히 노력하면 월급도 많이 받고 조건도 좋은 일자리를 찾지 않겠냐고 생각할 테니까요. 그런데 이 책에서는 빈곤에 빠지게 되는 이유를 개인의 능력이나 노력에서 찾지 않습니다.

> 빈곤이 '누구 탓일까?' 하는 이야기는 의자 뺏기 게임에 비유해서 생각해 보면 잘 알 수 있다. 10명이 의자 8개를 두고 다툰다고 해보자. 음악이 울리는 동안 의자 주변을 빙글빙글 돌다가 음악이 멈추는 순간, 8명은 앉고 2명은 서 있어야 하는 신세가 된다. (…) 의자에 앉지 못한 것은 '본인의 노력이 부족해서'가 아니라 '의자 개수가 부족했기' 때문이라는 결론이 나온다. - 25~26쪽

이렇게 빈곤의 이유를 '의자 수가 부족한 구조', 즉 일자리 자체가 없거나, 있다 해도 임금이 낮고 조건이 열악한 일자리가 많은 데서 찾고 있습니다. 아무리 열심히 일해도, 아무리 열심히 준비해도 의자 수 자체가 부족하거나 부실한 의자뿐이라면, 나의 미래가 빈곤 문제와 관련 없다고는 말할 수 없겠지요.

또한 워킹 푸어의 경우, 일을 하고는 있지만 임금 수준이 워낙 낮아서 일해도 빈곤할 수밖에 없습니다. 이들은 맥잡(Mcjob, 맥도날드 잡)이라고도 불리는데 이렇게 일해도 가난한 사람들은 점점 늘어나고 있습니다. 우리나라의 경우 지난 1997년 외환위기 이후 기업들

이 자신들이 필요할 때마다 사람들을 고용하여 일을 맡기기 시작했습니다. 즉 '비정규직' 일자리가 늘어나게 되었고 현재 비정규직 비율은 전체 노동자의 50퍼센트에 이르게 되었죠. 알려졌듯이 비정규직은 같은 일을 하고도 정규직의 70~80퍼센트 정도 임금을 받습니다. 게다가 오늘 일한다고 해서 내일 일자리가 보장되지 않는, 말 그대로 '비정규직'이기 때문에 소득이 안정적이지 않습니다.

사람 잘못이 아니라 의자가 부족한 게 문제다

왜 빈곤해지는지, 빈곤이 누구 탓인지 생각하다 보면 '나는 지금 먹고살 만하다' 할지라도 자신이 빈곤 사회 속에 있다는 것을 깨닫게 됩니다. 일자리는 있지만 먹고살기 위해 죽을 만큼 애쓰며 살고 있는 모습과 일자리가 없어 빈곤 속에서 힘겹게 사는 모습은 같은 사회의 다른 모습이기 때문이에요. 양쪽 모두 행복하게 살기 힘든 사회지요. 이 책은 의자 수가 부족한 사회에서 남아 있는 의자에 앉기 위해 죽을힘을 다하는 개개인의 노력은 결국 '열심 지옥'을 만들 뿐이라고 경고합니다. 모두 다 지쳐 헉헉거리게 된다는 것입니다.

'열심 지옥'은 또한 소득이 다른 사회 구성원들이 서로 연대하는 것을 막습니다. 의자 수가 부족한 상황에서는 '나는 열심히 해서 의자에 앉았어. 내가 이렇게 고생했는데 나보다 많이 노력하지도 않은 사람들을 위해 세금을 더 내긴 싫어.'라고 생각하게 되니까요. 누군가가 낮은 임금에도 기꺼이 일해 주었기 때문에 우리가 풍요를 누린다는 사실은 생각하지 못하고 말입니다. 또한 '열심 지옥'의 현실은 '노력한 만큼 얻을 수 있다'라는 상식을 희미하게 합니다. 대신

'저 사람들 때문에 내가 이렇게밖에 안되었어'라며, 누군가를 비난하고 질타하게 만듭니다. 이런 식의 '마녀 사냥'은 몇 개 안 되는 의자를 놓고 거기에 앉으라고 경쟁시키는 규칙 자체를 똑바로 바라보지 못하게 합니다. 그 규칙에 문제가 있다는 것을 알지 못하기 때문에 '의자 앉기 규칙'을 바꿀 수 있는 의지도 갖지 못합니다.

'그래도 주어진 대로 열심히 일해 보자'라는 생각 역시 좋지 않습니다. 앞서 말했듯이 그런 생각이 나쁜 일자리, 즉 적은 임금에 노동 조건도 열악한 일자리를 만들어 내니까요. 게다가 이런 일을 하다 보면 자신에 대한 존중도 잃게 됩니다. 인간다움을 잃게 만드는 일자리가 늘어난다면 결국 사회 전체도 건강함을 잃게 될 것입니다.

가난은 나라님도 구제 못한다지만

가난은 나라님도 구제 못한다는 말이 있습니다. 가난에서 벗어나기 위해서는 개인의 노력이 제일 중요하다는 뜻이겠지요. 하지만 아무리 열심히 준비해도 '일자리'라는 '의자 수' 자체가 부족하다면 애기가 다릅니다. 노력하지 않아서 의자에 앉을 수 없는 게 아니라는 거죠. 몇 안 되는 의자, 그마저 불량인 의자만 남아 있는 현실에서는 남을 눌러 가며 발버둥쳐야 가까스로 살아남으려나요. 그런데 언제 떨어질지 모르는 절벽에서 나 혼자 산다면 그건 또 얼마나 행복하겠습니까.

빈곤 문제를 해결하여 누구나 인간답게 사는 행복한 사회를 만들려면 의자 수가 부족한 현실을 개선해야 합니다. 물론 사회 구조와 규칙을 바꾼다는 것은 쉽지 않습니다. 하지만 지은이가 이야기한 것처럼, 지구 온난화 문제도 처음엔 어느 한 지역의 환경문제라고만 생각했다가 이제는 모두가 같이 해결해야 할 문제로 인식이 바뀌었습니다. 마찬가지로 빈곤 문제 역시 개인이 아닌 사회 문제로 바라보게 될 때가 올 것이고, 그렇게 되면 빈곤 문제 해결을 위해 노력하는 것이 상식이 될 수 있습니다.

지금 당장 우리는 무엇을 할 수 있을까요? 빈곤의 끝에 서 있는 사람들의 삶에 관심을 갖는 것부터가 빈곤을 해결하는 활동의 시작일 수 있습니다.

더불어

우리는 분명 누군가의 수고로움에 기대어
살아가게 되고, 그런 의미에서 서로에게
의지하고 있으며 서로에게 책임을 져야 할
부분이 있습니다. 이 사회의 구성원이라면 어떤
식이든 서로 연결되어 있고, 그러므로 누군가가
불행하다면 결국 자신도 행복할 수 없습니다.

수요일 12시, 그곳에선 20년째 집회가 열린다

『20년간의 수요일-일본군 '위안부' 할머니들이 외치는 당당한 희망』
윤미향 지음, 웅진주니어, 2010

나는 우리 어무니(어머니), 아부지(아버지)가 붙여 준
엄연한 이용수라는 이름이 있습니다.
그런데, '위안부', 어떻게 내가 그 더러운
일본군의 '위안부'입니까?
나는 밤에 자다가 강제로 일본 군인에게
끌려갔습니다. 나는 위안부가 아닌 이용수입니다.

— 본문 중에서

수요일 12시, 일본대사관 앞에서

2014년 10월 8일 수요일. 1147차 일본군 위안부 문제 해결 촉구를 위한 정기 수요 집회가 열렸습니다. 1992년 1월 8일에 처음 시작되어 눈이 오나 비가 오나 한 번도 거르지 않고 진행된 집회는 1,000회를 넘어 22년째 이어져 오고 있습니다. 하지만 사회교사인 저조차도 수요 집회에 대해 알게 된 지는 그리 오래되지 않았습니다. 35살에 교사가 되어 학교 생활에 적응하기도 벅찼던 교사 초년 시절, 교원 임용 고사를 준비하며 만난 스터디 멤버가 일본대사관 앞에서 매주 수요일에 열리는 집회에 학급 아이들을 데리고 참석했다는 얘기를 듣고 언젠가 한 번은 가 봐야지 생각을 했습니다. 하지만 생각을 실행에 옮기기까지 시간이 한참 흘렀습니다.

고등학교 입학을 앞둔 중3 딸아이를 데리고 일본대사관 앞을 찾은 것은 2012년 1월이었습니다. 춥고 날씨까지 흐린데 사람들이 얼마나 모였을까, 구호만으로 한 시간 동안 집회를 이끌어 가기는 참 어려울 텐데, 매번 어떻게 진행을 할까 하는 염려를 안고 찾았죠. 하지만 그것은 기우에 불과했습니다. 12시가 채 되기도 전에 전국 각지에서 온 참가자들로 일본대사관 앞은 북적거렸습니다. 특히 그날은 부평 지역 고교생 연합으로 구성된 학생들이 진행을 도맡아 하며 콩트와 춤, 노래를 이어 갔습니다. 방학 전부터 머리를 맞대고 아이디어 회의와 연습을 이어 갔을 학생들의 정성이 가슴에 와 닿았습니다. 고교생들의 무대가 끝나자 진천에서 올라온 유치원생들의 율동 무대가 이어졌습니다. 뒤이어 학생들과 시민들의 발언 무대가 이어지고 지루할 틈도 없이 한 시간의 집회는 마무리되었습니다.

자기 또래 학생들은 없을 거라고 주저하며 따라나섰던 딸아이도 유치원생들까지 참가하는 것을 보고 다소 놀란 듯했습니다. 저 또한 우리 현대사에 대한 무지와 무관심을 반성하며 3월이 되자 인문사회 독서반을 만들었고, 7월에 방학을 하자마자 수요 집회에 아이들을 데리고 갔습니다. 아이들 역시 딸아이처럼 자기 또래의 아이들이 집회에 참여해 발언대에 서고 플래카드를 제작해 온 모습에 적잖이 놀란 듯했습니다.

해방이 되었는데 내 친구는 왜 안 돌아오지?

20년 넘게 진행된 집회였지만 대부분의 사람들은 현장에 가 본 적이 없고 수요 집회의 존재에 대해 모르는 경우가 많습니다. 심지어 어느 학부모는 "일본군 '위안부'는 술집 여자들이나 그런 부류의 여자들이 간 거라고 하던데요? 물론 안 그런 여자들도 있겠지만 술이나 몸 파는 여자들이 많이 갔다고 그러더라고요, 주변 엄마들이……."라며 일본군 '위안부'에 대해 오해하고 있기도 했습니다. 요즘 학부모 세대조차도 학교 다닐 적에 일본군 '위안부'의 존재에 대해 배운 적이 없기 때문에 관심을 갖지 않는 한 오해를 하고 있거나 모르는 경우가 많습니다.

그렇다면 일본군 '위안부' 할머니들의 고통은 어떻게 세상에 알려지게 되었을까요? 오늘의 수요 시위가 있기까지 윤정옥 씨의 집요한 노력이 있었습니다. 1943년 이화여전 1학년 시절 정신대로 강제로 끌려갈지도 모른다는 두려움에 학교를 자퇴했던 윤정옥은 해방 후 이화여전에 재입학합니다. 그런데 징용이나 징병을 간 남자나 강제 노역을 했던 사람들은 해방이 되어 돌아왔는데 같은 학교 친구들이 돌아오지 않자 이를 이상하게 여겨 그들을 추적하기 시작합니다.

윤정옥은 일본 오키나와, 홋카이도를 비롯해 태국, 미얀마를 돌며 정신대에 끌려갔던 여성들을 직접 만나면서 1990년 한 일간지에 이들의 이야기를 연재합니다. 그리고 그해 11월, 일본군 '위안부' 문제 해결을 위해 '한국 정신대 문제 대책 협의회(정대협)'를 결성한 뒤 피해자들의 공개 증언을 이끌어 내면서 우리 사회에 큰 파장을 불러왔습니다.

강제로 끌려가 돌아올 길도 잃었다

"(…) 동네 여자들을 나란히 줄 세워 놓고는 쌀가마 무게를 재는 저울에 무게를 달았어. 거기에서 무게가 좀 나가는 실한 여자들은 바로 트럭에 싣더라고. 지금도 그렇지만 그때도 나는 덩치가 좋았지. 그래서 나도 그 길로 트럭에 실려 간 거야."

석순희 할머니(가명) - 52-54쪽

석순희 할머니는 아무런 설명을 듣지 못한 채 트럭에 실려 위안소로 보내졌습니다. 이와 비슷한 증언과 문서들은 일제가 강제로 연행했다는 사실을 증명해 주고 있으며 국내를 넘어 네덜란드 정부 기록물 보존에서도 확인할 수가 있습니다. 일제는 중국을 발판으로 삼아 당시 유럽이 지배하고 있는 동남아까지 침범해 그곳에 살고 있는 유럽 여성들을 납치하여 '위안부'로 삼았습니다.

이 외에도 유학을 보내 주겠다, 공장에 취직시켜 주겠다는 감언 이설에 넘어가거나 징집이란 형태로 끌려갔던 14살 내외의 소녀들은 일본군이 있는 전쟁터마다 끌려 다니며 하루에 적게는 5명, 많게는 60여 명의 군인들에게 성적 학대를 당하며 시달려야만 했습니다.

만주와 필리핀, 파푸아뉴기니 등 태평양 전쟁 격전지에 세워진 일본군 위안소로 보내져 아침부터 밤까지 하루 종일 군인들에게 시달려야 했던 소녀들의 삶은 전쟁이 끝났어도 크게 달라지지 않았습니다. 이들의 존재를 세상에 숨기려는 일본군에 의해 살해당하거나 고향으로 돌아오다가 죽음을 맞이하기도 했고 그나마 살아서 귀국한 이들은 두려움과 수치심 때문에 고향을 찾지 못했습니다. 당시

위안부로 강제 동원된 소녀들의 숫자는 한반도에서만 16만 명으로 알려졌지만 정부에 공식 등록된 피해자는 238명이고 그중 생존자는 55명에 불과합니다. 생존해 계신 할머니들의 평균 나이는 90세. 그런데 20년 넘게 요구하고 있는 일본 정부의 공식 사죄는 왜 이루어지지 않는 걸까요?

일본이 사과를 하지 않는 이유

'위안부' 설립에 정부가 개입하지 않았다고 발뺌하던 일본 정부는 일본군이 개입했다는 문서들이 발굴되면서 1992년 위안소의 설치와 위안부 모집에 정부가 관여했다고 인정하기에 이릅니다. 하지만 이 과정에서 정부의 강제성은 없었기 때문에 법적 책임이 없다는 입장을 취합니다. 이에 비난 여론이 확산되자 1993년 8월 4일 관방장관의 이름을 따서 '고노 담화'라고 부르는 2차 결과 보고서를 발표합니다.

> 2차 조사 결과 발표에서 일본 정부는 "위안소의 설치, 관리, 이송에 있어서 일본군이 관여했고, '위안부' 모집은 '군의 요청을 받은 업자'가 실시했다." 또한 "거짓과 강압에 의해 의사와 관계없이 모집되었던 사례가 많았으며, 이 역시 관헌이 직접 가담했고, 조선 출신 위안부의 모집, 이송, 관리 등도 대체로 본인의 의사에 반했다."라고 했습니다. (…) 일본 정부는 이 발표에서 "군의 요청을 받은 업자가 관여해 감언과 강압으로 위안부를 모집한 사례가 많았다."라는 식으로 위안부 강제 연행

의 책임을 여전히 민간 업자에게 떠넘겼습니다. - 164~165쪽

최근 들어 일본에서는 고노 담화에서 인정했던 위안부 강제 동원 부분을 부인하는 움직임이 있습니다. 이런 움직임의 배경에는 "일본 민족의 발전과 번영을 위해 약한 민족은 지배당할 수도 있고 그 과정에서 '위안부'는 불가피한 것이었다."라는 입장을 주장하는 일본의 우익 인사들이 있습니다. 설상가상으로 최근 일본 사회가 우경화♦되면서 아베 총리는 "강제 연행을 입증할 자료가 발견되지 않았다."라며 위안부 문제를 왜곡하는 발언을 반복하고 있습니다.

일본 정부가 공식 사과를 하지 않는 또 하나의 이유로는 1965년 이루어진 '한일협정'이 있습니다. 당시 박정희 정부는 경제개발을 위해 필요한 자본을 일본에서 들여왔는데, 일본은 3억 달러를 우리나라에 무상으로 지급하고 2억 달러를 10년에 걸쳐 빌려주었습니다. 일본 정부는 이것을 국제사회에 전쟁에 대한 보상금으로 지급했다고 설명하면서 청구인들이 가진 권리가 소멸되었다고 주장합니다. 하지만 이 협정에는 일본군 '위안부' 문제가 포함되지 않았습니다. 또한 국민의 권리 등은 조약인 협정으로 소멸될 수 없기 때문에 한일협정은 배상 청구권에 아무런 영향을 미치지 않습니다.

♦ 사회 분위기가 보수적으로 변하는 것을 뜻하는데, 특히 일본의 경우에는 역사적으로 자신들이 저지른 전쟁과 침략을 정당화하거나 왜곡하는 경향이 거세지는 것을 말합니다. 이렇게 사회 분위기가 바뀌는 데에는 경제 침체, 한·중·일 외교 문제 등이 연관되어 있습니다. 이런 분위기를 타고 최근 일본은 평화헌법을 개정하려는 시도 중입니다. 평화헌법은 일본이 제2차 세계대전의 전범으로서 과거를 반성하고 다시는 군대를 갖지 않겠다는 맹세를 담은 헌법 조항입니다.

여성에게 더 잔혹한 전쟁

일본군 '위안부' 문제가 국제사회에 알려지게 된 후 독일의 한 심포지엄에서 일본계 여성이 저자에게 질문을 했습니다.

"한국군도 베트남에서 여성들을 강간하지 않았나요? 한국 정부는 그 여성들에게 어떤 책임을 졌나요? 일본 정부와 다를 것이 없는데 왜 일본에게만 책임을 묻는 건가요?" - 220쪽

1964년부터 8년 동안 베트남전쟁에 참여한 우리나라는 실제로 유격전을 벌이는 과정에서 수많은 민간인을 학살하는 등 전쟁 범죄를 저지르기도 했습니다. 이것은 비단 일본과 우리나라만의 이야기는 아닙니다. 1995년 보스니아 내전에서도 무슬림 여성들이 세르비아 군인들에게 강간을 당하거나 살해당했고 르완다에서도 약 50여만 명의 여성들이 성폭행을 당했습니다.

전쟁이 일어나면 가장 약한 사람들이 피해를 입습니다. 어린 소년들이 전쟁에 동원되고 여자와 어린아이들까지 성노예로 희생을 당합니다. 위안부, 즉 군에 의한 성노예는 전쟁이 있는 한 여전히 진행 중인 현대사의 비극입니다. 그래서 일본군 '위안부' 문제는 한국과 일본을 넘어선 인류의 문제이며 평화의 문제이기도 합니다.

사죄, 인간다움을 지키기 위한 기본적인 예의

책을 읽고 알게 되면 마음이 불편해지는 사실이 있습니다. 우리가 일으킨 전쟁은 아니지만 국군이 베트남전에 참전하면서 군의 사

기를 높이기 위해 현지 여성들을 중심으로 위안소를 꾸릴 계획을 세우기도 했다는 것입니다. 계획을 실행에 옮기기 전 군대가 철수하면서 우리 군에 의해 위안소가 설치되는 불행은 피할 수 있었습니다. 하지만 민간인 학살 피해자, 그리고 한국 군인과 현지 여성 사이에서 태어나 버려진 '라이따이한'들의 원망의 목소리도 존재합니다.

사람인지라 늘 옳은 길만 걸을 수는 없습니다. 하지만 지나간 과오에 대해 반성을 하고 사과를 함으로써 진정 인간다움을 잃지 않을 수 있는 것이겠죠. 독일이 그렇습니다. 1970년 폴란드를 방문한 독일 총리 빌리 브란트^{Willy Brandt}는 바르샤바의 전쟁 희생자 묘를 참배하던 중 무릎을 꿇고 사죄를 함으로써 독일에 대한 폴란드인들의 미움을 씻어 내기에 이릅니다.

1985년 바이츠체커^{Richard von Weizsäcker} 대통령은 "전쟁의 책임이 이전 세대에 있다고 하더라도 독일 국민이 '집단 책임'에서 면책될 수 없다."라는 사죄를 하였고 그 뒤로도 대통령과 총리의 사죄 발언은 계속해서 이어졌습니다. 또한 독일 정부는 나치 피해자를 위해 1952년부터 60년간 총 700억 달러(약 80조원)의 배상금을 내놓았을 뿐 아니라, 2013년에는 46개국의 유대인 학살 생존자 5만6천 명에게 10억 달러(약 1조1,300억원)에 이르는 지원금을 지급키로 결정하기도 했습니다.

조금 늦긴 했지만 우리나라에서도 시민들이 주축이 되어 베트남전쟁 피해자에 사죄하기 위해 평화박물관을 건립하면서 평화 교육에 힘쓰고 있습니다. 베트남전쟁 당시 한국군의 민간인 학살에 대한 사죄 운동으로 출발한 평화박물관 건립에는 2000년 일본군 '위안부' 故 문명금, 김옥주 할머님이 각각 기부한 4,000만원 상당의 금액이 바탕이 되었습니다.

전쟁이 아닌 평화를 원한다면 탱크나 무기를 전시하는 전쟁기념관이 아니라 전쟁으로 인해 피해받은 이들의 상황을 알리고 전쟁 방지를 위한 평화 문화 확산을 위해 노력하는 것이 마땅하겠지요?

20년 넘게 진행되어 온 수요 시위에 참여하는 할머니의 평균 나이는 88세. 시간이 얼마 남지 않았습니다. 일본이 공식 사죄를 차일피일 미루는 진짜 이유도 이것인지 모릅니다. 더 늦기 전에 시민들뿐만 아니라 우리 정부의 적극적인 노력이 필요합니다.

왜 위안부라는 말에 홑따옴표''를 붙일까요?

홑따옴표를 쓰는 까닭은 위안부라는 말이 가장 널리 알려져 있어서 그 말을 그대로 쓰기는 하지만 이 용어를 그대로 쓰는 데에 아직 고민이 남아 있기 때문입니다.

'위안부'라는 용어는 국제적으로 가장 널리 알려져 있습니다. 영어로 쓰면 comfort women이라고 하는데, 여기에는 강제성이 별로 드러나지 않는 것 같습니다. 국내외에서 이런 문제가 꾸준히 제기되어 이 일을 외교적인 차원에서 해결해야 하는 정부도 용어를 바꿀지 말지 한참 고민했습니다.

그렇다면 '위안부'를 대체할 말로는 어떤 것이 적절할까요? 가장 많이 거론된 말은 '강요된 성노예enforced sex slave'입니다. 이 용어는 강제성이 확실하게 느껴집니다. 하지만 이 표현은 국제적으로 자주 사용하기에는 너무 정확한 나머지 고통스러울 지경입니다. 이런 말을 반복해서 사용함으로써 일본을 망신 준다면 일본도 자존심이 상할 테고, 원만한 해결에 도움이 되지 않을 수도 있고요. 가장 큰 문제는 피해 당사자인 할머니들이 이 용어가 너무 끔찍하여 꺼려하신다는 겁니다.

그래서 현재는 역사성과 이미 널리 알려진 말임을 고려하여 위안부라는 말을 그대로 쓰되 위안부에 홑따옴표를 붙이고 범죄 주체인 일본군을 앞에 붙여서 "일본군 '위안부'"라고 쓰고 있습니다.

땅과 집과 민주주의에 대하여

『10대와 통하는 땅과 집 이야기-인권으로 바라본 부동산 민주주의』
손낙구 지음, 철수와 영희, 2013

어른들의 세계에서 부동산은 단연 최고의
화젯거리입니다. 그러나 어른이 돼서 부동산을
알면 늦는다는 게 제 생각입니다.
태어나서 죽을 때까지 한 순간도 부동산과
헤어져서 살 수 없는 게 인간입니다.
10대가 발 디딘 곳, 비와 눈과 바람과
소음으로부터 10대가 보호받는 곳,
10대를 꿈나라로 안내하는 곳이 바로
부동산입니다. 나아가 10대의 삶을 다르게
하는 것도 부동산입니다.
― 본문 중에서

이사 다니는 인생

이 책의 지은이처럼 저도 어렸을 때부터 이사를 무지하게 많이 다녔었습니다. 요새는 전월세 계약 기간이 최소 2년이지만 예전에는 해마다 계약을 새로 했습니다. 딱히 더 좋은 데로 이사 가는 것도 아니면서 거의 매년 별로 쌀 것도 없는 이삿짐을 싸고 또 쌌습니다.

세월이 흘러 대학에 가게 되면서 저는 혼자 서울에 올라왔습니다. 1학년 때는 다행히 학교가 제공하는 기숙사에서 편히 지낼 수 있었습니다. 침대 하나, 옷장 하나, 책상 하나가 전부인 방이었지만 2인 1실에 깨끗하고 저렴해서 지방에서 올라온 저에겐 천국이나 다름없었습니다. 문제는 2학년 때부터 발생했습니다. 기숙사가 모자라 2학년부터는 추첨을 통과한 소수의 인원만 기숙사 입소가 가능했습니다. 물론 저는 추첨에서 탈락. 대학 근처 자취방을 알아봐야 했습니다. 아르바이트를 해서 월세를 내야 하는 저로서는 저렴한 방을 찾을 수밖에 없었고 그래서 처음 구한 방은 언덕 꼭대기에 있었습니다. 그 언덕을 자취생들은 '할딱고개'라고 불렀는데, 선배들 말대로 언덕 위로 한 걸음 올라갈 때마다 월세가 500원씩(!) 싸지더군요. 3학년 때는 숨을 헐떡이며 올라가야 하는 언덕이 지겨워서 평지에 있는 반지하 방에서 선배들과 같이 살았습니다. 자고 일어나면 몸이 물먹은 솜처럼 된다는 게 무슨 말인지 그때 알았습니다. 깨끗한 집에서 편하게 살고 싶어 하숙을 시도해 본 적도 있었지만 비싼 하숙비 때문에 6개월 정도밖에 하지 못했던 것 같습니다. 이런저런 이유로 저는 끊임없이 이삿짐을 쌌습니다. 대학을 졸업하고 교사가 된 후에는 첫 발령이 너무 먼 곳으로 나는 바람에 이사를 했고, 결혼을 하면서 또 이사를 했습니다. 이사 다니는 인생은 결혼을 하고 나서도 끝나지 않고 있습니다. 전세를 살다 꿈에도 바라던 내 집 한 칸을 마련했지만, 지금은 더 나은 교육 환경을 찾아 다시 전세를 살고 있습니다. 이렇게 살다 보니 저에게는 '우리 동네'라는 곳이 없습니다. 그저 잠깐 살았던 동네들이 있을 뿐입니다.

어렸을 때에는 그렇게 이사를 계속 다니고 그것 때문에 힘들어 했으면서도(길치인 저는 이사를 갈 때마다 내가 이 집을 제대로 찾아올 수 있을까 하는 두려움에 떨었습니다. 이사 간 집을 못 찾아가는 꿈도 여러 번 꿨던 것 같습니다.) 집에 대해 깊이 생각해 본 적이 없습니다. 그저 집 한 칸 마련하지 못하는 우리 부모님의 무능이 부끄러웠을 뿐입니다. 하지만 이제는 압니다. 제가 그렇게 한 곳에 정착하지 못하고 떠돌아다닌 것은 우리 부모님의 무능 때문이 아니라는 것을.

집값, 월급으로는 못 따라간다

인기 드라마 〈별에서 온 그대〉의 주인공 도민준을 기억하시나요? 그는 여러모로 완벽한 남자입니다. 키 크고 잘생기고 똑똑한 것은 물론이요, 초능력을 가지고 있는데다 늙지도 않은 채 400년을 살고 있습니다. 이 완벽남을 더욱 더 완벽하게 만드는 또 다른 조건은 그가 엄청난 재력가라는 거죠. 그의 재산은 어떻게 형성된 것일까요? 400년 동안 은행원, 의사, 시간 강사 등 다양한 직업을 거쳐 열심히 저축한 덕일까요? 아닙니다. 그 엄청난 재력은 그가 18세기부터 이미 부동산 투자를 했기 때문입니다. "뽕밭이나 만들까 하고 땅을 샀는데 놀이동산이 들어섰고, 정자나 지으려고 배 밭을 샀는데 압구정동 아파트 단지가 들어섰"기 때문에 대한민국에서 손꼽히는 재력가가 된 것입니다. 100년도 못 사는 평범한 지구인에게는 불가능한 일이라고요? 아닙니다. 적어도 20세기 대한민국에서는 충분히 가능한 일이었습니다.

> 1963년부터 2007년까지 서울 땅값은 무려 1,176배가 올랐습니다. 서울을 포함한 대도시 땅값은 923배가 올랐습니다. 같은 기간 소비자 물가는 43배가 올랐으니 물가에 비해 서울 땅값은 30배 가까이 오른 셈이지요. 그러나 비슷한 기간에 도시 노동자 가구의 월평균 실질 소득은 15배 증가하는 데 그쳤습니다. 소득에 비해 대도시 땅값은 60배 이상, 서울 땅값은 70배 이상 더 오른 것입니다. - 49쪽

실제로 1965년까지만 해도 말죽거리 일대(서울시 서초구 양재동 양재역 사거리)의 땅값은 평당 200원이었는데 1970년대에는 평당 6,000원으로 뛰어올랐습니다.

1960년대부터 시작된 부동산 가격의 폭등은 우리나라 부동산 가격을 세계 최대 수준으로 높여 놓았습니다. 부동산 가격의 폭등은 개발 정보를 미리 알 수 있고, 부동산을 살 만한 자금이 충분한 소수의 사람들에겐 재산을 늘릴 수 있는 절호의 기회가 되었습니다. 우리 사회에 수많은 도민준을 만들어 낸 거죠. 하지만 우리 부모님과 같은 대다수 평범한 사람들에겐 삶을 너무나 힘겹게 하는 장애물이 되어 버렸습니다.

언제쯤 내 집이 생길까?

2014년 대졸 신입 사원 초봉은 평균 2,363만원이라고 합니다.◆ 월 200만원이 채 안 되는 돈이지요. 세금이니 연금이니 이것저것 제하고 나면 실제로 손에 쥐는 돈은 이보다 훨씬 적어집니다. 반면 서울 지역 아파트의 평균 전셋값은 2억9,314만원(2013년 12월 기준)입니다. 월 200만원이 안 되는 월급으로 전세금 3억원을 마련하려면 도대체 몇 년이 걸릴까요?

2006년을 기준으로 한국의 직장인 가운데 소득 수준이 평균에 가까운 가정에서 최대한 절약해서 저축을 통해 109㎡(33평)형 아파트를 장만하는 데 19년이 걸립니다. 물론 집값이 비싼 서울은 10년이 더 걸려 29년이 필요하고 집값이 가장 비싼 서울시 강남구에서는 무려 44년이 걸립니다.(자료: 통계청, 국민은행) 남자의 경우 대학을 졸업하고 군대를 다녀와 취직하는 나이가 28살입니다. 물론 요즘처럼 취직이 어려운 시대에 청년 실업을 거치지 않는 '천연기념물' 같은 사람에 해당되는 얘기겠지요. 이때부터 직장 생활을 시작해서 중간에 실업자가 되지 않고 정상적인 월급을 계속 받는다 해도 47살이 돼야 집 한 채를 살 수 있다는 얘기입니다. 집값이 비싼 서울에서는 57살이 돼야 하고, 강남에서는 72살이 돼야 한다는 뜻입니다. 말그대로 '검은 머리가 파뿌리처럼' 하얘져야 집 한 채를 장만할

◆ 취업 포털 사람인(www.saramin.co.kr)이 729개 기업을 대상으로 조사한 결과. 「파이낸셜 뉴스」 2014.4.14

수 있다는 것은 결코 정상이라 할 수 없습니다. 이 경우는 평균적인 보통 직장인 얘기니까 이보다 형편이 어려운 사람은 오죽하겠습니까. - 109~110쪽

사정이 이렇다 보니 대한민국 국민 열 명 중 네 명은 평생을 뼈 빠지게 일해도 평생 자기 집 한 채를 갖지 못 하고 있습니다. 자기 집이 없는 사람들은 전세 계약 기간이 끝날 때마다 치솟는 전세값을 감당하지 못 하여 이삿짐을 싸는 일을 반복하고 있습니다. 제가 어릴 적 겪은 일들은 '이사 다니는' 대한민국 국민이라면 다들 겪는 흔하디흔한 경험이었던 겁니다. 이삿짐을 자주 싸는 것만이 문제가 아닙니다. 집을 마련할 수 없는 젊은이들은 결혼도 출산도 포기하고 혼자서 월세방을 떠돌아다니거나 부모님 집에 얹혀 살고 있습니다.

어쩌면 이것은 정부의 문제

어느 나라에서나 자기 집에서 맘 편하게 사는 것은 쉽지 않은 거 아니겠냐고, 원래 인생이 어려운거 아니냐고 묻는 사람이 있을지도 모르겠습니다. 하지만 정부가 제대로 된 부동산 정책을 실시하여 대다수의 국민들이 인간적인 주거 환경에서 안정적으로 생활해 나가는 나라들도 있습니다.

독일은 우리나라처럼 셋방에 사는 사람이 많지만 집주인이 월세를 마음대로 올릴 수 없도록 하는 법 덕분에 대부분의 세입자들이 같은 집에서 10년, 20년씩 내 집처럼 살고 있습니다. 네덜란드는 국민의 3분 1 이상이 정부가 소유한 공공 임대주택에 세 들어 삽니다.

공공 임대주택에서는 사정이 생겨 스스로 집을 옮기기 전까지 평생 살 수 있다고 합니다. 싱가포르는 국민 열 명 중 아홉 명이 자기 집을 소유하고 있다고 하는군요.

이 나라들이 처음부터 이렇게 훌륭한 제도를 가지고 있었던 건 아닙니다. 독일의 경우 제2차 세계대전 이후 도시로 인구가 몰리면서 주택이 부족해지자 임대료가 마구 올랐습니다. 그러자 셋방 사는 사람들이 스스로 세입자 협회를 만들어서 셋방 가구를 보호하기 위해 법률을 제정하고 정책을 도입하는 데 앞장서고, 이 법을 어기는 주인들을 상대로 함께 맞서 왔습니다. 싱가포르에서도 한때 땅 투기가 극성을 부린 적이 있지만, 1960년대부터 정부가 땅을 모두 사들여 투기를 완전히 뿌리 뽑았다고 합니다. 지금은 국토의 대부분을 정부가 소유하고 있고, 그 땅 위에 정부가 직접 집을 지어 공급하기 때문에 집값이 저렴해서 자기 집을 마련하기가 어렵지 않다고 하는군요.

그런데 집값, 땅값이 나랑 무슨 상관이지?

이런 이야기들이 여러분이랑 무슨 상관이 있냐고요? 골치 아픈 어른들의 세계에 대해서 알고 싶지 않다고요? 하지만 잠시만 생각해 보세요. 누구도 부동산 문제에서 자유로울 수가 없답니다. 우리나라의 집값, 땅값이 이렇게 비싸지 않다면 여러분은 보다 쾌적하고 넓은 집에서 생활할 수 있을 겁니다. 그렇게 자주 이사를 다니지 않았을지도 모릅니다. 여러분 집 옆에 공원이 생길 수 있을지도 모릅니다. 여러분이 애용하는 분식집의 떡볶이 가격이 내려갈 수도 있습니다. 하숙비 걱정 덜 하고 대학을 다닐 수 있을 테고 전셋집을 구하지 못해 결혼을 미루는 일도 없을 겁니다. 이런 일들이 가능하겠냐고요?

우리나라의 부동산 가격이 터무니없이, 빨리, 많이 오른 것은 '좁은 국토에 많은 인구'라는 자연적, 물리적 환경과 '산업화와 도시화'라는 시대적인 조건 때문이 아닙니다. 우리나라의 부동산 가격은 1960년대 말, 1970년대 말, 1980년대 말, 그리고 2002년 이후, 이렇게 총 네 차례 폭등했는데 이 시기에는 막대한 투기자금이 조성되었고, 정부가 부동산 가격을 끌어올리는 대규모 개발 정책을 쏟아내었으며, 부동산 투기를 막는 장치나 제도가 풀려 버렸다는 공통점이 있습니다. 즉, 정부의 잘못된 정책 때문에 부동산 가격이 올랐다는 거죠. 이 말은 제대로 된 정책을 실시한다면 부동산 가격을 바로잡을 수 있다는 이야기가 됩니다.

집은 최소한의 인권이다

부동산 가격을 바로잡는 것은 우리가 이 땅에서 인간답게 살아가기 위해 반드시 해내야 할 일입니다. 잠자고 쉴 집이 제대로 갖춰져 있지 않다면 다른 어떤 것이 잘 보장돼 있다고 하더라도 인간다운 생활을 하기가 어렵지 않겠습니까? 그렇기에 집은 '인권'과 관련이 깊습니다.

집 문제와 관련된 인권은 바로 인간다운 주거 생활을 할 권리 즉 주거권housing rights입니다. 지붕과 벽, 창문만 있

204

으면 되는 게 아니라 그 안에 사는 사람이 최소한 인간답게 사는 데 아무런 문제가 없어야 한다는 것입니다.

그렇다면 인간다운 주거 생활을 위해서 구체적으로 어떤 권리가 보장돼야 할까요? 유엔 사회인권 위원회는 1991년 발표한 논평에서 적절한 주거 보장을 위해 구체적으로 일곱 가지가 지켜져야 한다고 했습니다. (…) 첫째, 살던 집에서 쫓겨나지 않고 살 수 있어야 합니다. 둘째, 건강하고 위생적인 생활을 누릴 수 있어야 합니다. 셋째, 사람들의 경제적인 형편에 맞는 집을 제공해야 합니다 넷째, 주거 생활이 최저 주거 기준에 미달하지 않아야 합니다. 다섯째, 노인이나 장애인, 어린이라 할지라도 생활하기에 불편함이 없어야 합니다. 여섯째, 집이 너무 외딴 곳에 있어 직장은 물론 보건소, 학교, 어린이집 등을 이용할 수 없다면 문제입니다. 일곱째, 익숙한 문화가 파괴당하지 않아야 합니다. - 35~42쪽 요약

집도 땅도 하늘이다

대학 다닐 때 달동네에 있는 공부방에서 초등학생 아이들을 방과 후에 돌봐주는 봉사활동을 2년 정도 했습니다. 같이 공부를 하고 난 다음에 저녁을 해서 먹을 때가 많았는데, 밥 먹기 전에 항상 함께 부르는 노래가 있었습니다. 밥 먹기 전에 부르는 노래라 가사는 아주 간단합니다.

밥은 하늘입니다

하늘은 혼자 못 가지듯이 밥도 서로서로 나누어 먹는 것

별다른 반찬 없는 식탁이었지만 왠지 이 노래를 부르고 밥을 먹으면 더 맛있게 느껴졌던 기억이 납니다. 혼자 못 가지는 것이, 혼자 가지지 말아야 할 것이 하늘뿐이겠습니까? 집도, 땅도, 모두 하늘이 아닐까요? 돈벌이를 위해 혼자 더 많이 가지려고 아등바등하면서 서로를 고통에 몰아넣을 것이 아니라, 서로서로 나누어 잘 쓴 다음에 후손들에게 고이 물려주어야 하지 않을까요? 그러려면 우선 집과 땅에 대해 제대로 알아야 합니다. 이 책이 여러분을 제대로 된 부동산의 세계로 안내할 것입니다.

경제란 살림살이라고!

정양례

『잘 산다는 것』
강수돌 지음, 너머학교, 2014

나 자신과 세상의 참모습을 숨김없이
파악하려면 '진실에 대한 두려움'부터
없애야 해요. 왜냐하면, 진실을 알고 나면
나부터 자유롭지 못한 경우가 많거든요.
나 자신도 이미 잘못된 체제에 적응해 살고 있고
은연중에 이미 기득권층이 되어 버렸거나
그렇게 되고자 발버둥치며 살고 있으니까요.
— 본문 중에서

짧은 이야기 속에 담긴 긴 생각

이 책은 『생각한다는 것』을 시작으로 『탐구한다는 것』, 『기록한다는 것』 등에 이은 너머학교 열린교실 아홉 번째 이야기입니다. 이 시리즈를 읽었든 아니든, '잘 산다는 것은 돈이 많은 삶이 아니다. 좋아하는 일을 하며 소박하게 사는 삶이 잘 사는 삶이다' 식의 설교가 잔뜩 담긴 책일 거라고 지레짐작하고 있지 않나요? 제가 그랬답니다.

그런데 일단 '마을 이장이 된 대학교수'라는 저자의 이력이 호기심을 불러일으킵니다. 귀농을 하는 도시인들은 많지만 현지인들과 어울리지 못해 도시로 돌아오기 일쑤라던데 그는 어떻게 마을 이장이 된 것일까요. 책에는 그와 관련된 이야기가 먼저 소개됩니다.

독일에서 박사 공부를 마치고 돌아온 저자는 고려대학교 세종캠퍼스에 부임하면서 충남 연기군에 귀틀집을 짓고 살기 시작했습니다. 텃밭을 일구며 평화롭게 살던 어느 날, 마을에 아파트 단지가 들어선다는 소식을 듣습니다. 사정을 알아보니 마을 사람들 몰래 이장을 중심으로 비밀리에 아파트 단지 설립 계획이 추진되고 있었습니다. 이 사실이 알려지자 마을 사람들은 이장을 몰아내고 강수돌 교수를 새 이장으로 추대해 아파트 건설 반대 운동을 펼칩니다. 군수 면담, 도청 앞 시위, 행정심판 청구, 행정소송 등 아파트 반대 운동을 5년 동안 사방팔방으로 펼쳤지만 결국 패소하고 맙니다.

비록 아파트 설립을 막는 데는 실패했지만 이 과정에서 강수돌 교수는 진정한 마을 주민이 되어 마을 공동체 만들기에 큰 힘을 발휘하게 됩니다. 이제 강수돌 교수는 5년간 이장 임기를 마치고 마을 도서관장이 되어 마을에 봉사하는 삶을 이어 가고 있습니다. 대학에서도 '돈의 경영'이 아니라 '삶의 경영'을 가르치고 있고요. 기존의 경영학이 돈 중심으로 기업경영을 하는 것이라면 '삶의 경영'은 사람 중심·생활 중심·생명 중심으로 사람과 자연, 생태계가 조화를 이루는 방향으로 기업을 경영하는 것을 말합니다. 이 책 또한 경제 지식을 넘어 삶의 경영에 대한 이야기라고 할 수 있습니다.

경제는 돈벌이라고?

1992년 미국 대통령 선거에 나온 빌 클린턴은 그때만 해도 아칸소라는 작은 주의 주지사에 불과했습니다. 조지 부시에 비해 인지도가 낮았던 그는 "문제는 경제야, 이 바보야! It's the economy, Stupid! "라는 짧고 강렬한 슬로건으로 미국인의 마음에 파고들어 대통령에 당선되었습니다. 우리나라에서도 '경제 대통령'을 슬로건으로 내세운 이명박 후보가 대통령에 당선된 걸 보면 현대인에게 경제가 주는 의미는 막강하다는 것을 알 수 있습니다.

사회 과목에서 경제를 배우지 않은 꼬마들도 '경제' 하면 돈을 떠올리지만 경제의 본뜻은 동양이나 서양이나 돈벌이보다는 보살핌이나 살림에 가깝습니다. 사람들의 살림살이를 뜻하던 경제가 오늘날처럼 돈벌이를 뜻하게 된 것은 인간 사회에서 상품화가 되어서는 안 될 것들이 상품화가 되면서부터라고 합니다. 그 대표적인 것이 토지, 노동, 화폐랍니다.

애당초 토지나 노동, 화폐는 상품이 아니었어요. 상품이란 팔기 위해서 만들어진 것이지만, 토지나 노동, 화폐는 팔기 위해서 만들어진 게 아니라는 말이에요. 신이 땅을 만들었을 때, 부모님이 여러분을 낳았을 때, 물건을 교환하고 관리하기 위해 사람들이 화폐를 만들었을 때, 시장에 팔기 위해 그렇게 했겠어요? (…)

폴라니에 따르면 이때부터 사회는 두 가지 원리에 의해 움직인다고 합니다. 팔 것이 자기 몸뚱이, 즉 노동밖에 없는 사람들은 굶주림의 공포에 시달리고, 무엇이든 돈으로 구매할 수 있는 사람들은 이윤 추구의 매력에 빠져든다고 해요. 굶지 않기 위해 움직이거나, 아니면 돈을 더 벌기 위해서 움직이는 거지요.

폴라니는 이것을 사회를 통제하는 두 가지 원리라고 했지만 하나의 원리라고 해도 될 것 같아요. 돈이 있어야 한다! 무조건 돈을 벌어야 한다! 이렇게 돌아가는 게 바로 '돈벌이 경제'예요. - 64~66쪽

그의 말대로 사람들은 두 가지 원리에 의해 움직입니다. 서민들은 굶지 않기 위해, 즉 생존을 위해 일하지만 부자들은 돈을 더 벌어 더 큰 부자가 되기 위해 일을 합니다. "부자 되세요~"가 덕담이 된 오늘, 돈벌이 경제는 모두를 부자로 만들어 줄 수 있을까요?

부자가 살아야 가난이 사라진다는 거짓말

2004년 삼성 이건희 회장이 주장한 "한 명의 천재가 만 명의 인재를 먹여 살린다."라는 인재경영론은 우리 사회에서 큰 지지를 받았습니다. 교육에도 한 명의 천재를 찾기 위해 수월성 교육(엘리트

교육) 바람이 불면서 특목고 붐이 일어났습니다. 그러나 10여 년이 지난 지금 인재경영론을 지지하는 이는 많지 않습니다. 한 명의 천재가 만 명을 굶겨 죽일 수도 있다는 말도 나오고 있으니까요. 이건희 회장의 '인재경영론'과 유사한 경제 용어로 '트리클다운 효과 Trickle down'가 있습니다.

트리클다운 효과란 마치 탑처럼 그릇들을 켜켜이 쌓아 놓았을 때 가장 위쪽 그릇의 물이 흘러넘치면 자연스레 아래쪽 그릇에도 물이 흘러내려 고이게 된다는 이론이죠. (…) 크게 두 가지 문제가 있어요. 하나는 앞에서도 말했듯이 윗물이 아래로 넘쳐 모두 부자가 된다고 행복해지는 건 아니라는 점이죠. 그리고 둘째는 경제 현실은 이 설명처럼 자연 현상과 같지 않다는 점이죠. 윗물이 넘쳐흘러 아래로 가는 것이 아니라 오히려 아랫물을 뽑아 위로 가지고 가는 일이 더 많거든요. (중략)

"과거엔 유리잔이 흘러넘치면 가난한 자들에게 혜택이 돌아간다는 믿음이 있었지만, 지금은 유리잔이 가득 차면 마술처럼 잔이 더 커져 버린다."

프란치스코 교황이 하신 말씀이에요. 정말 정확한 비판 아닌가요? '트리클다운 효과'와 대비해서 이런 상황을 설명하는 또 다른 용어가 있어요. '펌핑업 효과'라고 하지요. 마치 시골 할머니 댁에서 샘물을 뽑아 올리던 펌프처럼 아래쪽 물을 끌어 올리는 것과 같아요. 2004년 이후 우리나라 부자의 생성 속도가 세계 1위를 달릴 때 가난한 사람이 가장 많이 늘어났다는 보고가 이를 단적으로 말해 주지 않나요? - 30~35쪽

　하지만 신문에는 여전히 트리클다운 효과를 거론하며 부자 감
세와 기업 세금 감면 혜택을 주장하는 정치인들의 주장이 실리기도
합니다. 그 효과가 증명된 적이 없는데도 말입니다. 정말 부자와 기
업이 살아야 일자리가 늘어날까요? 오히려 그 반대가 아닐까요? 좋
은 일자리가 늘고 서민들의 주머니가 두둑해져서 소비가 늘어야 기
업이 잘살게 되는 것은 아닐까요?

우리 생활이 상품이 되어 버린다면

　돈벌이 경제 구조에서는 돈이 가장 큰 힘을 발휘합니다. 돈이 되
는 것이라면 논도 갈아엎고 갯벌도 메워 버리지요. 그 결과 세계 10
대 경제 대국인 우리나라의 식량자급률은 25퍼센트에 불과합니다.
다른 나라도 마찬가지일 거라고요?

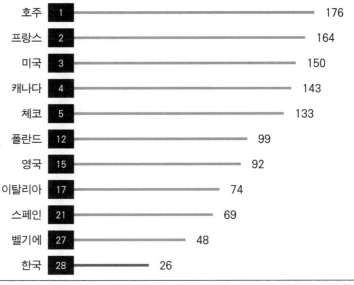

OECD 주요국 식량자급률
(단위: %, 2010년 기준, 네모 안은 순위)

국가	순위	수치
호주	1	176
프랑스	2	164
미국	3	150
캐나다	4	143
체코	5	133
폴란드	12	99
영국	15	92
이탈리아	17	74
스페인	21	69
벨기에	27	48
한국	28	26

자료: 농림수산식품부

　　자료를 보면 주요 선진국들의 식량자급률은 100퍼센트를 넘어 수출까지 하고 있습니다. 그에 반해 우리나라의 식량자급률은 수치가 작기도 하지만 쌀을 뺀 나머지 곡물의 자급률이 특히 많이 떨어집니다. 돈이 아무리 좋다지만 컴퓨터 칩을 먹고 살 수는 없습니다. 지금처럼 대부분의 작물을 수입에 의존할 경우 머잖아 곡물 수출국들이 식량을 무기 삼아 값을 올릴 게 불 보듯 뻔합니다. 책에는 모든 삶이 상품으로 에워싸인 섬의 이야기가 소개되어 있습니다.

남태평양의 어느 아름다운 섬나라를 여행하던 기업가는 섬

을 개발하면 돈이 되겠다 싶은 생각이 들었어요. 사장은 섬사람들이 맨발로 다니는 것을 보고 처음에는 공짜로 신발을 나누어 주었죠. 시간이 지나 공짜 신발에 맛 들인 섬사람들의 신발이 헤지자 사장은 더 이상 공짜로 신발을 줄 수 없으니 돈을 주고 살 것을 권유합니다. 돈이 없는 섬사람들은 신발을 사기 위한 돈을 얻기 위해 섬의 숲 개발을 허락합니다. 사람들은 길을 닦고 나무를 베어 나르며 일을 하여 돈을 벌었고 이 돈으로 신발과 함께 과자, 라면, 생필품 등을 사들이기 시작했습니다. 몇 년이 지나 숲 개발을 마친 사장은 어느날 마을 사람들에게 말합니다.

"그동안 참 고생 많으셨어요. 이제는 숲을 모두 개발했으니 다른 섬나라로 가 봐야겠어요."

이제 그 섬나라엔 숲이 없어요. 거창하던 마트도 문을 닫았고 황폐해진 섬만 남았습니다. - 70~73쪽 요약

우리의 삶은 남태평양의 섬사람들과 다를 거라고요? 우리도 처음엔 식량을 자급자족했습니다. 아플 때는 민간 요법으로 해결했고 공부도 스스로 했습니다. 그러나 산업화가 되면서 우리 삶은 상품으로 둘러싸이게 되었습니다. 먹는 것은 물론이요, 병원과 학원에 다니느라 늘 돈에 허덕이게 되었습니다. 살림살이는 여전히 힘겹습니다. 저 섬과는 전혀 다른 상황이라고 우길 수만은 없는 지경에 이른 겁니다. 그렇다면 해법은 없는 걸까요?

혼자서 말고 같이 살자

처음으로 돌아가 아파트 건설 반대 운동에 뛰어든 강수돌 교수는 어떤 마음으로 그 일을 시작했을지 상상해 볼까요? 내가 만약 그 상황에 처했다면 '이미 결정된 일이고, 어차피 마을 사람들과 물과 기름처럼 떠 있는 상황인데 굳이 내가 나설 필요가 있을까?' 하고 가만히 있었을 것 같습니다.

저자 역시 처음엔 비슷한 생각을 했다고 합니다. '시간도 없는데 굳이 내가 이 일에 뛰어들어야 하나, 내가 나선다고 확실히 막을 수 있을까?' 대자본이나 건설회사와 싸워 봤자 이기기 어렵다는 것을 잘 알고 있었지만 "사람답게 제대로 살 것인가, 아니면 억지로 목숨만 부지하며 살 것인가 하는 문제이기 때문에"◆ 마을 주민들과 함께 투쟁에 뛰어들었습니다. 5년간의 투쟁을 겪은 후 그는 물에 뜬 기름 같은 이방인이 아니라 온전한 마을 사람이 되어 신명 나는 마을 공동체를 만들기 위해 헌신하고 있습니다. 그는 "인도를 살리기 위해선 70만 개의 마을 공화국이 필요하다."라는 마하트마 간디의 말을 인용해 두레나 품앗이 같은 협동 생활 방식을 제안합니다. 사람도 살고 자연도 사는 생태적인 삶 말입니다.

'저자가 살고 있는 마을은 농촌이니까 가능하겠지'라고 생각할지 모르겠네요. 하지만 서울에도 성공한 마을 공동체가 있습니다. 마포구 성미산에 있는 성미산 마을은 1994년 주민들이 돈을 모아 이웃과 이웃 간에 아이들을 돌봐주고 마음 놓고 뛰놀 수 있는 곳을 만들어 보자는 취지에서 시작되었습니다. 그 후 성미산 학교, 성미

◆ 『나부터 마을 혁명』 강수돌 지음, 산지니, 2010

215

산 마을극장이 만들어지면서 소박하고 정겨운 도심 속 마을 공동체를 이루게 되었습니다. 서울에는 성미산 마을 말고도 25개의 자치구 마을 공동체가 운영되고 있습니다.

여러분은 어떤 곳에서 어떤 삶을 살고 싶은가요? 20대의 대부분이 88만원 세대라 불릴 만큼 정규직 일자리가 적은 세대에게 마을 공동체 운운하는 것은 너무 동떨어진 이야기이지 싶은가요? 단군 이래 최대 스펙을 자랑하고도 안정적인 일자리를 얻지 못하는 것은 그 사람이 게을러서도 아니고 운이 없어서도 아닙니다. 돈 있는 사람이 더 많은 돈을 벌고자 하는 돈벌이 경제, 사회 구조의 문제이기도 하고 어느 순간 자기도 모르게 빠져 있는 소비중독, 일중독 문화도 한몫을 하고 있습니다. 저자가 마을 공동체를 이야기하는 것도 이 때문입니다. 소비중독과 일중독을 벗어나 약자들끼리 연대해 나간다면 돈이 중심이 되는 돈벌이 경제의 구조도 서서히 바뀌어 갈 수 있지 않을까요?

힘을 모아 살아가는 성미산 마을을 소개합니다

마포구에 자리한 성미산 마을은 성미산을 중심으로 성산동, 서교동, 망원동, 합정동에 사는 사람들이 마음을 나누며 살아가는 마을입니다. 성미산 마을의 기원은 1994년으로 올라갑니다. 아이들이 신나게 놀고 건강하게 자랄 수 있는 데에 관심이 많은 부모들이 모여 어린이집을 만들어 공동육아를 시작했습니다. 이에 자극 받은 다른 주민들이 어린이집을 세워 총 4개가 만들어졌고 아이들이 성장함에 따라 성미산 학교를 설립하기에 이릅니다. 더불어 아이들이 공부도 하고 놀 수 있는 놀이터 교실과 마을 책방이 생겨났고 건강한 먹거리를 위해 '마포두레 생활협동조합'을 결성하면서 마을의 틀이 다져졌습니다.

이러한 생활을 안정적으로 이어 가려면 집값이 안정되는 것도 중요하겠죠? 주민들은 공동주택을 만들었습니다. 아파트처럼 똑같이 생긴 공간이 아니라 집주인의 개성에 맞게 '소통이 있어서 행복한 주택(소행주)'을 지었습니다. 취미가 같은 사람들이 모임을 만들어 공연도 할 수 있는 '성미산 마을극장'도 세웠습니다.

이러한 마을 공동체로 인해 집값이 안정되고 일자리도 창출되어 적은 소득으로도 여유 있는 삶을 누리게 되었습니다.

출처: 서울시복지재단 블로그

오래된 인류의 지혜를 만나다

주영미

『데스노트에 이름을 쓰면 살인죄일까?
- 대중문화 속 법률을 바라보는 어느 오타쿠의 시선』
김지룡, 정준욱, 갈릴레오 SNC 지음, 애플북스, 2011

법은 우리 사회를 지탱하고 유지하는 가장
근본이 되는 골격이다. 이제까지 지구에서
살았던 모든 인류가 다른 사람과 어울리며
평화롭게 살기 위해 필사적으로 생각하고
시행착오를 통해 고쳐온 결과가 현재의 법인
것이다. 한마디로 법은 인류의 위대한 지혜를
모은 결정체라고 할 수 있다. 법을 공부한다는
것은 그런 지혜를 접하고 익히는 일이다.

— 서문 중에서

218

끌리는 제목, 제목보다 더 괜찮은 내용

제목을 보는 순간 몸살이 나게 읽고 싶은 책들이 있습니다. 하지만 제 경험상 그런 책들 중엔 다 읽고 나면 본전 생각이 나서 몸살이 날 지경인 책들이 많습니다. 『데스노트에 이름을 쓰면 살인죄일까?』라는 책 제목을 듣는 순간 호기심이 동했지만, 그간의 쓰라린 경험들을 떠올리며 한동안 읽지 않았었습니다. 요란한 책 표지도 마음에 들지 않았습니다. 하지만 계속 책 제목이 머리를 맴돌아 한 번 더 속는 셈 치고 읽기 시작했습니다. 그런데 이게 웬일입니까? 이 책, 제목보다 내용이 훨씬 더 괜찮습니다. "외계어로 쓰인 것처럼 이해하기 힘들고 재미도 없어서" 읽기가 힘들기만 한 기존의 법 관련 책들과는 확실히 다릅니다. 영화, 드라마, 애니메이션, 만화 등의 대중문화와 법을 섞어 놓았지만 "잡다한 사건에 대해 두서없이 나열하고 있어서" 더 헛갈리게 하는 책도 아닙니다. 재치 있게 대중문화를 가지고 와 법 얘기를 풀어 가면서도 법의 원리와 개념을 제대로 짚고 있는 점이 참 맘에 듭니다. "스파이더맨, 트랜스포머, 하울의 움직이는 성을 친구 삼아 지혜롭고 오묘한 법의 세계"로 제대로 안내하는 이 책, 학생들에게 권하고 싶은 법 관련 책을 드디어 찾았습니다. 책 내용을 조금만 들여다볼까요?

로봇에게 살인죄를 적용할 수 있을까?
– 우리를 자유롭게 하는 형법

이건 도대체 무슨 소리입니까? 형법은 '사람을 살해한 자는 사형, 무기 또는 5년 이상의 징역에 처한다(형법 제250조 1항)' 이런 조항들로 가득 찬 법이 아니던가요?

> '이런 일을 하면 너를 벌하겠다'라는 형법이 어떻게 사람을 자유롭게 한다는 건지 어리둥절하게 느껴질 수도 있다. 그렇다면 이렇게 생각하면 어떨까? 형법은 '어떤 일을 하면 처벌하겠다'라는 선언이 담긴 법률이다. 거꾸로 말하면 형법이 미리 말해둔 '어떤 일'에 포함되지 않는 행위는 아무리 해도 처벌받지 않는다. 또한 형법에 의거해 처벌을 하려면 먼저 '그런 행동을 하면 이런 처벌을 받습니다.'라는 규칙을 정해 국민들에게 알려야 한다. 이 개념을 잘 이해하면 형법이 사람을 자유롭게 한다는 역설을 쉽게 받아들일 수 있을 것이다. - 15쪽

그렇습니다. 형법은 왕이나 귀족 같은 권력자가 함부로 백성들을 가두고 처벌하고 죽이지 못 하도록 하기 위하여 발전시켜 온 법입니다. 그럼 이제 공각 기동대를 친구 삼아 형법의 세계를 살짝 맛볼까요?

〈공각기동대〉의 여주인공, 쿠사나기 소령. 일급 프로그래머를 국외로 빼돌리려는 외교관의 머리통을 날려 버립니다. 그녀에게 살인죄를 적용할 수 있을까요?

형법 제250조 1항에 의하면 '사람을 살해한 자'는 처벌할 수 있습니다. 그런데 그녀는 사람이 아니라 안드로이드입니다. 안드로이드이지만 그녀는 사람처럼 자아와 개성이 있고 심지어 사람보다 똑똑하고 힘이 셉니다. 그렇다면 그녀를 사람으로 보아 처벌해도 무방하지 않을까요? 그렇지 않습니다. 형법에서는 '비슷한 것을 들

이대는 일'을 절대로 허용하지 않습니다. 형법은 법에 정해진 문구 그대로를 적용해야 합니다. 이상하다고요? 형법이 만들어진 이유를 생각해 보세요. 유추적용을 하다 보면 권력자들이 자기 멋대로 법을 해석해서 사람들을 괴롭힐지도 모릅니다. 그래서 법에 정해진 문구대로만 적용하는 겁니다. 그래야 사람들이 안심하고 생활할 수 있으니까요. 이것이 형법의 가장 중요한 원칙인 '죄형 법정주의' 입니다. 죄형 법정주의는 어떤 것이 '죄'이고 어떤 '형'벌을 받을지 '법'에서 '정'해 두어야 한다는 주의입니다. 그러니까 사람을 죽인 '사람'에 대한 조항은 있지만 사람을 죽인 '안드로이드'에 대한 조항은 없는 현행 형법하에서는 쿠사나기 소령을 살인죄로 처벌할 수 없답니다.

스파이더맨이 부순 건물은 누가 보상할까?
- 우리를 자유롭게 하는 민법

우선 형법과 민법이 무엇인지 구분해 봅시다. 형법은 다른 사람을 때리거나 흉기로 해치거나 도둑질을 하는 등 사회에서 흔히 말하는 몹쓸 짓에 대해 어떤 벌을 받아야 하는지를 정해 놓은 법입니다. 민법은 주로 다른 사람의 재산에 피해를 입힌 것에 대해 어떤 책임을 져야 하는지를 정해 놓은 법입니다. 민법은 영어로 Civil Law라고 합니다. 시민을 위한 법이라는 거죠. 왜 시민을 위한 법이라는 민법에 재산에 관련된 내용만 주로 나오는 걸까요? 그리고 이것이 시민의 자유와 무슨 상관이 있을까요?

민법에는 어떤 재산이 누구의 것인지 명확히 하고, 재산에 손해가 발생했을 때 누가 책임을 져야 하는지 등 재산에 관련된 내용이 주를 이루는 것이다. 결국 민법에서 말하고자 하는 것을 요약하면 이런 것이 아닐까 싶다.

"돈은 중요하다. 돈 자체가 중요하기 때문이 아니라, 자유를 누리려면 어느 정도의 돈이 있어야 하기 때문이다." - 151쪽

근대 시민혁명으로 절대왕정을 무너뜨린 시민들은 자유를 얻는 대신 자기 삶에 대해 책임을 지게 되었습니다. "자유로운 개인이 의지할 수 있는 것은 오직 자신의 재산"이었습니다. 개인의 자유를 보호하기 위해 재산을 갖는 사람의 절대적 지배를 인정하고 이를 침해하지 않도록 하기 위해 발전되어 온 법이 민법입니다.

이번에는 스파이더맨을 따라가 볼까요? 스파이더맨이 세상을 휘젓고 다니며 사람을 다치게 하고 건물을 파괴하던 악당을 드디어 물리쳤습니다. 지구에는 다시 평화가 찾아왔지만 악당과 싸우는 과정에서 수많은 자동차와 집과 도로가 부서진 상태입니다. 만약 우리 집이 부서졌다면 나는 누구에게 보상받아야 할까요?

스파이더맨이 악당이 아니라 친구와 싸우다가 우리 집을 부쉈다면 스파이더맨이 다 물어내야 합니다(민사적 책임). 사람이 다쳤다면 스파이더맨은 감옥에 갈 수도 있습니다(형사적 책임). 하지만 그것이 세상을 파괴하려는 악당으로부터 시민들을 구하기 위해서 한 싸움이었다면 스파이더맨이 물어내지 않아도 됩니다(이런 걸 긴급피난이라고 합니다). 대신 악당이 피해보상을 해야 합니다. 하지만 스파이더맨에게 패한 악당을 찾아내어 손해배상을 받아 내는 것이 쉬운

일은 아니겠지요? 그럴 경우 국가가 보상해 주기도 하지만 국가의 보상은 손해에 비해 금액이 적은 경우가 많습니다. 그러니 스파이더맨이 최대한 건물을 덜 부수고 악당과 싸우기를 바라야겠죠?

피터팬은 웬디와 결혼할 수 있을까?
– 자유로운 사람의 근간이 되는 헌법

미국에서 출판된 헌법을 알기 쉽게 설명한 책의 제목은 『우리는 얼마나 자유로운가!』이다. 이 책의 제목처럼 헌법은 시민이 누릴 수 있는 최대의 자유와 권리를 보장해 주기 위해 존재한다. (…) 인류가 절대 권력의 폭정과 봉건제에 의한 자유의 억압으로부터 벗어나기 위한 노력의 결정체가 바로 헌법이다. 인간이 인간답게 살기 위한 토대를 마련해 주는 것도 바로 헌법이다. 그래서 헌법은 법체계 중에서 가장 높은 위치에 있다. 수많은 법 중에 가장 높은 법이 헌법인 것이다. 모든 법은 헌법에 근거해 만들어진다. 헌법을 '어머니 같은 법'이라고 부르는 이유다. - 277-278쪽

자유로운 시민의 근간이 되는 법이 헌법이지만 그 내용을 제대로 이해하는 것은 쉽지 않습니다. 이번에는 피터팬의 도움을 받아 봅시다.

나이를 먹지 않아도 되고 순수하게 살아갈 수 있는 네버랜드에서 부모 잃은 아이들과 살아가는 피터팬. 웬디와 함께 힘을 합쳐 네

224

버랜드를 호시탐탐 노리는 후크 선장을 물리칩니다. 웬디와 결혼하기로 마음먹은 피터팬. 피터팬은 웬디와 결혼할 수 있을까요?

불행히도 피터팬의 결혼에는 커다란 장애가 있습니다. 그건 바로 피터팬이 국적이 없는 사람이라는 겁니다. 결혼을 하기 위해서는 국적을 가져야 합니다. 국적이 없으면 혼인 신고를 할 수도 없고 결혼을 하기도 전에 국외로 추방당하게 됩니다.

우리나라는 대한민국 국민의 자녀로 태어나면 자동으로 대한민국 국적을 주는 속인주의를 택하고 있습니다. 대한민국 국민의 자녀도 아니고, 네버랜드에서 살다 온 피터팬은 대한민국 국적을 가질 방법이 없지요.

우리나라에는 피터팬과 같은 무국적자 아이들이 무척 많습니다. 부모가 불법체류를 하고 있는 아이들이지요. 피터팬이야 밤하늘을 날아 네버랜드로 돌아갈 수 있지만, 이런 아이들은 한국에서 행복하게 살아갈 수 있는 방법이 없습니다. 학교도 다니기 힘들고 병원에도 가기 어렵고 취직도 할 수가 없기 때문입니다.

이런 아이들에게 한국 국적을 줘야 한다고 강력하게 주장할 수 있는 근거가 되는 법이 바로 헌법입니다. '인간으로서의 존엄과 가치 및 행복 추구권'을 명시하고 있는 제10조가 대표적인 조항이지요. 헌법 제10조의 정신이 현실에서 제대로 실현될 수 있도록 하위 법들을 손보는 일, 우리가 끊임없이 해 나가야 할 일입니다.

그런데 왜 법을 알아야 하지?

이제 헌법, 형법, 민법의 기본 정신과 원리에 대해서 조금 감을 잡으셨나요? 그런데 이런 것들이 여러분과 무슨 상관이냐고요? 여러분은 모두 법 없이도 살아갈 수 있는 선량한 시민들이라고요? 그럼 이걸 한번 생각해 봅시다. 여러분처럼 선량한 고등학생들이 배를 타고 제주도로 수학여행을 가다가 배가 침몰하여 300여 명이나 사망하였습니다. 선장과 선원들이 탈출 방송만 했더라면, 해양 경찰이 적극적으로 구조에 나서기만 했더라면, 충분히 구조될 수 있었던 학생들입니다. 아니, 애초에 정부가 화물 과적과 선박 불법 개조를 제대로 감시했더라면, 선박의 수명을 늘려 주지 않았다면, 지금쯤 여러분과 함께 학교를 다니고 있었을 꽃다운 청춘들입니다.

억울하게 죽은 이들의 부모님들이 가장 바라는 게 뭘까요? 보상금을 많이 받는 걸까요? 죽은 학생들이 의사자◆로 지정되는 것일까요? 그것도 아니면 죽은 학생들의 형제자매들이 대학 입학에서 혜택을 받는 것일까요? 세월호 유가족들은 이런 이야기를 꺼낸 적이 없습니다. 이분들이 처음부터 끝까지 끈질기게 주장해 온 것은 단하나. '철저한 진상 규명'과 '재발 방지'를 위해 '수사권과 기소권이 보장된 세월호 특별법'을 만들어 달라는 것입니다. 갑자기 머리가 아파 오지요? 수사권은 뭐고 기소권은 뭐냐고요? 진상 규명을 하는데 왜 특별법이 필요하냐고요?

이런 사건이 발생했을 때 수사를 하는 곳은 검찰과 경찰입니다. 사건이 발생한 이후 검찰과 경찰은 세월호 참사의 원인과 각종 의혹에 대한 수사를 진행하였습니다. 그 결과, 세월호 침몰 사고가 청

◆ 다른 사람을 구하다 사망한 사람을 의사자라고 합니다. 의사자로 지정되면 국가는 유족에게 보상금을 지급합니다.

해진해운의 무리한 증개축, 선원들의 조타 미숙 등이 원인이 돼 발생했다는 것, 진도 해상교통관제센터(VTS) 요원들이 관제를 제대로 하지 않았고 해경 123정 역시 퇴선 유도 조치를 하지 않아 사망자 수가 늘어났다는 결론을 내렸습니다.

검찰은 수사 과정에서 죄가 있다고 판단되는 사람들을 기소합니다. 기소란 검사가 법원에 재판을 해달라고 요구하는 행위로, 검사의 고유 권한입니다. 검찰은 세월호 선원들을 살인 등의 혐의로, 선주인 유병언의 가족과 측근들은 횡령 등의 혐의로, 해경 123정장은 업무상 과실치사 등의 혐의로 기소하는 등 150명 이상을 기소하였습니다.

하지만 유가족들은 현재의 검찰은 정부로부터 충분히 독립적이지 못해 정부의 잘못을 제대로 파헤치지 않았다고 생각하여 '세월호 특별법' 제정을 주장하였습니다. 특별법이란 법의 효력이 특정한 사람이나 사항에 한하여 적용되는 법을 말합니다. 그러니까 세월호 특별법은 세월호 사건에만 적용되는 법이지요. 유가족이 주장하는 세월호 특별법의 핵심은 수사권과 기소권 보장입니다. 선원 몇 명과 유병언 일가에 대해서뿐만 아니라 지휘·보고체계, 법 제도, 구조와 수색 시스템 등 모든 영역과 의혹에 대해 진상조사위원회가 강력하게 조사한 후 기소할 수 있도록 해 달라는 것이지요. 하지만 정부와 여당에서는 민간 기구인 진상조사위원회가 검찰의 고유 권한인 수사권과 기소권을 가지는 것은 사법체계의 근간을 흔든다며 반대하였습니다. 유가족의 강력한 요구에도 불구하고 수사권과 기소권이 없는 '세월호 참사 특별조사위원회'를 꾸리도록 하는 세월호 특별법이 마련되었습니다.

법은 행복을 원한다

여러분은 '세월호 참사 특별조사위원회'에 수사권과 기소권을 부여해 달라는 주장에 대해 어떻게 생각하나요? 아직 잘 모르겠다고요? 그렇다면 아래 글을 읽어 보고 법이 왜 만들어졌는지를 다시 한 번 생각해 보세요.

> 법은 사람들이 더불어 살기 위해 만들어낸 규칙이다. 인간 사회에 꼭 필요한 것이기에 역사도 무척 길다. 가장 오래된 법이라고 말하는 〈함무라비 법전〉은 기원전 1750년에 만들어졌다. 약 4천 년의 역사를 지닌 셈이다. 법은 그런 오랜 세월을 거치면서 좀 더 사람들에게 행복을 보장할 수 있는 방향으로 개선에 개선을 거듭했다. (…) 이제까지 지구에서 살았던 모든 인류가 다른 사람과 어울리며 평화롭게 살기 위해 필사적으로 생각하고 시행착오를 통해 고쳐온 결과가 현재의 법인 것이다. 한마디로 법은 인류의 위대한 지혜를 모은 결정체라고 할 수 있다. - 9-10쪽

어렵게만 느껴지는 법률 용어들은 더 안전하고 행복하게 살아가기 위해 고민하는 과정에서 만들어진 말들입니다. 세월호 논의 과정에서 나오는 특별법, 수사권, 기소권도 마찬가지고요. 비록 세월호 특별법이 철저한 진상 규명을 바라는 사람들의 요구 사항을 다 담아 내지는 못했지만, 그래도 아직 희망이 있습니다. 법은 만드는 것도 중요하지만, 적용하는 것 역시 못지않게 중요하기 때문입니다. '세월호 참사 특별조사위원회'의 활동을 온 국민이 눈을 부릅뜨고

지켜본다면 우리는 세월호의 진실에 한 발짝 더 다가갈 수 있을 겁니다. 진실을 밝혀야 함께 앞으로 나아갈 수 있습니다.

민주주의가 만들어지기까지

이은주

『4.19 혁명』
윤석연 지음, 소복이 그림, 한겨레틴틴, 2010

"그때 아무것도 하지 않았다면 남은 사람은
훨씬 잔인한 세상을 살았을 테지요.
살다 보니 알겠더군요. 주열이가 꿈꾸었던
크기만큼, 꼭 그만큼 세상이 달라졌다는 걸……."
- 본문 중에서

그냥 얻어지는 것은 없다

　무엇인가를 간절히 원하여 구할 때가 있습니다. 한여름 체육 시간 후 물 한 모금이 간절할 때는 수업 종이 울리더라도 마실 물을 찾는 게 급하고, 점심시간 후 눈을 뜰 수 없을 만큼 졸릴 때는 아무리 무서운 선생님의 시간이라도 필사적으로 잠깐이라도 눈을 감을 순간을 찾습니다. 기본적 욕구가 해결되지 않으면 살 수 없으니까 온 힘을 다해서 구하게 되죠. 아무 때고 정수기에서 물을 받아 마실 수 있고, 졸리면 바로 침대에 누워 잘 수 있을 때는 잘 모르죠. 자신이 찾던 그것이 얼마나 소중한지를요.

　저는 커피 한 잔과 허리띠 없는 바지가 간절했습니다. 고등학교에 다닐 때, 매점에서 커피 한 잔을 뽑아 교실에 앉아 마시고 싶었지만 그럴 수 없었어요. 학교 복도에서는 컵을 들고 다니지 못하게 했거든요. 컵을 들고 있다가 발각되면 엄청나게 혼이 났어요. 이유는 '복도에 내용물을 엎지를 수 있기 때문이다'라는 거였죠. 허리띠 없는 바지는 왜냐고요? 몸에 잘 맞는 바지에는 허리띠를 맬 이유가 없죠. 하지만 학교에 갈 때는 어떤 바지든 반드시 허리띠를 매야 했습니다. 아침마다 교문을 통과할 때 선생님들께서 검사하셨거든요. 이유는 허리띠를 매야 단정해 보인다는 것이었어요. 컵과 허리띠 없는 바지가 간절할 것까지야 뭐 있냐고요? 규칙이니까 그냥 지키면 안 되냐고요? 맞아요. 저도 그래서 잘 지켰어요. 컵을 못 들고 다닌다고 해서, 필요 없는 허리띠를 맨다고 해서 아픈 것도 아니고 죽는 것도 아니니까요. 사실 복도에 컵 속 내용물이 쏟아지면 깨끗이 닦으면 되는 것 아닌가, 꼭 허리띠를 매야 단정해 보이는 건가, 잘 이해는 안 되었어요. 답답하고 무시당하는 것 같아 화가 나기도 했지만 그냥 참았지요. 여러분도 그런가요? 학교마다 조금씩은 다르겠지만 아무리 추워도 동복 혼용기가 아니면 외투를 입을 수 없고 겨울철에는 반드시 검은색 스타킹을 신어야 하고 셔츠는 반드시 바지 안에 넣어서 입어야 하는 규칙들이 있잖아요. '이건 내 자유인데……. 내 판단에 따라서 할 수 있는데…….' 이런 생각이 들지 않나요? 학교에서는 학생들의 자유나 권리보다는 학생다움이나 안전, 질서 유지가 먼저인 경우가 많습니다. 잘 이해되지 않더라도 눈 한 번 질끈 감아 버리면 학교 생활은 오히려 편해집니다.

하지만 우리나라의 지금은 눈을 감아 버리는 것으로 만들어지지 않았습니다. 대한민국은 '민주공화국'으로 시작되었지만 나라의 주인은 국민이 아닌 힘을 가진 권력자였고 국민의 자유와 권리는 보장되지 않았습니다. 배가 부르고 등도 따스했지만 사람들이 거기서 멈추지 않았습니다. 자유를 외쳤고 자신들의 권리를 찾고자 목숨까지 바치며 온 힘을 다했습니다. 그렇게 모든 사람들이 자유를 외치고 정의를 찾고 민주를 부르짖으며 나섰을 때, 힘겹지만 조금씩 더 나은 세상이 만들어져 왔습니다. 여기, 우리가 반드시 기억해야 할 대한민국의 민주주의의 역사 하나를 소개합니다.

푸른 하늘을

푸른 하늘을 제압하는
노고지리가 자유로왔다고
부러워하던
어느 시인이 말은 수정되어야 한다

자유를 위해서
비상하여 본 일이 있는
사람이면 알지
노고지리가
무엇을 보고
노래하는 가를
어째서 자유에는
피의 냄새가 섞여 있는가를

혁명은
왜 고독한 것인가를
혁명은
왜 고독해야 하는 것인가를

시인 김수영이 이렇게 노래한 역사, 바로 4.19 혁명입니다.

역사를 움직인 4.19 혁명

이 책 『4.19 혁명』은 각 장마다 4.19와 관련된 여러 인물들을 주인공으로 설정해 소설처럼 쓴 책입니다. 그래서 4.19혁명을 이미 지나간 과거의 사실이 아닌 현재 진행되고 있는 일처럼 이해할 수 있습니다. 이승만, 이기붕, 조봉암, 신익희 등 정치가들의 입장과 함께 김주열·김광열 형제, 구두닦이 오성원과 이이수, 경북사대부고·

강문고·대광고 등의 학생들을 포함하여 4.19 혁명에 참여했던 여러 학생과 시민들의 목소리가 생생하게 담겨 있어서 혁명이 어떻게 이루어졌는지 알 수 있습니다. 책의 줄거리인 4. 19 혁명의 진행은 이렇습니다.

1948년, 남한 단독 정부의 초대 대통령이 된 이승만은 무려 12년 동안 권력을 누리며 독재 정치를 했습니다. 1956년 제3대 대통령 선거에서는 헌법을 고쳐 가면서 대통령직을 유지했습니다. 1960년 3월 15일 제4대 정·부통령 선거에서 또 다시 온갖 부정 행위를 저질렀습니다. 그러자 대구 지역 고등학생들이 부정 선거 규탄 시위를 시작하였고, 이는 마산 지역 학생과 시민들의 시위로 이어졌습니다. 그리고 4월 11일, 마산 앞바다에서 시위 때 행방불명되었던 마산상고 학생 김주열이 처참한 모습의 시체로 발견되었습니다. 이 소식이 널리 알려지면서 4월 18일, 고려대학교 학생들은 "마산 사건의 책임자를 즉시 처단하라."라는 구호를 외치면서 시위를 했습니다. 그러자 이승만 정권의 자유당이 시위에 참가한 학생들을 습격하자 이에 대한 항거로 다음 날인 4월 19일부터 시민과 중고등학생은 물론 초등학생들까지 시위에 함께했습니다. 경찰은 총을 쏘며 진압했지만 시위대는 죽음을 무릅쓰고 맞섰습니다. 이날부터 4월 25일까지 전국에서 이승만 독재 정권에 반대하는 시위가 벌어졌고 마침내 4월 26일 이승만은 대통령에서 물러나겠다는 발표를 했습니다. 이렇게 국민들이 나서서 독재 권력을 무너뜨린 민주화 운동이 4.19 혁명입니다.

민주주의가 뭐길래

4.19 혁명의 진행 과정을 살펴보면 민주주의가 무엇인지 알게 됩니다. 4.19 혁명의 원인은 부정 선거입니다. 이승만 정권은 민주주의를 무시하고 이 나라의 주인인 국민에게 위임받은 권력을 멋대로 휘두르며 독재를 했습니다. 대통령 후보로 나섰던 조봉암은 간첩 혐의로 사형당하기 전 이런 말을 남깁니다.

"이박사는 소수가 잘살기 위한 정치를 했고, 나는 국민 대다수가 고루 잘살게 하기 위한 민주주의 투쟁을 했다. 나에게 죄가 있다면 많은 사람이 고루 잘살 수 있는 정치운동을 한 것밖에 없다. 후회 없다." - 56쪽

민주주의란 국민이 주인이며, 국민을 위한 정치가 이루어지는 것을 말합니다. 국가가 나아가야 할 방향을 결정하는 권력이 국민에게 있어야 하고, 권력을 쓰는 것 역시 국민을 위해서여야 합니다. 이승만 정권은 권력을 갖는 과정에서도 부정 선거로 국민의 뜻을 무시했으며 세 차례 대통령으로 당선되어 권력을 휘두를 때도 국민을 위해서 그 권력을 쓰지는 않았습니다. 정당하지 못한 권력은 결국 국민의 저항에 부딪히게 됩니다. 4.19 혁명은 일어날 수밖에 없었습니다.

민주주의가 소중한 이유는 인간의 존엄성을 지키고 국민의 자유와 권리를 지켜 주는 제도이기 때문입니다. 이승만의 독재는 국민을 주인으로 하는 민주를 무시했고 국민의 자유를 억압했습니다. 이승만 정권의 실정으로 대다수 국민들이 궁핍한 생활을 했지만, 결정적으로 시민들을 일어나게 했던 건 경제적인 어려움 때문만이 아니라 국민을 통제하고 자유를 억압했기 때문입니다. 이승만 정권은 권력자의 힘을 제한하고 민주주의를 실현하고자 만들어진 헌법을 마음대로 고쳤습니다. 국민이 주인임을 나타내는 선거를 조작했으며, 시민들이 정당하게 저항할 때 무력을 써서 소중한 생명들을 짓밟았습니다.

3.15 부정 선거 시위 때 참여했던 구두닦이 오성원은 시위를 진

압하던 경찰의 총에 맞습니다.

> "괜찮아요?"
> 누군가 오성원을 둘러업고 뛰었다.
> '괜찮아요. 오늘 하루 괜찮았어요. 세상에 태어나서 처음 고아도, 심부름꾼도, 구두닦이도 아닌 오성원의 하루를 보냈어요. 괜찮아요.'
> 며칠 뒤 마산의 구두닦이들은 돈을 모아 소나무 관을 사고 (…) 묘비도 세웠다.
> '길가는 나그네여! 여기 잃은 민주주의를 찾으려다 3월 15일 밤 무참히 떨어진 21년의 꽃봉우리가 누워 있음을 전해다오. 오성원을 기다리며, 친구 일동' - 83쪽

오성원은 불의와 부정에 맞서 싸우면서 진정한 삶의 주인으로서의 자신을 깨닫게 됩니다. 누구도 혼자 살아가는 것이 아니라 이 사회와 함께 살아가고 있습니다. 개인으로서 '나'뿐만 아니라 사회의 구성원으로서의 '공적인 나'로도 살고 있습니다. 오성원은 시위에 참여하면서 비로소 사회의 주인으로서 공적인 자아를 찾았습니다. 그건 단 하루였지만 그 이후 새로운 삶을 살아가게 되었습니다. 이 사회와 나라의 주인으로서 당당하게 서서 권리를 행사할 때 자신도, 사회도 함께 한 걸음씩 나아갑니다. 이것이 우리가 알아야 할 민주주의 의미일 것입니다.

민주주의는 참여로 자라는 나무

더 나은 세상을 꿈꾸고 모두가 이 나라의 주인으로 나섰던 4. 19 혁명의 정신은 이후 민주화 운동의 바탕이 되었습니다.

> 훗날 사람들은 이승만 독재 정권을 무너뜨린 거대한 움직임을 '혁명'이라고 했다. 그 후에도 사람들은 좀 더 나은 세상, 더 살기 좋은 세상을 꿈꾸었다. 그 꿈은 언제나 새로웠지만 그 꿈이 거슬러 올라가 닿은 곳은 '혁명'이라고 불리는 4월이었다. 그후에도 더 많은 사람들이 꾸는 꿈은 1960년 4월, 그때 이미 누군가가 꾸었던 꿈이었다. - 160쪽

이 책과 함께 울고 분노하면서, 자유롭고 정의로운 민주주의 국가를 꿈꾸고 만들고자 노력했던 사람들의 용기 있는 행동을 느낄 수 있습니다. 한성여자중학교 2학년 진영숙은 4월 19일 시위에 나가기 전에 홀어머님께 유서를 남깁니다.

> 저는 가겠습니다.
> 시간이 없는 관계로 어머님을 뵙지 못하고 떠납니다.
> 끝까지 부정 선거 데모로 싸우겠습니다.
> 지금 저의 모든 친구들 그리고 대한민국 모든 학생들은
> 우리나라 민주주의를 위하여 피를 흘립니다.
> 어머니 데모에 나간 저를 책하지 마시옵소서.
> 우리들이 아니면 누가 데모를 하겠습니까.
> 저는 아직 철없는 줄 압니다.

그러나 국가와 민족을 위하는 길이 어떻다는 것은 잘 알고 있습니다.

저와 모든 학우들은 죽음을 각오하고 나간 것입니다.

저는 생명을 바쳐 싸우려고 합니다.

'데모'하다 죽어도 원은 없습니다.

어머님 저를 사랑하는 마음으로 무척 비통하게 생각하시겠지요.

온 겨레의 앞날과 민족의 해방을 위하여 기뻐해 주세요.

이미 저의 마음은 거리로 나가 있습니다.

너무나 조급하여 손이 잘 놀려지지 않는군요.

부디 몸 건강히 계세요.

거듭 말씀드리지만 저의 목숨은 이미 바치려고 결심하였습니다. - 142~143쪽

우리가 누리고 있는 이 민주주의는 그냥 주어진 것이 아니었습니다. 좀 더 나은 세상을 꿈꾸고 이를 만들기 위해 희생했던 선배들의 노력 덕분입니다.

그들이 누려야 했던 세상, 우리가 꿈꿔야 할 세상

"그때 아무것도 하지 않았다면 남은 사람은 훨씬 잔인한 세상을 살았을 테지요. 살다 보니 알겠더군요. 주열이가 꿈꾸었던 꿈의 크기만큼, 꼭 그만큼 세상이 달라졌다는 걸. (…) 주

239

열이의 죽음이 아닌 주열이가 누려야 했을 삶을 기억했으면, 그것으로 예의를 다했으면 좋겠어요." - 12-13쪽

여러분들이 지금 누리고 있는 학교의 모습 또한 누군가가 간절히 원했던 모습입니다. 헌법 제12조 1항은 '모든 국민은 신체의 자유를 누린다'입니다. '두발 제한 폐지하고 학생 인권 보장하라'라고 쓴 피켓을 들고 헌법에 그려져 있는 국민의 권리를 찾고자 노력한 선배들이 있었습니다. 촛불을 들고 입시 위주의 학교 환경을 바꿔달라고 외치던 선배들도 있었습니다. 그 선배들의 노력이 더해 두발 제한 폐지와 체벌 금지 등의 내용이 담긴 학생 인권 보장 조례가 만들어지기도 했고 학생이 행복하고 존중받는 학교로 한 걸음 더 나갈 수 있었습니다.

이제 우리가 꿈꿔야 할 세상은 학교를 넘습니다. 그 세상은 자유와 민주, 정의를 위해 목숨 바친 분들이 누려야 할 세상입니다. 이 나라에 살고 있는 모든 사람들이 존중받으며 자유롭고 평등하게, 사람답게 살아가는 세상 말입니다. 꿈꾸는 만큼 세상은 달라진다고 했습니다. 핵 없는 세상에서 안전하게 살아가고픈 사람들, 정리 해고 없는 세상에서 미래를 꿈꾸고픈 사람들, 소중한 생명과 지역의 평화를 지키고픈 사람들……. 달라질 세상을 위해 힘겹게 버티며 싸우고 있는 사람들이 너무나 많습니다. 이들을 잊지 않고 기억해 주는 일도 우리가 꿈꾸는 사회를 위한 한 걸음입니다.

걷고 걷고 또 걸으면서 찾는 길

『소년, 갯벌에서 길을 묻다 – 새만금 바닷길 걷기 7년의 기억』
윤현석 지음, 뜨인돌, 2011

언제부터인지는 모르겠지만 바닷길 걷기의
모토가 '모람모람 걷자!'가 되었다. 모람모람은
'이따금씩 한데 모아서'란 뜻의 순우리말인데,
매년 여름방학 때마다 모여서 함께 걷는
우리에겐 정말 딱 맞는 표현인 것 같다.
사람들끼리만 그런 게 아니고 자연과도 그렇다.
여름마다 꼬박꼬박 만나는 풍경과 생명들 역시
우리와 얘기를 나누고 마음을 주고받는다.
그러니까 우린 우리끼리만 걷는 게 아니고,
새만금의 모든 것들과 모람모람 걷는 셈이다.
― 본문 중에서

햇빛이 필요해!

겨울방학 중에 TV 앞에 앉아 이 채널 저 채널 돌려 보다 우연히 광고 하나를 봤습니다.

해 뜨기 전에 학교
DDDDDD!
D가 필요해 D!
자녀의 D를 받쳐 주세요

해 지고 나서 집
햇빛 빛 빛 빛 빛 햇빛!
햇빛이 필요해 D!

공부에 찌들어 햇빛 볼 틈이 없는 자녀들을 위해 비타민 D를 사주라는 광고였습니다. 햇빛 볼 시간 없는 자녀들에게 바깥에서 뛰어놀 시간을 주라고 권하는 게 아니라 비타민 D를 사 주라고 당당하게 말하는 광고 내용도 무서웠지만, 광고의 주인공이 초등학교 고학년 정도로 보인다는 게 더 무서웠습니다. 초등학생이 햇빛 볼 틈도 없이 도대체 뭘 하는 걸까요?

겨울방학을 마치고 중3인 우리 반 아이들을 만났는데 학기 중보다 오히려 더 피곤해 보이는 얼굴들이 꽤 있었습니다. 물어보니 겨울방학 내내 하루 종일 학원에 앉아 있느라 제대로 쉬지를 못 했다고 하더군요. 학기 중에도 학교 끝나자마자 학원으로 달려가 네다섯 시간씩 학원 수업을 듣느라 쉴 틈 없었던 아이들이 방학에는 훨씬 더 많은 시간을 학원에 가 앉아 있었던 것입니다. 그중 제일 심한 친구는 아침 9시부터 밤 11시까지 학원에 앉아 있었다고 하는데, 그런 친구들이 족히 서너 명은 되었습니다. 그래서인지 2월에 별 프로그램도 없는데 학교에 나오라고 하는 것이 짜증 날 법한데도 여

학생들은 오랜만에 만난 친구들과 수다 떠느라, 남학생들은 운동장에서 축구를 하느라 시간 가는 줄 몰라 했습니다.

친구들과 놀 시간도 저당 잡힌 채 오랜 시간 공부만 하는 우리 반 아이들 대부분은 꿈이 없습니다. 자기가 잘하는 게 무엇인지도 모르고, 하고 싶은 일도 없습니다. 그저 부모님이 바라는 대로 공부 열심히 해서 좋은 대학 가서 안정적인 직업을 갖겠다는 것 정도가 아이들이 공통적으로 대답하는 자신의 꿈입니다. 아이들로부터 이런 이야기를 들을 때마다 저는 아직 꿈을 찾지 못했어도 괜찮다고, 나도 그 나이 때에 그랬다고, 결국은 찾게 될 것이라고 아이들을 위로합니다. 그런 말을 건넬 때면 괜히 미안해집니다. 정말로 이 아이들이 꿈을 찾게 될까 싶은 의문이 제 맘속 한 켠에 자리 잡고 있기 때문입니다.

저도 학교 다니는 내내 딱히 하고 싶은 게 없었습니다. 학교 생활은 성실히 했지만 수업 듣고 자습만 하는 상황 속에서 제가 뭘 잘하는지, 뭘 하고 싶은지 알 길이 없었던 것 같습니다. 당시는 지금처럼 독서나 진로 탐색을 권하던 때도 아니라 정말로 교과서만 붙들고 있었습니다. 제가 진로를 정했던 기준은 딱 하나. 여러 과목 중에서 외국어 과목이 그나마(!) 제일 재미있다,라는 것이었습니다. 꿈이 뭐냐고 물어보면 통역사라고 적어 내긴 했는데, 통역사들은 대체로 어떻게 사는지 아는 건 없었습니다. 영문과나 불문과를 가려고 했었는데 성적에 맞추다 보니 불어교육과에 가게 되었습니다. 대학에 와서 선배들을 만나고 같이 공부를 하다 보니 사범대가 좋아지기 시작했습니다. 교사가 되어 아이들을 가르치고 싶다는 생각이 들기 시작했는데, 그때 이미 불어교사가 될 길은 없었습니다. 많은 학교에서 제2외국어로 불어, 독어 대신 중국어, 일어를 선택하기 시작했기 때문에 새로 불어교사를 뽑지는 않았던 겁니다. 그래서 2학년 때부터 사회교육을 부전공했고 지금은 사회교사로 행복하게 살고 있습니다. 다행히도 시간이 지날수록 이 일이 제 적성에 잘 맞는 일이라는 생각이 듭니다. 저는 성적에 맞춰 대충 간 대학에서 적성에 맞는 길을 어렵지 않게 찾을 수 있었지만, 그건 무지하게 운이 좋아서 그랬던 것 같습니다. 고등학교 때까지는 제가 어떤 사람인지, 무엇을 잘하는지, 무엇을 할 때 행복한지 잘 몰랐었고, 그런 걸 알기엔 제게 허락된 경험의 폭이 너무나 좁았습니다.

우리 반 아이들이 정말로 꿈을 찾을 수 있을까 싶은 의문이 제 맘속 한 켠에 자리 잡고 있는 것도 같은 이유에서입니다. 얼마 전 수업 시간에 기회비용◆이라는 개념을 배우면서 최근에 자신이 한 선택과 그것 때문에 포기한 것은 무엇인지를 얘기해 보도록 했는데, 아이들의 발표 사례가 어쩌면 그렇게 천편일률적인지 소름이 돋을 지경이었습니다. 수학학원 숙제를 포기하고 영어학원 숙제를 했다, 영어학원을 빼 먹고 친구랑 놀았다, 수학학원을 빼 먹고 게임을 했다 등등……. 학원이라는 단어가 빠진 사례를 찾기가 힘들 지경이었습니다. 부모님이 시키는 대로 매일 학교와 학원만 쳇바퀴 돌듯 왔다 갔다 하는 와중에도 하고 싶은 일을 찾을 수 있을까요?

◆ 어떤 선택 때문에 포기한 대안 중에서 가장 높은 것의 가치. 대학에 다닐 경우의 기회 비용은 대학에 가지 않고 일을 할 경우 벌 수 있는 소득이 됩니다.

여름방학마다 햇빛을 듬뿍 받은 현석이

이 책을 쓴 윤현석은 여름방학마다 학원 대신 새만금으로 달려
간 독특한 이력의 소유자입니다. 열한 살이던 2003년, 엄마에게 떠
밀려 간 어린이 환경캠프에서 새만금을 처음 접하게 되었고, 초등
학교 6학년이던 2005년부터 고등학교 3학년 때까지 7년간 매년 여
름 새만금 바닷길 걷기에 참여하였습니다. 초등학생 때 이런 프로
그램에 참여하는 친구들은 꽤 있지만 고등학생이 되어서도 환경캠
프에 참여하는 친구들을 주위에서 본 적이 없는 저로서는 현석이가
고3 때까지도 새만금 바닷길 걷기에 참여했다는 사실 자체가 무척
신기했습니다. 현석이가 참여했던 프로그램은 '환경과 생명을 지키
는 전국교사모임'의 여름방학 프로그램으로 새만금 방조제의 양끝
지점인 군산 비응도에서 부안 해창까지 약 180킬로미터의 구불구불
한 해안을 7~8일간 걷는 프로그램입니다. 다른 친구들이 선행학습
에 매달리느라 비타민 D부족에 시달릴 때 현석이는 새만금의 모든
길을 걸으며 햇빛을 온몸으로 듬뿍 받았습니다. 그리고 "생명의 갯
벌이 죽음의 사막으로 변해 가는 과정을 직접 보고 듣고 느껴"왔습
니다.

새만금은 내게 수만 마리의 도요새들, 큰 집게발을 치켜든
농게들, 붉게 물든 칠면초들로 기억되는 곳이다. 한국은 물론이
고 세계에서도 첫손에 꼽히는 갯벌이었던 이곳의 아름다움은
말이나 글로는 도저히 설명할 수가 없다.

(…) 하지만 방조제가 바다를 막은 뒤부터는 걷는 내내 어
딘가 뻥 뚫린 것처럼 마음이 허전하다. 새만금이 죽어가는 모

습을 여기저기서 목격하기 때문이다. 메마른 갯벌과 그 위에서 입을 벌린 채 죽어 있는 조개들을 볼 때면 저절로 한숨이 나오고 기운이 빠진다. - 12~13쪽

7년 동안 해마다 '새만금 바닷길 걷기'를 했기 때문에 현석이는 방조제가 완공된 후에도 새만금의 옛 모습을 생생히 떠올리며 가슴 아파 할 수 있었고, 걷는 것에 중독된다는 것이 무엇인지 몸에 새기게 되었으며, 드넓은 갯벌처럼 마음이 넉넉해지고 부드러워지는 것도 경험했습니다.

햇빛과 함께 자란 아이

현석이도 "환경이니 생태니 하는 건 전혀" 몰랐고, "생명의 가치에 대해 깊이 생각해 본 적도" 없으며 "방학 때는 학원 다니기에 바쁘고 학원이 끝나면 PC방에서 친구들과 게임하기에 바쁜 평범한 아이"였다고 합니다. 하지만 우연히 접하게 된 새만금은 현석이를 "자석처럼" 끌어당겼고 새만금의 모든 길을 걸으며 환경에 대해, 생명에 대해, 깊이 생각하게 되었습니다. 7년 동안 길 위에서 느꼈던 "기쁨과 슬픔과 분노와 깨달음"을 함께 나누고자 책을 쓰게 되었다는군요.

나를 비롯한 청소년들은 대한민국의 미래 세대로서 아름다운 자연을 물려받을 정당한 권리가 있다. 그런데 어른들은 그걸 자꾸 잊어버리는 것 같다. 온 나라의 산과 강과 갯벌을 마구잡이로 파헤치고 있으니 말이다. 참혹하게 망가진 새만금은 우리의 권리가 얼마나 심각하게 침해당하고 있는지 보여 주는 대표적인 사례일 것이다. 그래서 이 책을 쓰기로 했다. 가만히 앉아서 자연을 야금야금 빼앗길 순 없으니까! 원래 모든 권리는 지키려는 노력이 있을 때 비로소 온전히 보장된다. 이 책은 '자연'이라는 이름의 미래를 되찾기 위한 나의 노력인 동시에 권리 선언이다. - 14쪽

책을 쓰고 싶어질 만큼 많은 걸 배우고 가슴에 담은 현석이가 참으로 대견했습니다. 그리고 미래 세대에게 아름다운 자연을 물려주는 걸 자꾸 잊어버리는 어른의 한 사람으로서 많이 부끄러웠습니다.

길 위에서 꿈이 생기다

현석이의 성장은 이 책을 쓴 것에서 끝나지 않습니다. 새만금의 아름다움을 가슴 깊이 간직한 현석이에게는 새만금을 되살리는 데 힘을 보태고 싶다는 간절한 꿈이 생겨났습니다.

아름다운 모습은 아주 오랫동안 가슴에 남는다. 도요새들의 화려한 군무와 팔짝 뛰어오르며 멋진 지느러미를 자랑하는 짱뚱어가 몇 년이 지난 뒤에도 또렷하게 기억나는 것처럼 말이다. 내가 그걸 잊지 않는 한 새만금 갯벌의 부활을 원하는 마음은 절대 변하지 않을 것이다. (…) 나에게는 희망이 있다. 우리가 바로 희망이다. - 255쪽

우린 아직도 새만금이 살아날 거라는 희망의 끈을 놓지 않고 계속 바닷길을 걷고 있다. 그곳에서 만나는 어민들 역시 머지않아 갯벌에 다시 바닷물이 들어올 거라고 굳게 믿고들 계신다. 그런 말을 들으면 나도 모르게 힘이 불끈 솟고 무겁던 다리가 다시 가벼워지는 걸 느끼곤 한다. 아아! 정말 그렇게 될 수만 있다면……. - 14쪽

현석이의 장래 희망은 보전 생태학 Conservation Ecology 을 전공하여 생태 복원 전문가가 되는 것입니다. 새만금을 되살릴 때 힘을 보태기 위해서죠. 저는 대학에 다녔고, 대학원도 나왔는데도 이런 전공이 있다는 사실을 처음 알았습니다. 간절히 원하면 길이 보이나 봅니다. 2011년 말, 현석이는 보전 생태학을 가르치는 코넬 대학교 자

연자원학과에서 수시 합격 통지서를 받았다고 하니 아마도 지금은 열심히 공부하고 있겠죠?

이렇게 얘기하는 사람들이 있을지도 모르겠습니다. 아이비리그 인 코넬 대학에 입학한 건 부럽지만 그런 걸 전공해서 먹고살 수 있겠냐고. 이에 대한 현석이의 쿨한 대답. "(새만금을)되살리지 못하면 평생 실업자로 지낼 수도 있지만 별로 걱정하진 않는다. 왜? 기필코 복원될 거라는 굳은 믿음이 있으니까."

저도 현석이에게 전염되었나 봅니다. 머지않은 미래에 새만금 복원을 위한 토론회장에, 그리고 새만금 복원 현장에 생태 복원 전문가 윤현석이 자리하고 있는 모습이 생생하게 그려지니 말입니다.

꿈을 찾고 싶다면

이 책은 사실 꿈에 대한 책은 아닙니다. 새만금 바닷길 걷기에 대한 세밀한 기록물이며, 새만금에 대한 생태 보고서이며, 그 길을 함께 걸은 아이들의 추억담입니다. 이 책을 읽으면 새만금 사업이 무엇이며, 어떻게 변질되어 왔고, 자연 환경을 얼마나 파괴했는지, 다른 나라들은 이런 문제를 어떻게 해결해 왔는지를 잘 알 수 있게 됩니다. 아름다운 새만금의 사진을 감상하는 건 덤이지요.

하지만 저는 이 책을 읽는 내내 한 소년이 어떤 과정을 거쳐 꿈을 갖게 되었는지, 그 꿈을 어떻게 이뤄 나가고 있는지에 더 눈길이 갔습니다. 그건 아마도 제가 과도한 사교육에 치여 몸도 마음도 황폐해져 가고 있는 아이들을 가르치고 있는 교사라서 그럴 겁니다.

'섬진강 시인'으로 유명한 김용택은 "선생님은 왜 시를 썼어요?"

라고 묻는 아이의 질문에 이렇게 대답합니다.

"심심해서 그랬어. 공부를 하다가 일을 하다가 이렇게 마루에 혼자 앉아 있으면 정말 심심한 거야. 봐라, 시골이 참 심심하지. 나무도, 강물도, 하늘도, 구름도, 풀잎들도 정말 심심해 보이지. 너무 심심하니까 심심함을 피하기 위해 여기저기 무언가를 찾다 보니 마을에 있는 모든 것들이 다 자세히 보인 거야. 새, 벌레들, 물소리, 물 흐르는 모양, 벌레 우는 소리, 앞산 나무와 곡식들, 농부들이 씨를 뿌리고 가꾸고 거두고 또 노는 모습, 아무튼 너무 심심하니까 세상이 다 자세히 보인 거야. 그래서 그냥 글로 옮겨 써 봤어. 그랬더니 시가 되었어. 어느 날 내가 시를 쓰고 있어서 나도 놀랐다니까. 정말 심심해서 그랬어."◆

김용택에게 심심한 시간이 없었으면, 현석이에게 지루하게 걷는 시간이 없었다면, 그들은 하고 싶은 일을 찾을 수 있었을까요?

그러니 잠깐만이라도 책을 덮고, 스마트폰을 내려놓고, TV를 끄고 바깥으로 나가 걸어 봅시다. 주위를 둘러봅시다. 심심해질 때까지…… 주변이 자세히 보일 때까지…… 마음의 소리가 들릴 때까지…….

잊지 마세요. 시험 대비 강좌를 통해서는 하고 싶은 일을 찾을 수가 없습니다. 게임이나 카톡 화면 속에서 튀어나오지도 않습니다. 부모님이나 교사의 안내 속에 여러분의 꿈이 놓여 있는 것도 아닙니다. 오로지 여러분 자신만이 주위의 살아 있는 것들과 얘기를 나누고, 마음을 주고받으며 직접 소통하고 부딪히면서 찾아낼 수 있

◆ 『심심한 날의 오후 다섯 시』 김용택 지음, 예담, 2014

습니다. 여러분에게 지금 무엇보다 필요한 건 햇빛입니다. 여러분의 D(Dream)는 부모님이 사 주실 수가 없답니다. 여러분이 찾으셔야 해요. 파이팅!

개발해야 한다는 국가, 그대로 두라는 시민
우리는 어느 편에 서야 할까

새만금 사업은 갯벌을 개발하여 여러 가지 목적으로 쓰도록 땅을 일구고자 시작한 사업입니다. 지도에서 보다시피 부안부터 군산까지 연결하는 어마어마하게 큰 방조제를 만드는데, 그 방조제 안쪽으로 새로운 땅이 생기는 것입니다. 이 면적은 여의도의 140배나 된다고 하는군요. 국토가 넓어진다면 농사지을 땅도 넓어지고 바다와 면한 지역이니 항구도 크게 발달할 수 있을지 모릅니다. 하지만 문제는 그리 간단하지 않았어요. 갯벌을 막으니 환경이 급속히 망가지기 시작했어요. 갯벌을 터전 삼아 살던 어종, 철새들이 멸종 위기에 놓이고 어민들도 생계가 어려워졌어요. 환경단체와 전북 지역 주민들은 이 개발 사업을 멈춰야 한다고 정부를 상대로 열심히 싸웠지만 법원은 환경친화적인 방법을 찾아 개발한다는 단서를 달아 정부의 손을 들어 주었어요.

개발사업에 대해 주민과 정부가 다른 목소리를 내는 일은 지금도 여기저기에서 일어나고 있어요. **경남 밀양**에서는 고압 송전선과 송전탑을 짓는 사업에 주민들이 반대하여 2015년 1월 현재까지도 대립 중이에요. 이 사업을 시행하는 한국전력은 인근 원자력발전소에서 만든 전기를 도시에 끌어오려면 반드시 송전탑을 세워야 한다고 하고, 시민단체와 밀양의 주민들은 송전탑 때문에 위험과 손해를 감수할 수 없으며, 인근에 신고리 원자력발전소를 건설하는 일 역시 위험하다는 주장을 하고 있습니다.

강원도 삼척시에서도 비슷한 일이 일어나고 있습니다. 삼척에 원자력발전소를 세우겠다는 정부의 계획에 주민들이 반대 의사를 확실히 밝혔지만 정부는 요지부동입니다. 삼척시는 원전 건설에 대한 찬반투표를 했는데 압도적인 차이로 반대표가 많이 나왔지요. 그러나 정부를 상대로 삼척시와 주민들은 긴 싸움을 해야 할 겁니다.

이렇게 정부가 하려는 개발과 건설 사업에 대해 그 지역에 사는 주민들은 반대하는 경우가 종종 있습니다. 정부를 상대로 싸운다는 것은 상당한 용기일 것입니다. 정부도 나름의 명분을 갖고 있을 것이고요. 의견을 취합하여 해결책을 찾는다는 것은 아무것도 해결되지 못했다는 느낌을 줍니다. 이 갈등은 어떻게 해결할 수 있을까요? 그 전에, 우리는 왜 이렇게 많은 전기와 땅과, 자원들을 필요로 하게 되었을까요?

밀양에서 싸우고 있는 할매들의 이야기가 더 궁금하다면 아래 사이트를 방문해 보세요.

http://my765kvout.tistory.com

이 나라에서 10대로 산다는 것　　이은주

『대한민국 10대를 인터뷰하다
- 우리 시대를 대표하는 청소년들의 희망과 꿈, 자유와 좌절에 관한 이야기』
김순천 지음, 동녘, 2009

한 반에서 같이 생활해도 알고 보면 다 따로
놀아요. 한번은 선생님이랑 반 회식을 한 적이
있어요. 테이블마다 앉는데 거기서 확 갈리는
거예요. 진짜 공부만 하는 애들이 딱 모여서
먹고, 공부 하나도 안 하는 애들이 모여서
먹고, 어중간하게 하는 애들이 모여서 먹고.
그걸 보면서 위화감을 느꼈어요. 다 같은
청소년이잖아요. 아직 어린데 벌써부터
상위계층, 서민계층, 좀 더 떨어져 있는 하위
계층… 이런 식으로 나뉘어 있는 것 같더라고요.
그때 한숨이 나왔어요. 정말로.
— 본문 중에서

인터뷰란 상대방의 목소리에 귀를 기울이는 것

"오늘 학교 갔다 와서 영어학원 바로 가야지?" "내일 준비물이 뭐래?" "그 친구는 너랑 친해?" "숙제 다 했어?" 제가 오늘 초등학교 6학년 아들에게 했던 질문들이네요. 답은 아주 짧아요. "네." "포스터칼라." "몰라." "없는데요." 익숙한 대화인데 적고 나니 참 민망하네요. 아들이 마음 없이 짧게 건성으로 대답한다고 생각하고 서운해했었는데 사실은 저도 이런 대화에서 마음을 나누고 싶었던 것은 아니었어요. 그저 정보를 얻고 싶고 사실을 한 번 더 확인하고 싶었지요. "이제부터 우리는 속 이야기를 하는 거야." 하면서 마음이나 생각을 나누는 자리를 따로 마련해야 하는 걸까요?

하루 동안 다른 사람들과 수많은 말들이 오갔습니다. 그중에 상대방에게 집중해서 마음을 열고 주고받았던 말들은 많지 않은 것 같습니다. 하루 일과가 바쁘고, 그래서 마음이 바쁘고 늘 힘이 들거든요. 사실 길게 이야기 나누지 않더라도 괜찮은데 말입니다. 인사치레나 안부를 묻는 짧은 대화에도 마음이 있는 말들을 우리는 금세 알아채니까요. 그런 말들은 귀가 아니라 마음이 먼저 알지요. 반대로 길고 긴 카톡 끝에도 마음이 텅 빈 느낌이 들기도 하잖아요. 정말은 자신의 이야기를 할 준비도, 상대의 이야기를 들을 준비도 되어 있지 않아요. 누군가와 대화하고 소통할 때 중요한 것은 어떤 말을 할까 하는 준비가 아니라 마음을 열고 상대의 이야기를 받아들이는 것이라는 생각이 듭니다.

여기 그렇게 상대방의 목소리에 온몸과 마음을 다해 귀 기울이고 그 이야기를 소중하게 받아서 담은 책이 있습니다.『대한민국 10대를 인터뷰하다』는 르포 작가인 저자가 10대 14명의 고민과 좌절,

꿈과 희망에 대한 속 이야기를 인터뷰를 통해 풀어 내서 그 내용을 엮은 책입니다. 누구나 '다 안다고 생각하는', 그래서 잘 들어 주지 않고, 말하지 않았던 10대와 학교의 이야기. 가까이 있었지만 들어 주지 못했던 여러분들의 이야기를 『대한민국 10대를 인터뷰하다』 에서 들어 보세요. 인터뷰 글이 주는 힘을 느낄 수 있습니다.

너무 익숙해서 묻지 않았던 이야기를 꺼내다

학교 이야기를 해봅시다. 아침 8시 30분부터 오후 3~4시까지 이어지는 학교 생활은 안 봐도 뻔하다고요? 대한민국에 살고 있는 사람이라면 10대의 대부분을 학교라는 공간에서 겪습니다. 그래서 10대들의 이야기, 학교의 이야기는 지금의 10대뿐만 아니라 모두가 아는 이야기가 되었습니다. 그래서 새삼스럽게 다시 알 필요도 없다고 생각합니다.

그런데 정말 알고 있는 걸까요? TV나 신문, 인터넷 속의 뉴스 기사나 통계 수치로 알고 있는 건 아닐까요? 아니라면 '그 학교에서는 이런 일이 있었다던데…….' '그런 애들도 있대.' 정도의 소문으로 알고 있을지도 모르겠습니다. 이 책에는 평범한 10대의 일상과 학교의 이야기를 담았습니다. 익숙한 현실이라도 다른 친구들의 목소리로 낯설게 바라보다 보면 교실과 학교의 문제가 다시 보일 거예요. 어른들이라면 추억거리로 예쁘게만 포장했던 10대의 이야기가 바로 지금의 이야기로 다가올 것입니다. 태권도를 하고 있는 총희와 의상 디자인에 관심이 많은 찬훈이의 인터뷰 내용부터 소개합니다.

(…) 총희는 식은땀이 나도록 운동을 한다. 그의 꿈은 경찰이다. 하지만 학교에서는 운동을 열심히 하는 걸 인정해주지 않는다. "공부 잘하는 애들 반만이라도 대우 받고 싶어요." 선생님은 그런 총희의 마음을 모른 채 공부 잘하는 애들의 질문 위주로 대답하면서 수업을 이어간다. 어떤 선생님은 우등생이 잘못하면 가벼운 선에서 끝낼 일을 두고 공부를 못한다는 이유로 심하게 화를 내고 지적한다 (…) 학교에서 총희 같은 아이들에게 별로 해주는 게 없다는 생각이 들었다. 수월성 교육으로 성적이 우수한 아이들을 중심으로 학교의 자원이 배분되기 때문이다. 우등생은 스스로 힘들게 노력한 면도 있지만, 많은 중하위권 아이들의 희생으로 혜택을 받고 있다는 점을 알 필요가 있다. - 19쪽

찬훈이는 공상을 많이 한다. 수업 시간에 이해가 안돼거나 내용의 흐름을 놓칠 때면 어김없이 공상에 들어간다. 학교가 끝나면 무엇을 할 것인지, 어떤 옷을 살 것인지, 머릿속으로 색깔과 디자인을 맞춰보며 입었다 벗었다 한다. (…) "지루한 학교 생활을 견디는 나만의 방법이죠. 오히려 학교가 나한테 이것저것 계획하는 여가 시간을 준 거예요." 본인 적성에 맞지 않는 일에 흥미가 없다면 그것은 절제력이 부족해서가 아니다. 누구든 하고 싶어 하지 않는 일에는 인내심이 부족하다. (…) 절제에 대한 아이들의 열등감은 입시라는 하나의 잣대로 평가될 때 시작된다. - 44-45쪽

257

가까이 있었지만 나눌 수 없었던 이야기를 시작하다

누구나 자신의 동굴을 가지고 있습니다. 동굴 안에서 시원하게 속내를 드러내고 나면 마음도 가벼워지고 고민이 절반은 해결된 것 같습니다. 저에게 그 동굴은 일기장이었던 적도 있고 친한 친구였던 적도 있습니다. "너도 그랬구나. 나도 그랬어." 고민을 털어놓았을 때 이렇게 답해 주는 친구가 있다면 고맙습니다. 나만의 문제가 아니었다는 생각에 두려움도 줄어들고, 누구나 겪는 문제라면 나 또한 잘 이겨 낼 수 있겠다는 생각이 들거든요. 10대를 인터뷰했던 이 책의 저자도 10대들이 내는 목소리에서 위로를 얻고 이와 함께 문제 해결의 힘을 얻었다고 말합니다.

> 아이들은 작고 나지막한 목소리로 자신들이 처한 현실을 솔직하면서도 섬세하게 드러냈다. 나는 이야기하는 아이들의 몸이 미묘하게 떨리는 것을 느꼈다. 아이들의 마음 안에는 자신들도 어찌할 수 없는 복잡한 현실의 문제들이 뒤엉켜 있었다. 그리고 그 안에는 '고통과 눈물'이 있었다. 아이들은 진정으로 자신들이 느꼈던 문제들에 대해 소통하기를 원했다. 작은 것이든 큰 것이든 자신들의 이야기를 소중하게 받아주길 원했다. 나는 아이들의 이런 다양한 이야기 속에, 앨리스가 뛰어든 이상한 나라의 '토끼굴'처럼 힘든 삶을 벗어날 새로운 탈출구가 숨어 있다고 믿는다. - 5쪽

자신의 이야기를 털어놓지 못하고 친구의 고민만을 들어 줄 때도 있습니다. 그런데 이 과정에서 오히려 듣고 있는 내가 용기와 희

망을 얻기도 합니다. 내가 누군가에겐 의지가 되는 꼭 필요한 사람이구나, 나도 의미 있는 소중한 존재구나 하고 생각되거든요. 또 친구에게 위로가 될 말을 찾거나 문제 해결에 도움이 될 만한 답들을 찾다 보면 그것이 나에게도 적용되고 있다는 것을 알게 됩니다. 친구와 나는 같은 고민과 문제를 겪고 있기 쉬우니까요.

그런데 친구의 이야기를 들어 줄 여유는 점점 없어집니다. 학교에서 학원으로 이어지는 빡빡한 하루 일과 때문이기도 하고, 친한 친구지만 입시 앞에서는 모두가 경쟁 상대라는 사실이 마음을 막는 탓도 있습니다. 서로 나눌 수 없었던 이야기들을 인터뷰를 통해 들을 수 있습니다. 고개 끄덕이며 공감해 주고 힘이 되는 어떤 말이라도 건네 볼까요?

- (…) 성적 때문에 친한 친구를 미워해본 적 있어요?
- 살짝 미워했죠. 그 친구 성적이 엄청 잘 나왔거든요. 그러면 안 되는데 제가 2주 정도 말을 안 했어요. 수치심에 열등감이 들면서 짜증이 났거든요. 나도 열심히 했는데……. 하지만 그게 좋지 않다는 걸 알고 나중에는 말했어요. 실은 네 점수가 잘 나와서 불편해서 그랬다, 정말 미안하다고, 그러면서 다시 친해졌죠. 그 후로는 제가 많이 너그러워진 것 같아요.
- 147쪽

- (특목고 가는 친구들을) 많이 의식하나 봐요?
- 의식한다기보다는 제 자신이 아쉬운 거죠. (…) 평소에는 안 부러웠는데 중학교를 졸업하고 보니 그 애들과 내가 다니는

학교가 다르잖아요. 그때 그 애들이 많이 부러웠어요. 중학교 졸업하고…… 약간의 패배감 같은 걸 느꼈어요. - 277쪽

-평소 잠을 잘 못 자는 편이에요?

-은연중에 내일은 이 일을 끝내야지, 하는 생각이 드니까요. 내일 할 일을 떠올리지 않고, 오늘 못한 일을 후회하지 않고……. 마음 편히 자봤으면 좋겠어요. (…) 오늘 못한 일을 내일 하려고 하면 한숨이 나와요. 자다가도 그렇고, 친구들과 이야기를 하다가도 은연중에 생각날 때가 있어요. 그런 기분이 들면 정말 싫어요. 그럴 땐 우울해지고……. - 281쪽

행복하게 성장하는 십대의 소통을 위해서

한 반에서 일 년을 지내면서도 서로에 대해 잘 모르는 경우가 많습니다. 썩 친하지 않은 같은 반이나 학교 친구들의 삶에는 관심이 전혀 없습니다. 하지만 다른 사람의 삶에 관심을 가지고 그 삶을 들여다보려고 노력하는 일은 꼭 필요합니다. 우리는 혼자서는 살아갈 수 없으니까요. 결국 '나'의 의미는 다른 사람들과의 관계 속에서 찾을 수 있으니까요. 우리는 분명 누군가의 수고로움에 기대어 살아가게 되고, 그런 의미에서 서로에게 의지하고 있으며 서로에게 책임을 져야 할 부분이 있습니다. 이 사회의 구성원이라면 어떤 식이든 서로 연결되어 있고, 그러므로 누군가가 불행하다면 결국 자신도 행복할 수 없습니다.

대한민국 10대들은 서로 이해하지 못하는 부분이 많습니다. 서로의 이야기에 관심을 기울이지 않았기 때문입니다. 한 반에서는 성적으로 나뉘어 성적이 높은 학생들과 그렇지 못한 학생들이 서로 전혀 이해할 수 없는 존재로 소통하려 하지 않습니다. 인문계열로 진학한 학생들과 특성화고 등 다른 선택을 한 학생들은 서로 이해하지 못하는 고민이 있다고 생각합니다. 학교에 다니는 10대들은 공교육 바깥에서 공부하고 있는 10대들과 전혀 다른 길을 걷고 있다고 여깁니다. 대도시에 사는 10대들은 농어촌 10대들이 어떤 고민을 하고 있는지 관심이 없습니다. 그러나 대한민국에서 청소년기를 보내고 있는 10대라는 공통점을 바탕으로 마음의 문을 열고 대화를 나누다 보면 현실을 공감하고 서로를 이해하는 부분이 생기겠죠. 인터뷰는 이런 마음을 여는 대화를 가능하게 합니다. 인터뷰 과정에서 서로의 꿈과 희망에 박수를 쳐 주고 힘을 실어 주고, 서로의 고민과 문제를 함께 해결하려 하다 보면 자신에 대한 이해의 폭도 넓어지고 좀 더 성장하고 있는 모습을 발견하게 될 것입니다.

인터뷰에서 용산공고 2학년인 미진이는 원하는 과로 진학하지 못해서 학업과 진로에 대한 고민을 하고 있다고 털어놓습니다. 담양공고에 다니는 근태는 가정형편이 나빠지면서 가장으로서 자신을 걱정하고 자신이 책임져야 할 가족의 미래에 대해 진지하게 고민합니다. 대안학교에 다니는 제하도 있습니다. 제하는 대안학교에 들어와 첫해는 축구와 농구만 하며 보냈답니다. 단지 자유를 찾고 싶어 본인이 스스로 학교를 택했지만 제하 역시 끊임없이 고민하며 자신의 꿈을 실현할 방법을 찾고 있습니다.

- 운동하면서 어땠어요?
- 운동할 때는 되게 즐겁고 신나고 그랬는데, 운동하고 나서 밤이 되면 마음이 불안했어요. 공부하기로 한 지 벌써 몇 달이 지났는데……. 어떻게 해야 하나? 공부를 해야겠다고 생각하면서도 안 한 거죠.
- 그래도 잃은 게 있다면 얻은 게 있을 것 같은데.
(…)
- 예를 들어 인생은 '필(feel)'이랑 '스핀(spin)'으로 돌아간다든지 하는. 그게 무슨 말이냐 하면, 필은 감각을 뜻하고, 스핀은…… 예를 들어 내가 뭘 하겠다고 하면 그런 힘이 어디서부터 밀려오기 시작하고, 그러면 그걸 막을 수는 없다는 거죠.
- 172쪽

262

온몸과 마음으로 친구를 인터뷰해 보자

스마트폰이나 SNS가 발달하면서부터 늘 옆에 친구가 있는 것처럼 생활하고 있지만 정작 마음속 깊은 이야기는 소셜 미디어를 통해 털어 내기가 쉽지 않습니다. 미디어가 갖는 한계가 있습니다. 소통은 말로만 이루어지는 것은 아니니까요. 우리는 경험으로도 이것을 이미 알고 있습니다. 지긋한 눈빛만으로 믿음이 전달되고 밝은 미소로도 행복이 표현되고 꼭 잡은 손의 온기로 위로의 마음이 전달되지요. 마음을 전달하는 온전한 소통은 말과 표정과 행동이 모두 필요해요. 누군가 나를 천천히 오래 바라봐 주고 귀 기울여 내 이야기를 들어 줄 때, 온몸과 마음으로 내 곁에 다가왔을 때 마음속 이야기들이 쏟아져 나오겠지요. 쑥스러워서, 너무 힘들어서, 너무 뻔할 것 같아 털어놓지 못했던 내 이야기를 시작할 수 있습니다. 나의 이야기가 별처럼 빛날 수도 있겠습니다. 이 세상에는 나와 같이 성장하고 있는 또 다른 별들이 있습니다. 주변의 친구들부터 인터뷰를 시작해 봅시다. 따뜻한 시선을 가지고 마음을 열어 '나'를 말하고 싶은 친구들에게 다가가 봅시다. 나의 별과 다른 별들을 하나하나 연결하다 보면 하늘에는 아프고 힘겹게 홀로 떠 있는 별이 아니라 반짝반짝 빛나는 멋진 별자리가 만들어질 수도 있겠지요.

이제는 멈춰야 할 때

주영미

『3 · 11 이후를 살아갈 어린 벗들에게
-후쿠시마가 전하는 원전의 진실과 미래를 위한 제안』
다쿠키 요시미쓰 지음, 윤수정 옮김, 돌베개, 2014

대부분의 사람들에게 삶의 최종 목적은 행복해지는 것, 행복하게 일생을 끝내는 것이라고 생각합니다. 인간은 혼자서는 살아갈 수 없는 사회적 동물이기 때문에 나와 연결되어 있는 다른 사람들 또한 나와 마찬가지로 행복하기를 바라는 게 보통이지요. 이것이 인생의 궁극적 '목적'이라면 다른 것은 그 목적을 현실로 만들기 위한 '수단'에 지나지 않습니다. 돈을 버는 것과 안전한 생활을 영위하는 것도 실은 '행복'이라는 목적을 위한 수단입니다. 수단이 목적보다 우선시되면 어딘가에 반드시 뒤틀림과 모순이 생깁니다. 앞으로 살아가는 동안 판단이 망설여질 때는 꼭 생각해 주세요. 수단을 위해 목적을 희생시키고 있지는 않은가 하고요.
— 본문 중에서

이렇게 아무렇지 않게 살아도 되는 걸까

영화 속 한 장면일 거라고 믿고 싶은 일이 현실에서 일어나 버렸고, 그것이 영화 예고편처럼 TV 화면에서 수없이 반복 재생되었으며, 그 화면을 지켜보던 때의 충격이 절대로 지워지지 않는 사건들이 몇 있습니다. 2011년 3월 11일 대지진과 쓰나미가 일본 동북 지방을 덮친 이후, 시커먼 연기를 토해 내며 폭발하던 후쿠시마 원전의 모습도 그중 하나입니다.

그런데 참 이상한 일입니다. 후쿠시마 원전 폭발이 그토록 큰 충격을 온 국민에게 던져 주었지만, 우리는 폭발 이후의 후쿠시마에 대해 별다른 얘기를 듣지 못했습니다. 간혹 방사능에 오염된 냉각수를 바다에 방류하고 있다는 뉴스가 짤막하게 보도되기는 했었지만 그 정도의 뉴스마저도 요즘엔 찾아볼 수가 없습니다. 그 뒤 후쿠시마는 어떻게 되었을까요?

더 이상한 일은 그런 일이 바로 이웃 나라에서 터졌는데도 우리나라에서 원자력 발전을 계속할 것인지 말 것인지에 대해 진지하게 이야기하고 있지 않다는 것입니다. 안전대국이라 믿어 의심치 않던 일본에서 쓰나미 가능성에 제대로 대비하지 않아 원전이 폭발했고 그 결과 엄청난 양의 방사능이 유출되었는데도 말입니다. 여기에 우리나라 원자력발전소에 엉터리 부품들이 오랫동안 무더기로 공급되어 왔다는 사실이 드러났습니다. 우리는 여전히 23기의 원전을 운영하고 있고, 수명이 다한 원전마저 수명을 연장하여 돌리고 있습니다. 게다가 앞으로 13기의 원전을 추가로 건설하기로 하였습니다.

많은 사람들이 한동안 방사능 물질 배출에 도움이 된다는 미역과 다시마를 많이 먹고 방사능에 오염되었을 생선은 덜 먹으면서 불안해했지만, 요즘에는 다시 아무 일 없었던 양 살아가고 있는 듯합니다. 정말 이래도 되는 걸까요?

그날, 그들도 괜찮다고 했지만

이 책의 작가 다쿠키 요시미쓰는 평소 누구보다 열심히 원전 반대의 목소리를 높여 왔던 행동하는 작가이자 작곡가입니다. 하지만 아무리 열심히 설명해도 귀 기울이는 사람이 적고, 원전 반대자라는 딱지가 붙어서 일을 하기도 힘들어지면서 "언젠가는 큰 문제가 생기겠지만, 이왕이면 자신이 죽은 다음에 그래 주기를 바라"면서 살아왔습니다. 하지만 자신이 멀쩡히 살아 있는 동안, 그것도 집 바로 앞에서 원전이 폭발해 버렸습니다. 그래서 이제는 정말로 미룰 수 없다는 절박감에 자신이 아는 것을 숨김없이 이 책에 썼습니다. 생생한 경험담과 함께 말이지요.

2011년 3월 11일 오후, 지진이 후쿠시마 산촌에 있는 다쿠키의 집을 덮쳤는데, 다행히 집은 무너지지 않았습니다. 잠깐 정전이 되었지만 금방 복구가 되었으며, 인터넷과 텔레비전도 모두 평소대로였다고 합니다. 근처에 있는 원전이 걱정되긴 했지만 그 정도 지진에 무너질 리 없다고 믿었습니다. 하지만 다음 날 오후, 다쿠키의 집에서 25킬로미터밖에 떨어져 있지 않은 후쿠시마 제1원전 1호기가 폭발하는 믿을 수 없는 장면이 텔레비전에서 방영되었습니다. 이 장면을 보자마자 다쿠키는 아내와 함께 서둘러 차를 몰아 마을을 빠져나왔습니다. 정부가 전문가들과 상황 분석을 하느라 아직 어떤 피난 조처도 내리기 전인데 말입니다. "이제 누구의 말도 믿어서는 안 된다. 내 눈으로 보고 내 머리로 생각해서 움직여야 한다!"라고 생각했기 때문이죠. 그리고 옛 작업장으로 가 무슨 일이 벌어지고 있는지 정보를 모았습니다. 텔레비전과 신문에는 '괜찮다, 당황하지 마라'라는 내용밖에 없어 인터넷에 의지해 정보를 모았다고 합니다. 방사선 측정기를 주문해서 어딜 가든 주변이 얼마나 오염되어 있는지를 실시간으로 점검하는 일도 잊지 않았습니다. 정보를 모으면 모을수록 참담한 마음은 더 커져 갔습니다. 원전이 수몰될 정도의 쓰나미가 닥치는 것은 충분히 예견된 일이었음에도 불구하고 얼마 안 되는 돈을 아끼느라 대책을 전혀 마련하지 않았던 것입니다. 그 결과 절대로 정전이 되어서는 안 되는 원전에 전원 공급이 끊겨 원전이 폭발해 버렸습니다. 사고 후 일본 정부가 보여 준 대응 역시 엉망진창이었습니다. 사고 직후 해안 지역의 오염은 가벼워서 구조 활동이 가능했는데도 구조를 금지해서 많은 사람들이 죽게 내버려 두었으며, 폭발의 원인과 양상을 제대로 파악하지 못해 피난 지시를 제대로 내리지 않았고, 오히려 더 위험한 장소로 피난 유도를 하기도 했다는 것이 그 대표적인 예입니다.

당장 사고가 일어나지 않으면 그만일까?

그렇다면 이런 지진이나 쓰나미 등의 자연재해만 없다면 원전은 안전한 걸까요?

증기기관의 연료인 석탄은 태우면 재가 되고, 재를 버려도 문제가 일어나지 않습니다. 그러나 우라늄을 핵분열시키고 남

267

은 쓰레기에는 방사능이 많아서 아무 데나 버릴 수 없습니다. 엄중하게 격리해서 어딘가에 계속 보관할 수밖에 없는 겁니다. 그 때문에 원전을 '화장실 없는 아파트'라고 말합니다.

똥오줌을 버릴 수 없는 아파트를 생각해 보세요. 배설물을 뚜껑 달린 용기에 넣어서 몽땅 아파트 안에 쌓아 두어야만 합니다. 실제로 원전이 계속 토해내고 있는 핵폐기물을 지금도 원전 시설 내부 등에 쌓아 둔 상태이고, 이미 터지기 직전이랍니다.

가동하면 반드시 쓰레기가 나오지만 그 쓰레기를 버릴 수 없는 사업을 계속해선 안 된다는 건 명백합니다. 시간이 흐르면 흐를수록, 즉 다음 세대로 가면 갈수록 뒤처리하느라 고생할 게 뻔하니까요. - 104쪽

후쿠시마 원전 폭발로 인해 누출된 방사성 물질은 "없던 것이 새로 생겨난 것이 아닙니다. 원래 있던 것이 사고로 인해 벽 밖으로 나왔을 뿐이지요." 벽 밖으로 나온 방사성 물질을 제거한다고 엄청난 비용을 쏟아부으며 오염 제거를 하고 있지만, 방사성 물질을 완전히 제거하는 것은 불가능합니다. 그저 오염 물질을 흐트러뜨리고 위치를 바꿀 뿐이지요.

우리가 이 위험한 물질을 자연재해로부터, 인간의 실수로부터, 수만수억 년 동안 관리할 수 없다는 것은 너무나 분명한 일입니다. 그런데도 왜 원자력발전소를 계속 짓고 가동하는 것일까요?

계속할 수밖에 없었던 어처구니없는 이유

상식적으로 생각하고 행동했다면 훨씬 더 빠른 시점에 원전은 멈추었어야 합니다. 원자력 추진 정책이 계속될 수 있었던 건 너무나 많은 세금이 '국책'이라는 이름으로 투입되면서 여기에서 이득을 보는 사람들이 많아졌기 때문입니다. 작가는 이를 빵집에 비유해서 명쾌하게 설명합니다. 수많은 빵집들이 다른 집보다 더 맛있고 더 몸에 좋은 빵을 더 싼 가격에 팔기 위해 노력하는 와중에 갑자기 팥에 암 예방 효과가 있다는 연구 결과가 발표되고 국가가 '팥빵 장려'를 국책으로 정한다면 어떻게 될까요?

> 정부는 국민의 건강을 위해서라며 '팥빵 장려책'을 국책으로 정하고 '팥빵을 만드는 비용은 전부 정부가 낸다. 팔다 남아도 정부가 전부 사들인다'는 내용의 법률을 국회에서 가결했다고 칩시다. 언론도 그걸 틈날 때마다 '경이로운 팥빵 건강법' 같은 방송으로 만들어 국민에게 팥빵을 먹도록 선전했다고 칩시다. 그러면 어떤 일이 일어날까요?
>
> 식빵이나 크루아상을 만들려면 자기 돈을 들여야 하지만, 팥빵을 만드는 건 정부가 비용을 내 주고, 팔다 남아도 정부가 사 준다고 하니, 세상 빵집들은 팥빵만 만들게 되겠지요. 제빵사가 굳이 맛있는 빵을 만들려고 노력할 이유도 없지요. 한 개에 100엔인 팥빵에 500엔 가격표를 붙여서 정부에 팔아넘기는 빵집도 나올 겁니다. - 138~139쪽

모든 빵집이 팥빵만을 만들고, 손쉽게 돈을 버는 것으로 문제가

끝나지 않습니다. "팥빵 건강론을 외치는 학자, 팥빵 광고를 맡은 광고 기획사, 광고를 내보내는 신문사나 출판사, 방송국 같은 언론 등등" 온갖 분야가 팥빵 장려책 국책 사업으로 돈을 법니다. 이쯤 되면 팥빵에 세금을 계속 투입하는 건 멈출 수가 없게 됩니다. 설사 설탕이 많이 들어간 팥빵이 건강에 해롭다는 사실이 새롭게 밝혀진 다고 해도, 이웃 국가에서 팥빵만 장려하다 많은 사람들의 건강에 문제가 생기는 걸 목격했더라도, 팥빵 장려책은 계속될 것입니다. 팥빵으로 이익을 얻던 많은 사람들이 그걸 포기할 수가 없기 때문 이죠. 모든 국민들은 선택의 여지없이 팥빵만 먹어야 되는 겁니다.

그 후 3년, 일본은 정말 괜찮은 걸까?

원자력 발전은 태양열 발전 등에 비해 저렴한 비용으로 많은 에 너지를 얻을 수 있어서 효율적이라고 합니다. 그건 원자력발전소 건설 비용과 해체 비용, 핵폐기물 처리 비용을 생각하지 않고 오직 발전 단가만을 생각했을 때에만 진실입니다. 원자력 발전은 환경을 오염시키지 않는 깨끗한 에너지라고도 합니다. 그건 원자력발전소 가 가동되는 동안 어떤 실수나 자연재해도 일어나지 않아 방사능이 전혀 유출되지 않고, 핵폐기물을 수만 년 동안 완벽하게 관리했을 경우에만 진실입니다.

싸지도 않고 안전하지도 않은 원자력 에너지를 국책으로 선정하 여 적극 장려하고 있던 와중에 원전이 폭발해 버렸습니다. 엄청난 양의 방사능이 유출되었습니다. 그리고 3년이 흘렀습니다. 일본 정 부는 후쿠시마 사태의 종결을 선언했고, 겉으로 보기에 일본은 평화로워 보입니다. 정말로 일본은 괜찮은 걸까요?

얼마 전 한 방송 프로그램◆에서 방사능 오염을 피해 도쿄를 떠나 생활하는 일본 사람들의 이야기를 봤습니다. 도쿄는 후쿠시마 원전에서 200킬로미터나 떨어진 곳에 위치한 일본의 최대 도시입니다. 일본 정부는 누누이 도쿄가 안전하다고 강조하고 있고, 실제로 도쿄에서 방사능에 대한 이야기를 하면 이상한 사람 취급을 받는다고 합니다. 그런 도쿄에서 엄마들이 아이들만 데리고 오카야마로 피난을 왔습니다. 아이들이 아프기 때문이지요. 시력이 떨어지고, 시야가 좁아지고, 두통이 끊이지 않고, 설사가 멈추지 않고, 백혈병이 의심되는 아이들을 데리고 무조건 도쿄를 떠나온 것이지요. 후쿠시마에서 800킬로미터 떨어진 시골에서 경제 대국 일본의 엄마들이 기약도 없는 피난 생활을 하고 있었습니다. 일본은 전혀 괜찮아 보이지 않았습니다.

그렇다면 우리는

부산에서 태어나고 울산에서 자란 저는 다큐를 보는 내내 마음이 더 무거웠습니다. 부산과 울산이 원전 바로 옆에 위치하고 있기 때문입니다. 부산은 우리나라에서 두 번째로 큰 도시이고 인구 300만이 넘습니다. 울산은 우리나라 최대의 중화학 공업 도시이고 인구 100만이 넘습니다. 현재 운영되고 있는 원전 중 가장 고장이 많은 고리원전 1호기(예정된 수명 30년을 넘겨 37년째 가동 중입니다)는

◆ JTBC 다큐쇼 〈후쿠시마 묵시록〉 2014.8.12

부산 시청과 울산 시청에서 각각 25킬로미터 정도밖에 떨어져 있지 않습니다. 고리원전 1호기뿐만이 아닙니다. 고리원전 1, 2, 3, 4호기, 신고리 1, 2호기가 다 이 지역에 있으며 현재 신고리 3, 4, 5, 6호기가 건설 중입니다. 그리고 조금만 더 북쪽으로 가면 월성원전 1, 2, 3, 4호기, 신월성 1호기가 가동 중입니다. 제 고향이 원전에 파묻혀 있는 셈입니다.

제 고향만이 문제가 아닙니다. 국토가 좁고 원전 밀집도가 세계 최고 수준인 우리나라에서 안전한 곳은 어디에도 없습니다.

그렇다면 우리는 무엇을 해야 할까요? 원전 반대의 목소리를 높여 원전을 멈추고 태양광 발전이나 풍력 발전을 국책 사업으로 삼도록 하면 되는 것일까요? 이 책을 읽기 전까지 저는 그렇다고 생각했었습니다. 체르노빌 원전 사고 이후 원전 포기를 선언한 독일처럼 되는 것이 우리의 목표라고 믿어 왔습니다. 하지만 이제는 그렇다고 확실하게 대답할 수도 없습니다. 바람과 태양광을 전기로 변환시키기 위해서는 발전 장치와 송전망 같은 걸 만들어야 하는데

석유 없이는 이런 걸 만들어 내는 게 불가능하다는 것을 알아 버렸기 때문입니다. 태양광 발전과 풍력 발전은 언제 얼마만큼의 발전을 할 수 있을지를 인간이 통제할 수 없고 전적으로 날씨에 의존해야 하기 때문에 한계가 많다는 것을 알아 버렸기 때문입니다. 갑자기 긴 한숨이 나옵니다. 이 무겁고 어려운 주제로부터 도망가고 싶은 맘이 자꾸만 생겨납니다. 이럴 때 작가가 던지는 한마디가 다시 맘을 다잡게 합니다.

여러분한테 꼭 부탁하고 싶은 것은, 아무리 어려워 보이는 주제라 해도 반드시 자기 머리로 생각해 보라는 것입니다. 스스로 생각하지 않고 '전문가'나 '권위'에 판단을 맡겨 버리는 것, 인생을 그런 식으로 사는 사람이 늘어가는 건 무서운 일입니다. - 144쪽

가만히 있으라는 방송만 믿고 기다린 세월호 희생자들이 떠오르면서 정신이 번쩍 듭니다. 스스로 정보를 모으고, 내 머리로 생각해 보고, 다른 사람들 이야기에 귀 기울여 보고, 더 많은 사람들과 생각을 나누고, 작은 행동에라도 나서야겠다고 다짐해 봅니다. 여러분에게 이 책을 권하는 것이 저의 작은 행동의 시작입니다. 여러분도 그 길에 동참하실 거라 믿습니다. 이 책이 그 길에 나서는 여러분에게 훌륭한 길잡이가 될 것입니다.

후쿠시마에서 일어난 사고가
고리원전에서 발생한다면

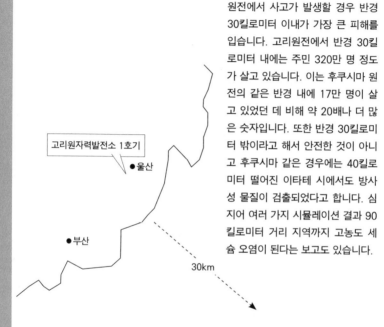

고리원자력발전소 1호기

● 울산

● 부산

30km

원전에서 사고가 발생할 경우 반경 30킬로미터 이내가 가장 큰 피해를 입습니다. 고리원전에서 반경 30킬로미터 내에는 주민 320만 명 정도가 살고 있습니다. 이는 후쿠시마 원전의 같은 반경 내에 17만 명이 살고 있었던 데 비해 약 20배나 더 많은 숫자입니다. 또한 반경 30킬로미터 밖이라고 해서 안전한 것이 아니고 후쿠시마 같은 경우에는 40킬로미터 떨어진 이타테 시에서도 방사성 물질이 검출되었다고 합니다. 심지어 여러 가지 시뮬레이션 결과 90킬로미터 거리 지역까지 고농도 세슘 오염이 된다는 보고도 있습니다.

- 독일의 경우 원전 5킬로미터 안에 있는 모든 가정에 방호약품을 배포하였습니다.
- 원전의 수명은 30년 안팎입니다. 그러나 고리원전 1호기는 1971년 착공 후 여러 차례 크고 작은 사고를 겪었는데도 계속 수명을 연장하여 사용하고 있는 중입니다.
- 고리원전 1호기는 연간 47억 킬로와트의 전력을 생산하고 있습니다. 서울은 소비하는 전력량에 비해 생산량이 4.2퍼센트밖에 되지 않습니다. 결국 더 큰 도시 사람들의 편의를 위해 지방 도시 시민들이 희생하고 있는 셈입니다.

사회선생님이라면 어떻게 읽을까
나와 세상이 이어지는 즐거운 책 읽기

초판 1쇄 발행 2015년 2월 10일

지은이   박현희, 이은주, 정양례, 주영미

펴낸이   이진규
펴낸곳   도서출판 티티
출판신고 2013년 12월 4일 제 2014-000227호
주소   경기도 고양시 덕양구 충장로 118-30 216-1501
전화   070-8724-0908
팩스   0303-3441-0908
이메일   hellottbooks@gmail.com

ⓒ 박현희, 이은주, 정양례, 주영미, 2015
ISBN   979-11-954507-0-1   43810